作者简介

李森，1966年生，云南腾冲人。现为云南大学教授，南京大学兼职教授，博士生导师，云南大学中国当代文艺研究所所长；教育部艺术学理论本科教指委委员，『中华文艺复兴论坛』主席；《学问》《新诗品》《中国新诗年度研究报告》主编；『他们』诗派成员；『语言漂移说』艺术哲学理论创始人。在国内外出版学术专著和作品集17部，发表论文和作品400余篇。

美学的谎言

（修订本）

李森 著

创于1897
商务印书馆
The Commercial Press

图书在版编目（CIP）数据

美学的谎言 / 李森著. — 修订本. — 北京：商务印书馆，2020
ISBN 978 - 7 - 100 - 19091 - 6

Ⅰ. ①美… Ⅱ. ①李… Ⅲ. ①诗歌美学 — 研究 Ⅳ. ①I052

中国版本图书馆 CIP 数据核字（2020）第177719号

美 学 的 谎 言
（修订本）
李 森 著

商 务 印 书 馆 出 版
（北京王府井大街36号 邮政编码 100710）
商 务 印 书 馆 发 行
上海新艺印刷有限公司印刷
ISBN 978 - 7 - 100 - 19091 - 6

2020年12月第1版　　开本 889×1194 1/32
2020年12月第1次印刷　　印张 10¾

定价：55.00元

梦中对

——代自序

某日深夜，大雨滂沱，屈原老祖正在清洗世界。我梦见了五柳先生。他在梦中对我说：“我不但像苏珊·桑塔格那样‘反对阐释’，我更反对所谓美学和审美文化中隐藏的恶。种种恶通过学术体制、学科建设、名利交易表格等，掠夺社会精神和物质的资源，将个人的恶，恶化为集体的恶、民族的恶、时代的恶。你教授艺术理论，望自珍，勿同流合污。”我对曰：“深夜谢先生来访，看得起我这颗尚且活着的灵魂。我也一直想知道，先生宅边那五株柳树是否还在？”五柳先生答：“宅已铲平，柳已枯死，我已是世间游魂。”我嘘嘘长叹不止。俄顷，韩愈师兄亦来造访。退之问我：“听说你写了一部《美学的谎言》，到底什么是美学？我孤陋寡闻也。”我对曰：“我也尚未参得此学要领，观察了学场几个年头，询问了众多巫师、毕摩，大概就是个‘美过来美过去的学问’吧。”退之告诫我云：“不知言之人，乌可与言？知言之人，默焉而其意已传。切勿与生人交，勿与学术鸟人交，勿谈美学以自辱也。”我呼之曰：“大哥，愿闻其详。”退之笑而不答，驭雷而去。又俄顷，我听见三个巨大的闷雷，一个砸在黄河，一个砸在长江，一个砸在昆仑的白水与赤河之间。雷电照见了所有养猪场的胖猪，照见了砧板上跳跃的尖刀。而圆月，已用黑透的遮羞布，紧紧地蒙住了苍白的纯洁。次日清晨，红日正在安慰群峰，煦光正在为世界剪枝，我倚窗记下《梦中对》以为序。考梦时岁次日干，乃辛卯年己亥月乙酉日也。又十年，商务印书馆出《美学的谎言》修订本，增补文稿，追忆康德文起现代之盛，再省诗蕴生发之梦；翻葺词章，重勘引文，不在话下。时庚子年戊子月癸卯日序于云下燕庐。

目 录

艺术之辨

语言之思

艺术之辨

从批判学院派出发

一、学院派伙食团

我不否认，“当代艺术”是个很难界定的概念。但在杰出的当代艺术家和理论家的心目中，当代艺术的特征是很清晰的。当代艺术之所以难界定，一是语言概括能力的局限，二是创作本身的复杂性和理论的混乱。

路德维希·维特根斯坦曾经指出，哲学史的混乱是语言使用的混乱造成的；我也必须指出，艺术史中概念使用的混乱，也应该归咎于语言使用的混乱。当然，在人类精神史培育和发展过程中，语言使用的混乱是不可能控制的，也是不可避免的。杰出的艺术家和理论家应该尽量清晰地使用语言，准确地斧正学理，以讽刺玩弄概念的学院派伙食团，或被花哨的语言乌托邦游戏所俘虏的学院派伙食团的行径。

了解当代艺术，必须从批判学院派伙食团开始。因为学院派伙食团本质上是个学术利益集团。他们靠申报项目套取纳税人的钱财；靠学术会议结成团伙；靠集体编写教材愚弄学生的智慧；借助行政手段排除学术异端。他们对活生生的艺术现场和生活现场从不关心；他们藐视养活自己的人民；他们成批地制造、复制、再复制学术垃圾和学术谎言；他们遇到人类文明史铸就的普适性价值原则，就吓得绕道而行。

学院派的学究们从来不关心当代艺术，甚至还视当代艺术为洪水猛兽。学院派喜欢的是腐朽和垂死的艺术形式，因为这种腐朽、垂死的艺术既容易进行判断，又与其心智的腐朽、垂死性质如出一辙。任何时代的学院派都要维护腐朽和垂死的艺术形式、思想教条，因为除了利益使然之外，腐朽、垂死和教条也是他们的心灵结构。在学院派的心灵中，墙壁林立，阴影密布，充满着甚至是以善的名义而张扬的罪恶理论。有的人一辈子靠罪恶理论养活自己，以罪恶理论制造文字垃圾，获得奴隶的尊严。这些人在哪里呢？他们就在你的身边，是你的同事、朋友、亲戚、老师、学生、领导、下属或仇人、对手，甚至是你的父亲、母亲、叔叔、阿姨、爷爷、奶奶。他们有时候也歌颂厂矿、土地上的劳动者，但在骨子里面，他们根本看不起那些靠自己的汗水获得食物的普通劳动者。这就是制造概念垃圾、理论垃圾、文字垃圾、学与术垃圾的学院派的嘴脸，那群没有学术羞耻感、理论羞耻感、语言羞耻感、劳动羞耻感的所谓学人。

二、柏拉图、康德是不是学院派

学院派不是别的，是靠贩卖知识和教条为生的一群人。这群人被知识和教条编织的框框套套紧紧地锁在逻辑框架的笼子里。有的甚至不配被锁进知识和逻辑的笼子，因为被锁进笼子去的人，也还算有点才智的。也就是说，多数人甚至没有找到笼子的入口。他们自以为比一只黄鹂快乐，是黄鹂的观察者、欣赏者，其实还不如一只黄鹂。即便是再差的黄鹂，其叫声都还有点音乐般的旋律。

有点才智的学院派成员最膺服思想体系，特别是伟大人物因为言说的方便（也是局限性）不得不创作的逻辑体系。因此，有的学院派名师竟把柏拉图、康德这样的伟大人物也称为学院派，把大师拉到自已的阵营里来遮风挡雨，或者当成祖宗。其实，学院派并没有弄清楚，伟大的创作家都不是学院派这个道理。伟大的思想家、哲学家，都是有创新能力并有创见的人，这样的人说到底都是创作家，或者就叫作家。在中国历史上的中古以前，所有用文字写成的文本，都叫作文学。世界本无思想，也无哲学这种东西。世界是沉默而宁静的，是混沌的“在”；是“有”或“无”。仅此而已。但是，伟大的作家创作了思想和哲学，他们是创作，而非复制世界、反映世界。加缪说过：“哲学家，即便是康德，也是创作家。他有他的人物、他的象征和他隐秘的情节。”[1]

从这个意义上讲，毕达哥拉斯、苏格拉底、柏拉图、大卫·休谟、伊曼努尔·康德、路德维希·维特根斯坦、埃德蒙德·胡塞尔这样的人物，都不是学院派，而是创作家。有思想、有智慧和有自己的文体的人物，都是创作家；没有思想、没有智慧、没有自己文体的学术工作者，必然被他人的思想、学说、逻辑形式控制、征服、消解、奴役，这就是学院派。学院派是被创作家，是复印机，是电话机，是传声筒。思想家思想，学院派被思想。这个说法已经是够抬举学院派了。可惜，大部分学院派笔杆子怕是连被思想都谈不上，从创作家的角度来说，这是很可悲的。不过，学院派意识不到这一点。学院派漠视非学院派，挤压非学院派，牢牢地控制着学术地盘。在当今学术界，这是群体对个人的漠视和排挤，是学术利益集团对特立独行者的漠视和排挤。特立独行者的价值，往往到墓木已拱的时候才被发现，这是学院派利益集团猖獗的原因之一。

读一读柏拉图的对话录大家就会知道，思想家的思绪所到之处，就是智慧之花绽放之处，同时也是语言之花灿烂之处。柏拉

1 柳鸣九、沈志明主编:《加缪全集·散文卷Ⅰ》，丁世中、沈志明、吕永真译，河北教育出版社，2002年，第126页。

图的写作方式，是诗的写作方式。伟大的哲学都源于诗，包括泰勒斯的“水”、毕达哥拉斯的“数”，也发源于诗。

路德维希·维特根斯坦
（1889—1951）

路德维希·维特根斯坦在1933至1934年的笔记中写道：“我认为，我的话表明了我对哲学的态度：哲学只应该作为诗歌来写作。”他同时指出：“假如你运用逻辑的骗术，除了骗你自己之外是不能骗任何人的。”[1]学院派学者最善于用逻辑骗术，骗取纳税人的钱财来吃伙食，这显然是不道德的，可他们是以道德的名义行骗。他们掌握着所谓学术的话语权，将不道德的事情美化成了道德的事情。维特根斯坦哪里知道，在当今中国学术界，逻辑骗术真能骗人。

逻辑能帮助思想和智慧诞生，也能被利用成为骗术。逻辑就像双刃剑一样，两面都锋利。学术江湖，就是个骗术江湖。在这

1 ［奥］路德维希·维特根斯坦：《文化的价值》，钱发平编译，重庆出版社，2006年，第38页。

个江湖里，有舵主，有喽啰，有憨人，有白痴，有恶棍、打手，有坐大堂的，也有站岗放哨的。我们姑且说，把思想和智慧降低到知识的层次不是欺骗，但将知识降低到教条的层次就是欺骗。当然，逻辑骗术最美妙的花朵，是谎言的游戏。这种游戏最折磨人心，最能俘获青年。这就是我们教育的现状。

柏拉图，一个诗人和文体家，一个伟大的创作家，他把哲学当作诗歌来写。洞穴的比喻、太阳的比喻、四条线的比喻、床的比喻等等，既是伟大的哲学洞见，也是伟大的文学修辞。苏格拉底、老子、孔子、庄子的文本，无一不是伟大的文学修辞。

我们来温习柏拉图的文体，思考他的诗和思想，我要引出他关于洞穴比喻的那段对话：

> 请你想象有这么一个地洞，一条长长的通道通向地面，和洞穴等宽的光线可以照进洞底。一些人从小就住在这个洞里，但他们的脖子和腿脚都捆绑着，不能走动，也不能扭过头来，只能向前看着洞穴的后壁。让我们再想象他们背后远处较高的地方有一些东西在燃烧，发出火光。火光和这些被囚禁的人之间筑有一道矮墙，沿着矮墙还有一条路，就好像演木偶戏的时候，演员在自己和观众之间设有一道屏障，演员们把木偶举到这道屏障上面去表演。

他说，好吧，我全看见了。

那么你瞧，有一些人高举着各种东西从矮墙后面走过，这些东西是用木头、石头或其他材料制成的假人和假兽，再假定这些人有些在说话，有些不吭声。

他说，你这个想象倒很新颖，真是一些奇特的囚徒。

我说，他们也是和我们一样的人。你先说说看，除了火光投射到他们对面洞壁上的阴影外，他们还能看到自己或同伴吗？

他说，如果他们的脖子一辈子都动不了，那么他们怎么能够看到别的东西呢？

还有那些在他们后面被人举着过去的东西，除了这些东西的阴影，囚徒们还能看到什么吗？

肯定不能。

那么如果囚徒们能彼此交谈，你难道不认为他们会断定自己所看到的阴影就是真实的物体吗？

必然如此。

如果有一个过路人发出声音，引起囚徒对面洞壁的回声，你难道不认为囚徒们会断定这个声音是在他们对面的洞壁上移动着的阴影发出的吗？

他说，我以宙斯的名义发誓，他们一定会这样想。

那么这样的囚徒从各方面都会认为实在无非就是这些人造物体的阴影。

他说，必然如此。

那么请你考虑一下，如果某一天突然有什么事发生，使他们能够解除禁锢，矫正迷误，那会是一种什么样的情景。假定有一个人被松了绑，他挣扎着站了起来，转动着脖子环顾四周，开始走动，而且抬头看到了那堆火。在这样做的时候，他一定很痛苦，并且由于眼花缭乱而无法看清他原来只能看见其阴影的实物。这时候如果有人告诉他，说他过去看到的东西全部都是虚假的，是对他的一种欺骗，而现在他接近了实在，转向比较真实的东西，看到比较真实的东西，那么你认为他听了这话会怎么回答呢？如果再有人把那些从矮墙上经过的东西一样样指给他看，并且逼着他回答这是什么，在这种时候，你难道不认为他会不知所措，并且认为他以前看到的东西比现在指给他看的东西更加真实吗？

他说，对，他会这样想。

如果强迫他看那火光，那么他的眼睛会感到疼痛，他会转身逃走，回到他能看得清的事物中去，并且认为这些事物确实比指给他看的那些事物更加清晰、更加精确，难道不会吗？

他说，他会这样做。

我说，再要是有人硬拉着他走上那条陡峭崎岖的坡道，直到把他拉出洞穴，见到了外面的阳光，你难道不认为他会很恼火地觉得这样被迫行走很痛苦，等他来到阳光下，他会觉得两眼直冒金星，根本无法看见任何一个现在被我们称作真实事物的东西？

他说，是的，他不可能马上就看见。

那么我想要有一个逐渐适应的过程，他才能看见洞外高处的事物。首先最容易看见的是阴影，其次是那些人和其他事物在水中的倒影，再次是这些事物本身，经过这样一个适应过程，他会继续观察天象和天空本身，他会感到在夜里观察月光和星光比白天观察太阳和阳光要容易些。

那当然了。

经过这样一番适应，我认为他最后终于能观察太阳本身，看到太阳的真相了，不是通过水中的倒影或影像来看，也不借助于其他媒介，而是直接观察处在原位的太阳本身。

他说，必定如此。

这时候他会做出推论，认为正是太阳造成了四季交替和年岁周期，并主宰着可见世界的所有事物，太阳也是他们过去曾经看到过的一切事物的原因。

他说，这很明显，他接下去就会做出这样的推论。

如果在这种时候他回想起自己原先居住的洞穴，想起那时候的智力水平和一同遭到禁锢的同伴，那么他会为自己的变化感到庆幸，也会对自己的同伴感到遗憾，你难道不这样认为吗？

他确实会这样想。

如果洞穴中的囚徒之间也有某种荣誉和表扬，那些敏于识别影像、能记住影像出现的通常次序，而且最能准确预言后续影像的人会受到奖励，那么你认为这个已经逃离洞穴的人还会再热衷于取得这种奖励吗？他还会妒忌那些受到囚徒们的尊重并成为领袖的人，与他们争夺那里的权力和地位吗？或者说，他会像荷马所说的那样，宁愿活在世上做一个穷人的奴隶，一个没有家园的人，受苦受难，也不愿再和囚徒们有共同的看法，过他们那样的生活，是吗？

他说，是的，我想他会宁愿吃苦也不愿再过囚徒的生活。

我说，再请你考虑一下这种情况，如果他又下到洞中，再坐回他原来的位置，由于突然离开阳光而进入洞穴，他的眼睛难道不会因为黑暗而什么也看不见吗？

他一定会这样。

如果这个时候那些终身监禁的囚徒要和他一道“评价”洞中的阴影，而这个时候他的视力还很模糊，还来不及适应黑暗，因为重新习惯黑暗也需要一段不短的时间，那么他难道不会招来讥笑吗？那些囚徒难道不会说他上去走了一趟以后就把眼睛弄坏了，因此连产生上去的念头都是不值得的吗？要是那些囚徒有可能抓住这个想要解救他们，把他们带出洞穴的人，他们难道不会杀了他吗？

他说，他们一定会这样做。

亲爱的格老孔，我们必须把这番想象整个地用到前面讲过的事情上去，这个囚徒居住的地方就好比可见世界，而洞中的火光就好比太阳的力量。如果你假设从洞穴中上到地面并且看到那里的事物就是灵魂上升到可知世界，那么你没有误解我的解释，因为这正是你想要听的。至于这个解释本身对不对，那只有神知道。但不管怎么说，我在梦境中感到善的型乃是可知世界中最后看到的东西，也是最难看到的东西，一旦善的型被我们看见了，它一定会向我们指出下述结论：它确实就是一切正义的、美好的事物的原因，它在可见世界中产生了光，是光的创造者，而它本身在可知世界里就是真理和理性的真正源泉，凡是能在私人生活或公共生活中合乎理性地行事的人，一定看见过善的型。[1]

1 ［古希腊］柏拉图:《国家篇》,《柏拉图全集·第二卷》，王晓朝译，人民出版社，2003年，第510—514页。

我们来想一想，如果一个人在当今社会中写出《理想国》来，恐怕作为硕士论文都通不过，更不能获得博士学位。因为要获得博士学位，必须学会使用逻辑的骗术。博士教育已经成为可耻的教育模式之一。

康德说："天才为艺术立法。"思想家和哲学家中的天才，为世间立心，为天地立言。他的"三大批判"——《纯粹理性批判》《实践理性批判》《判断力批判》，是逻辑为人类的伟大心智提供原始动力和叙述方式的伟大典范之一。康德的伟大之处，不仅在于其天才的禀赋，更在于其处处通过命题的逻辑推演，将智慧推向人类集体心智和个人心智所能把握、控制的理性深渊的边缘。这个深渊，即是混沌，即是像土地、自然一样的原初自在。康德的命题表达式本身，像毕达哥拉斯想象、虚构的数（世界）的和谐一样完美和均衡。我们只需要举《判断力批判》目录中的几个命题（标题）作为例子，即可感觉到康德将语言逻辑表达式变成"美"的智慧逻辑形式的伟大之处：

1. 判断力，作为一种先天立法能力

2. 自然的形式的合目的性原则是判断力的一个先验原则

3. 愉快的情感和自然合目的性概念的联结

4. 自然的合目的性的审美表象

5. 自然合目的性的逻辑表象

6. 知性和理性的各种立法通过判断力而联结[1]

在康德的作品中，我们看到了逻辑的理性之美、语言之美、心智之美。逻辑和语言都没有被利用而变成骗术。这就是我赞佩的伟大创作家。就像孔子弟子颜渊赞佩他的老师那样："仰之弥高，钻之弥坚；博我以文，约我以礼。"

伟大的创作家是人类精神的导师。普通的创作家，至少可以担当自我养育的导师。不像贩卖知识和教条的学院派那样，自欺欺人，只能将语言和逻辑当作骗术，制造谎言。

三、学院派追求学理的谎言

做学问，追求学理，这是没有错的。但从本质上来说，学理只是一种逻辑性和逻辑的清晰性。即是说，学理不是逻辑。纯粹的逻辑的准确性是没有的。我们已经说过，逻辑并不完全可靠，即便是数理逻辑，也只是一些非常局限的符号体系。

分析哲学也许是最讲究学理的学术。我们从戈特罗布·弗

1 ［德］康德:《判断力批判》，邓晓芒译，杨祖陶校，人民出版社，2002年，目录。

雷格和伯特兰·罗素两位伟大的创作家的学术故事开始，来讨论“学院派追求学理的谎言”这一命题。

《算术基础》的作者戈特罗布·弗雷格，是现代数理逻辑的创始人，此人对分析哲学有革命性的影响，被称为逻辑学界的康德。但当他的《算术基本法则》第二卷完成并准备出版时，伯特兰·罗素提出了著名的“罗素悖论”，彻底动摇了他的逻辑基础，使这位雄心勃勃地想用逻辑形式“还原”世界本身的哲学家，这位想创造“一种摹仿算术语言构造的纯思维的形式语言”的“数学诗人”，扼腕长叹，功亏一篑。弗雷格在《算术基本法则》第二卷结尾处如是写道：

> 一个科学家的工作完成之日，也是这一建筑物的基础倒塌之时，没有什么比这更糟糕的了。当本书即将付梓之时，罗素先生的一封信把我置于这样的境地。[1]

“罗素悖论”其实很简单，是一个关于集合论的悖论。罗素用一个通俗的故事就表达了这一悖论。一位乡村理发师挂出一块

1 *Translations from the Philosophical Writings of Gottlob Frege*, ed. by P. Geach and M. Black, New York, 1952, p. 25. 转引自赵敦华:《现代西方哲学新编》，北京大学出版社，2001年，第67页。

招牌:“村里所有不自己理发的男人都由我给他们理发，我也只给这些人理发。”可是有的人问他:“您的头发由谁理呢?”这位理发师说不出话来，陷于自相矛盾之中。19世纪70年代，德国数学家格奥尔格·康托尔创立了集合论，成为此后大部分数学分支的逻辑基础。到19世纪末叶，全部数学的研究几乎都建立在集合论的逻辑形式之上。而罗素的一个“简单”悖论，就造成了所谓的“第三次数学危机”。

这是一段学术史上的佳话，常常被人们谈论。我又想起了另一件事情，有一位昆明的哲学家，他几十年来一直研究辩证逻辑，颇有成果，在当地被视为怪才。可是，有一天他发现，从所谓逻辑本质上讲，根本不存在辩证逻辑这种东西。他因此痛苦不堪。其实，无论是伟大的戈特罗布·弗雷格，还是本地哲学家，都没有必要为自己的学术基础的崩溃而痛苦。因为无论什么样的逻辑，都是语言和符号（语言也只是人造符号）的一种“游戏”。没有一种符号游戏能够在所谓的本质上彻底还原、复制、反映世界，也没有一种逻辑能够一劳永逸地还原、复制、反映心灵和心智。罗素后期哲学尝试走向心理主义，但心理主义的哲学命题表达，仍然存在着一个逻辑归纳和演绎的问题。卡尔·波普尔的证伪主义试错法，也仍然存在着陷入演绎主义的局限。

思维和逻辑在碰撞的过程中，是可以达到局部的、范畴的清晰的，这也是逻辑的力量。但是，没有一种一劳永逸的清晰和完整。这是语言、符号的局限性。

在艺术理论研究视野中，到现在为止，还没有一种命题准确且清晰地表达了艺术或者美的所谓本质，所谓真相。也没有一种表达式能概括得了艺术的整体。永远也不可能有这种理论出现，因为语言根本就没有这个能力。

学术创造最大的误区，就是相信语言和符号能够反映、还原世界，从而控制世界，获得世界和人生的所谓本质。学院派学术最大的误区，就在于把语言当作揭示事实真相的工具和教条，把谎言及谎言的教条当作真知，甚至当作真理。学院派学术往往从谎言的教条出发，把伟大的创作家虚构一系列概念以及概念的内涵当作事实和真相。

学院派学术追求的学理，即是这种从概念到概念，从教条到教条，从谎言到谎言的学理。这种所谓的学理滥用逻辑，滥用知识，从来不关心个人的心智和情感，从来不反省人类的知识和智慧，从来不考察心灵和心智的可靠性及其障碍，更不关心群体的心智在知识和逻辑运行中的堕落。

艺术史既是人类精神史的建构史，也是解构史；既是心灵和心智反省的历史，也是心灵和心智构建的历史；既是个人的历史，也是群体的历史。说到底，艺术史既是心灵和心智自身的逻辑破壁而飞的历史，也是带着自身的局限性举步维艰的历史。学院派从来也意识不到这一点。

一个学院派的学者从来都只关心书本知识和教条的逻辑体系，只关心别人怎么说和怎么做；学院派的学者从来也不关心别人说的和做的事情和言论中的学理基础，从来不关心自我的情感和知觉、直觉能力。在学院派的学术里，没有文体意义上的语言之美，也没有带着局限性如临深渊、如履薄冰的智慧运动之美。因此，学院派不可能有洞见，也不知道什么是创作。学院派的文章总是千篇一律，看不出个性和才情，此人的名号换成彼人的名号印刷在那些垂死的论文上，完全成立。本质上，这些人是冷血动物，他们自身的那种不可替代的心灵和心智（如果有的话），或者没有发育过，或者已经死亡，成为学术体制的殉葬品。

因此，我们完全有理由得出结论：非创作家、文体家、思想者的学院派，其追求的学理在本质上是个谎言。

谎言也是游戏的一部分。但对于追求本真学术创造的人们来说，谎言对人的心灵和心智有着巨大的破坏力。谎言是迷人的，它们使人屈服，使人死心塌地地去维护它。被谎言武装的人，都会竭尽全力地去反对特立独行的人，因为一种矮化了的人格，最害怕独立不羁的人格。

“美”的第一个谎言

一、“美的统一性”

兰波小弟在《地狱里的一季·开篇》写道：

> 一个傍晚，我让“美”坐在我的双膝上。我尝到了它的苦涩。侮辱了它。[1]

关于“美”的第一个谎言，就是“美的统一性”。这是信仰知识和理性的西方主流思想传统的观念。毕达哥拉斯、柏拉图、普罗提诺、黑格尔、谢林都持几乎是同样的观念，并力求从不同的角度加以证明，但没有一个证明是可靠的。这些人在哲学、美学中塑造了一个“统一性”作为存在和美的根源，有时候它叫理念，有时候它叫太一（The One），有时候它叫上帝，有时候它叫绝对者。不管叫什么名字，其实质都是一样，都是对所谓本质虚

1 ［法］兰波：《兰波诗歌全集》，葛雷等译，北京燕山出版社，2016年，第157页。

构的荒唐或荒唐的虚构。虚构，是形而上学的出发点或归宿。

美的出发点建立在荒唐之上，这就证明审美心灵也建立在荒唐之上。作为集体无意识的学院派的审美心灵，是一个荒唐的“统一性”的审美心灵。这个心灵的残忍、粗暴很少有人能够发现，因为它已经“春风化雨”，已经“润物无声”，成为人心内涵的组成部分，成为思维的定式。美学专家们，都抱着美学做梦。美学专家们，抱着美学的箩筐收集美，然后是贩卖美。美学专家们并不知道，世有美学，然后有了美的堕落。德国人亚历山大·戈特利布·鲍姆嘉通（Alexander Gottlieb Baumgarten，1714—1762）是美学学科谎言制造者的祖宗。

美学是个糊弄人的学问。世人都以为美存在着，只要找到发现美的途径，就可以获得美。就连奥古斯特·罗丹（Auguste Rodin，1840—1917）大叔的“眼睛”，都上当受骗。罗丹说：“世界上不是缺少美，而是缺少发现美的眼睛。”可是，世人并不知道，美之所以迷人，恰恰因为美并不存在。假设之美在于虚构，从隐喻的太阳，到隐喻的萤火虫的虚构；假设之美在于反对虚构，从清洗太阳的隐喻，到清洗萤火虫的隐喻的反对。所谓美的面目千奇百怪，转瞬即逝，从来不在任何地方持续地停留。当然，有一个个装满伪美的垃圾坑存在，这就是一个个伪心灵的深渊。伪心灵反对本真的心灵，人们假设一种美、种种美，让其堕入深渊。不停地堕入，不停地拯救。

二、“统一性”只是个假设

既然上帝（神）老祖宗不存在，“统一性”也就不存在。“统一性”只是个假设，所以那些从统一性中“流溢”出来的东西，包括“美”在内的一切，也都来源于假设。然而，两千多年来，许多人对此却信以为真。因为已经“春风化雨”，已经“润物无声”。美的说法已经弄假成真，以文化的名义；文化的构造已经弄假成真，以美的名义。

比如谢林老祖（1775—1854）在《艺术哲学·绪论》的最后总结说：“据我对艺术的总的看法，艺术本身是绝对者之流溢（Ausfluss）。艺术的历史，最鲜明地向我们展示艺术与宇宙的目的，从而与它们为其所预定之绝对同一的直接关系。唯有在艺术的历史中，一切艺术作品的本质的和内在的统一得以展现，[我们看到]整个诗歌是同一天才（神）的创作；在古代的和近代的艺术的对立者中，这一天才（神）同样无非是以两种不同的面貌显示自身。”[1]

谢林认为，自由与必然、现实与理念、主观与客观、普遍与特殊、共相与殊相的不可区分的同一，是万物的始基。这些范畴是如何统一，结出“绝对者”之果的，并找不到可靠的路径。只

1 ［德］谢林:《艺术哲学》，魏庆征译，中国社会出版社，1996年，第26页。

有假设，是一个可靠的出发点。

自古以来，假设的虚构之美与“统一”的本质之美总是混为一谈；假设的、怀疑的审美心灵，一直对抗着“统一”的、本质的审美心灵。“统一”和“本质”都是规定性，而美是没有规定性的。我说，美即具体心灵中的直观愉悦，是指美在具体的心灵活动的时刻，不受任何遮蔽地催生的一种状态。直观的，即是纯粹的，反对任何教条的。

人作为一种生物品种，有着某种共同的属性，比如康德《判断力批判》中说的共通感、无目的的合目的性，但人绝对没有统一的审美心灵。因为美、审美、审美创造是没有真理性的。美也没有科学性，所谓的科学美学是个谎言。所谓的美学家，就好比监狱的看守，他们长期看守的是一个个牢笼。尼采说：“一个长期蹲在监狱里的逃犯害怕看守：现在他正惶恐地逃跑，一根棍棒的影子就使他直哆嗦。”在美学知识泛滥、爆炸、造假、伪装、腐烂、矫情……的时代，创作者和欣赏者都成了见到棍棒的影子就哆嗦的囚犯，有人在训练逃跑，而多数人在嘲笑逃跑者。

我有一阕《哀怨》云：

一头猪在用嘴拱一株兰草。这几乎是古今全部诗作的哀怨。

三、“统一性”只能用比喻才能表达

老谢林“绝对者”和“流溢”说的祖先，是普罗提诺（约204—270）这个新柏拉图主义者。普罗提诺老祖204年生于埃及，243年怀揣着一颗“绝对者的心”到达罗马。

普罗提诺在阐述他的思想时，使用了几个比喻。他用无限的喷泉来比喻上帝，这个上帝就是太一（The One），是一切存在物，是绝对。他也用太阳来比喻上帝。无限的喷泉涌出流水，水流溢出来，无穷无尽；太阳流溢出光芒，也是无穷无尽。无论喷泉还是太阳的流溢，都无损于上帝这个太一的完整。原因转移到结果，结果不会影响原因的完整。就像母亲生孩子之后，不会影响母亲的完整。这种说法当然是一种修辞术或曰逻辑诡辩。“统一性”的审美理论，都是逻辑诡辩。逻辑自己无法表达自己，美也无法表达自身，只能用比喻来表达。

审美心灵，是修辞的心灵。修辞的核心，是比喻。比喻的深度构造，是隐喻。美的问题就这么简单。美的诡辩理论，是天下无事、庸人自扰。相信审美教条的学院派教头们，都是摧残青年的庸人。庸人摧残庸人，鲜活的人类精神性正在走向死亡的途中。也就是说，随着审美文化积淀的深度和广度以文明或文化的方式扩展，创造力、判断力都装进了美学棺材、文化棺材、文明棺材。各种棺材在等待着成群结队的人钻进去。

钻进文化棺材、美学棺材里去的人们，不知道自己已经死亡，因为他们已经死亡。文化亡灵、美学亡灵出入墓穴，欣赏墓碑上镌刻着的文字。我有一小堆隐喻，涂鸦成一阕《死亡》云：

> 冬去春来，死亡又在解冻的地里寻找着生命。死亡把生命从墓穴里推出来，让人们衣冠楚楚地站立着，接受死者的讽刺。生命因懦弱的恐惧，把死亡推进墓穴掩埋。肉体在，墓坑因饥渴感到非常满足。乌鸦和喜鹊对死亡的真实性各有说法，既不能证明死，也不能确定生。它们纷纷用脚趾在空中画着圆弧，好像在书写姓名。巫师又在模仿乌鸦和喜鹊，念着生死簿的表格。春儿呀，天空中无穷无尽的乌鸦和喜鹊，仿佛一个个词，一个个咒语，抟成了云。

四、上帝、努斯、灵魂三个本体

柏拉图是本质主义最完美的祖先，普罗提诺这个泛希腊化时代的新柏拉图主义者，就是亚祖先。两位洋人老祖宗，既是本质主义的老祖，也是理性主义的老祖。现如今，洋老祖的学说，比土老祖的学说影响更大也。

太一、上帝、神、善（太阳、喷泉）是普罗提诺哲学中的第一个本体。这个本体是不动的。“我们离太阳越远，离黑暗（物质）越近。创造是从完善到不完善的堕落。在存在的阶梯上越往下走，就越不完善、繁杂、变化和分散。每后一阶段都是前一阶段的必然结果，是它的摹本、阴影和它的偶然性。但是，每后一阶段都努力追求较高的阶段，转向它的泉源，从它的先行者那里找到它的目的或目标。”[1]

第二本体，是从上帝或叫太一流溢出来的努斯，也就是纯粹的思想或精神。努斯（nous）或翻译成心智。努斯是太一的影子。太一在自我追求中要有所见，这种见就是努斯。在此，见与被见，显现与被显现，是同一个东西。罗素认为，努斯应该是精神加上理智的成分。它或许是一种理智的自在直观。在普罗提诺那里，努斯已经是堕落的产物，而在我看来，如果有一个本体或者需要假设一个本体的话，努斯即是本体。高贵的努斯，是自觉着的心灵与自我。与其说努斯是精神加理智，不如说，它是精神加情感的心灵实在。

第三本体是从努斯中流溢出来的，它就是灵魂。灵魂是纯粹思想、心智，即努斯的产物，它的影像或摹本。“灵魂有两个

1 ［美］梯利著，［美］伍德增补：《西方哲学史》，商务印书馆，2015年，第138页。

方面：一方面趋向努斯，另一方面又趋向感官世界。”它从努斯那里得到观念，在物质世界创造秩序。观念的灵魂不能分割；欲望的灵魂可以分割。事实上，观念的灵魂和欲望的灵魂时刻在分割。

灵魂分为世界灵魂和个人灵魂。世界灵魂流溢出世界；世界创造物质；物质形成物体。灵魂的升华是脱离肉体的依附趋向努斯，趋向善、上帝；灵魂的堕落是趋向肉体，凝视尘世。这是真的吗？智慧的梦呓弄假成真了吗？

上帝、努斯、灵魂究竟是什么，事实上无法证明。无法证明者，仍然可以通过逻辑演绎说出来，真实、真相、真理就这样在逻辑演绎中被改变了。本真的人心安在？人心本空。人心内涵之充盈，乃人心之遮蔽。遮蔽者，心灵空间的填充者，时时要证明自己为真。证明即使用语言逻辑，语言逻辑对于混沌的世界来说，是不存在的。世界，就是在，而非逻辑的在。

在美的创造和审美创造中，如果有一个东西是可靠的，那就是人类情感。我们可以假设三个本体，或更多的本体，但必须通过人类情感的幻化，通过生活世界的观照，才能形成美的作品。纯粹的美没有来源，没有归宿。纯粹之美自己直接显示自己。直观的游戏，就是直观的游戏本身。直观的游戏，或拥趸万千，趋之若鹜，也是心灵无依无靠的表现。一切都将付诸东流，只有纯粹直观的闪现。我有一阕《黄蜂与狮子》云：

> 春来了。黄蜂嗡嗡，宣称自己要占领整个山谷。黄蜂的意志付诸东流。就在同一个地方，狮子轰鸣，它的意志也付诸东流。它们彼此都听不见对方。我是第三者，在书桌旁听见了山谷里的喧闹，但我的听不能算数。春忽略了我的耳朵，接着，又忽略我的诗篇，我的爱和心酸。

五、美的判断无法摆脱"统一性"吗？

传统美学家认为，美的判断无法摆脱"统一性"，正如形式不能摆脱内容，表象无法摆脱所谓的本质。这些美学家是很当真的，他们那些学院派的子孙们，也就更加当真了。

普罗提诺老祖说：

> 我们认为，这个世界所有的美都是由于分享了理想形式（Ideal-form）才成为美的。
>
> 所有缺乏型式或形式的物体，只要停留在理性和理念的外面，与神的思想（Divine Thought）相隔绝，那就是丑的，而且是绝对的丑。丑就是没有被型式或理性（reason）完全

统摄的东西，是没有在所有方面屈服于理式的物质。

而理式能够将杂多的部分整合和统一起来，使混乱变成协合，全体变得和谐一致，因为理念是统一的，所有经过理念的塑造，再多样的事物也可以统一起来。

美就奠定在这种统一性之上，使部分和全体都是美的。当美照亮某种自然而匀称的统一体时，也照亮了整体。打个比方说，整个房子是由所有部分组成的，房子的美会通过某种自然品质赋予每一块石头。

物体就是这样通过与神分溢出来的思想进行交流而变成美。

灵魂中有一种特别针对美的禀赋，能非常肯定地欣赏美，任何时候都能毫不迟疑地对美作出判断。

或者说，灵魂本身能够立即行动，只要发现某种东西与自身里面的理式一致，就认定它是美的。也就是把理念看作决定美的不二准则。[1]

然而，我却认为，美只有精神性，而没有统一性。所谓美的

1 ［英］拉曼·塞尔登编:《文学批评理论——从柏拉图到现在》，刘象愚、陈永国等译，北京大学出版社，2000年，第14页。

精神性，是通过隐喻实现的也。美的精神性隐喻的核心，是人类情感。可是，所谓人类的情感也是空洞的，只有具体的事物与事态的鲜活的隐喻，可能是美的。垂死的隐喻中，也可能包含着人类情感，但是，这样的人类情感，必须通过鲜活的情感隐喻进行清洗才能激活，化为有具体直观愉悦价值的审美情感。

鲜活的美的判断力，通过鲜活的情感隐喻，摆脱“统一性”的审美教条。鲜活的形式和鲜活的表象本身就是美的，它无须通过所谓的内容和本质进行审美表达。鲜活的形式和表象本身就是鲜活的情感隐喻。

美的判断需要摆脱“统一性”，才能获得新生。但只有少数的审美心灵能摆脱“统一性”这个伟大的魔鬼。人类的智者和人类的思维属性，为人请来了“统一性”这个魔鬼，一直养着这个魔鬼。魔鬼占据了人心，人被这个魔鬼控制了。

摆脱“统一性”是困难的，因为旧的统一性魔鬼刚刚寿终正寝，新的统一性魔鬼改头换面又要登场。魔鬼在抢夺心灵；魔鬼在抢夺美；魔鬼在抢夺美的理论；魔鬼在抢夺人类的情感。我有一阕《抢夺》，假设了一个“春之善”高高在上的视象：

春的善高高在上，它注视着，垃圾正在抢夺粪坑。垃圾和粪坑都在抢夺蛆虫。为了被抢夺，蛆虫不停地分娩，每个蛆虫，都有机会发胖；为了被抢夺，每个蛆虫，都是一个透明的小弹簧，快乐地弹跳着理想。

六、反映论的根源

折腾了中国人民几十年的那个反映论的思想根源，就是美的统一性假设。古典主义、浪漫主义、现实主义、批判现实主义，以及一切政治文学艺术，都在反映论的统摄之内。文学艺术形式反映对象或内容，是一个理论假设；内容和形式的统一，也是一个理论假设。理论假设不等于理论是可靠的。理论的推导靠因果律实现，是个最大的谎言。无知者最膺服理论，无知者依靠理论演绎，又是心灵无依无靠的表现罢了。无知者是脆弱的，心灵和审美心灵都需要理论支撑。理论支撑的一种方式，是找到一个反映的对象去反映。然而，反映是不可能的和徒劳的。因为艺术创造如果有一个所谓本质，那无非就是情感的精神性虚构——情感的形式直观。

语言是一回事，沉默的世界是另一回事。人们总以为语言和世界之间有沟通的渠道，但人们忘记了，语言对世界的命名，是人的一厢情愿，跟世界没有什么关系的也。世界是沉默的，无限的自在，就是无限的沉默。美（诗、艺术）是想象力的灵光闪现，是对沉默的无奈挽救，而非现实，亦非反映现实。请看兰波小弟《灵光集》（又译《彩图集》）里的四阕诗歌：

我牵动座座钟楼的绳索，握住方方轩窗的花环；牵动座座星宿的金链，手舞足蹈。

一座高高的水塘腾着云蒸霞蔚的雾，在那苍白的落日上怎样神奇的巫女在昂扬？怎样紫色的叶簇在低回。

当人群溶化为狂欢节的河流时，你在云里敲响火红的玫瑰花蕾的铃声。

中国墨汁的爽人气味在升腾，一股黑色的粉尘如细雨蒙蒙，恬恬地洒向我的清醒。我压低吊灯的火焰，跳上床去，从阴影里蓦然回首时，我见到了你们，我的小姐们，我的皇后们！[1]

诗歌（美、艺术）的想象力自己说明自己，自己证实自己，

1 ［法］兰波：《兰波诗歌全集》，第211—212页。

无须美学家鹦鹉学舌，庸人自扰。如果有美学家的话，都应该是作家，应服从想象力的牵引。逻辑虚构无法指向美，想象力已经自足、完美而尊贵。

兰波（右，1854—1891）
魏尔伦（左，1844—1896）

心灵的直观愉悦形式如何获得美？我有一阕《到达》，一小堆隐喻：

> 经过万里之遥，我已经到达南海，到达春天。日出时分，春自上而下的光辉使波涛分娩出欢快的鱼群。中午时分，摇晃的渔船哺育着鱼。午夜时分，漂浮的弯月哺育着船。

七、上帝离开“统一性”成为一个叙述角色

伟大的兄长卡夫卡有一则箴言说：“写作乃是祈祷的一种方式。”兰波小弟有一句诗云：“我是圣徒，在平台上祈祷着——像

牲畜安详地埋头吃草，直吃到巴勒斯坦海滨。”[1]

在祈祷时，在反复祈祷时，心灵找到了一根根救命稻草。这一根根救命稻草可以称为美，也可以命名为别的事物。

智者虚构了一个“统一性”或一切“统一性”。智者之所以是智者，因为他们是群体虚构世界的代言人。这样的人有时候叫巫师或祭师，有时候叫毕摩或东巴，有时候叫哲学家，有时候叫诗人或艺术家。

这个“统一性”在太老祖宗毕达哥拉斯那里叫“数”，在老祖宗柏拉图那里叫理念或理式。“数”或理念这样的“统一性”，在基督教中叫上帝，在天主教中叫天主，在佛教中叫佛或如来。古希腊时代哲学中的“统一性”是不会说话的，只有将其转型为人格的“统一性”之后，它才会说话。像基督教、佛教这样的宗教的出现，是“统一性”转型为人格化之神的结果，也是人对世界的虚构文学化的结果。神、人都是叙述角色，可以分解成言语。神道成肉身，在现实的世界中找到一个角色，比如基督老祖宗；人道成神身，上升为神，乔达摩·悉达多老祖宗（“一切义成就者”）成为佛（如来）。

在《圣经·创世记》中，上帝（神）离开了“统一性”的整

1 ［法］兰波：《兰波诗歌全集》，第197页。

体，成为一个叙述角色，一个有话语的言说者：

第一日，上帝说："要有光！"便有了光。上帝将光与暗分开，称光为昼，称暗为夜。于是有了晚上，有了早晨。

第二日，上帝说："诸水之间要有空气隔开。"上帝便造了空气，称它为天。

第三日，上帝说："普天之下的水要聚在一处，使旱地露出来。"于是，水和旱地便分开。上帝称旱地为大陆，称众水聚积之处为海洋。上帝又吩咐，地上要长出青草，还要有各种各样开花结籽的蔬菜，结果子的树，果子都要包着核。世界的物便照上帝的话成就了。

第四日，上帝说："天上要有光体，可以分管昼夜，作记号，定节令、日子、年岁，并要发光普照全地。"于是上帝造就了两个光体，给它们分工，让大的那个管理昼，小的那个管理夜。上帝又造就了无数的星斗，把它们嵌列在天幕之中。

第五日，上帝说："水要多多滋生有生命之物，要有雀鸟在地面、天空中飞翔。"上帝就造出大鱼和各种水中的生命，使它们各从其类；上帝又造出各样的飞鸟，使它们各从其类。上帝看到自己的造物，非常喜悦，就赐福这一切，使它们滋生繁衍，普及江河湖海、平原空谷。

第六日，上帝说："地要生出活物来；牲畜、昆虫、野兽各从其类。”于是，上帝造出了这些生灵，使它们各从其类。上帝看到万物并作，生灭有继，就说：“我要照着我的形象，按着我的样式造人，派他们管理海里的鱼、空中的鸟、地上的牲畜和爬行的一切昆虫。”上帝就照着自己的形象创造了人。上帝本意让人成为万物之灵，就赐福给他们，对他们说：“要生养众多，遍满地面，治理地上的一切，也要管理海里的鱼、空中的鸟和地上各样活物。”按《圣经》的说法，人类成了这个世界的管理者和支配者。

第七日，天地万物都造齐了，上帝完成了创世之功。在这一天里，他歇息了，并赐福给第六天，圣化那一天为特别的日子，因为他在那一天完成了创造，歇工休息。就这样星期日也成为人类休息的日子。

“创世记”的这个故事，可以算作所有虚构文学之母。整体无法解释自己，因此，必须向具体妥协。因为只有在具体事物的叙述中，才有诗性的逻辑和人类的猜想。上帝作为理念、整体、绝对者的假设，是一个空有。角色叙述，是对空有的对抗。叙述者，无论是神，还是人，都需要在空有中找到一个最大的“实有”，这个“实有”需要通过感官系统得以确证。

于是，《圣经》(《旧约》，口传文学;《新约》，文人文学)的写作者找到了太阳。“要有光”，就有了光。光是从太阳发出的。柏拉图也找到了太阳，把太阳作为可见世界的统摄者，并将可知世界的善，作为太阳的隐喻；新柏拉图主义者普罗提诺也找到了太阳，这个具体的、可以感知的最大事物。所有民族的文学中，都把太阳作为万千隐喻中的一个核心隐喻。像歌中唱到的：“太阳最红，毛主席最亲，您的光辉思想永远照我心。”

上帝（神）是诗人的一个叙述符号，它命名了第一轮太阳。诗人对事物的第一次命名充满渴望。俄罗斯伟大的诗人，从法国回到祖国苏联后，因饥寒交迫而自杀的茨维塔耶娃有一首诗《第一轮太阳》：

啊，第一个人头顶上的第一轮太阳！
还有，亚当的这双大眼睛！
它们冒着烟，直瞪着太阳，
好像一尊双管炮黑乎乎的炮口。

啊，最初的蛇毒，啊，最初的醋意，
——藏在左边胸膛里！
向高天凝视的目光，
是亚当把夏娃仰望！

崇高的心灵生来的痛苦，

啊，我的**嫉妒**！啊，我的**醋意**！
啊，我的使一切亚当黯然失色的**丈夫**，
是上古有翅膀的太阳！[1]

伟大的兄长卡夫卡有一则箴言说："什么也不是，光的残余从言词中横穿而过。"光，可以隐喻世界的放牧者，也可以什么都不隐喻，只是在言词或事物中穿过。纯粹之光，是自然中最伟大的直观。

八、"美"的第一个谎言无所不在

美的第一个谎言，是所有谎言的逻辑统摄者，它无处不在。谎言，是真理的边界；美的谎言，是本真美的边界和极限，是庸俗美、垂死美、腐烂美的隐喻核心。没有创造力的心灵需要谎言的抚慰，因为对于脆弱的、被审美文化强暴的人心来说，创造之美就是丑本身。审美谎言的温床，是恶俗的审美文化，尤其是传统文化。每一个时代，都有一批卫道士为了保卫所谓的美而与美

1 ［苏］阿赫玛托娃等：《苏联三女诗人选集》，陈耀球译，湖南人民出版社，1985年，第211页。

的创造进行对抗。其实，卫道士们保护的不是美本身，而是恶俗的审美文化心灵隐喻。掌握话语权力的卫道士，在任何时代都是张牙舞爪的。

本真的创作和欣赏，都是审美创造。审美的行尸走肉，一直怀揣着恶俗的文化隐喻，对抗时代精神。今日反对当代艺术的人，与昔日反对新文化运动的人、反对现代主义的人、反对文艺复兴的人，可能就是一个人。这个人经常改头换面，在今天，他甚至会用现代主义反对古典主义，但其内心世界中的恶俗隐喻却坚如磐石。

小时候，我为生产队放猪。一位领着我放猪的老人对我说，他曾经训练一头猪，想让它立起来走路，但是，他失败了；他又去训练一条狗，让它学会说人话，也失败了。于是，老人产生了一种想法：他从猪哼的声音中，听出了还有一个看不见的放猪人，在呵护着猪，猪都听从那个人的，而不听他的，他最多只是一个替身。我跟他反复解释说，根本不存在那个放猪的人，如果存在那个人的话，他绝对不是一个人，而是一个魔鬼。老人看着苍天发呆。他应该是一位哲学家，一位诗人。

故乡的山坡与沟壑，村庄与田畴，此时正在轻盈地上升，停在光的照耀中。我想起了兰波小弟《童年》中的诗句：

魔幻的花朵嗡嘤着。野坡将它们摇荡。神奇而优美的动物在游动着，乌云聚集在由热泪汇成的大海的高空。

我是穿过矮树林的大道上的过客，闸门的喧豗覆盖了我的脚步。我良久地看着金色落日忧郁的溶汁。

我会是一个被抛在大海堤坝上的弃儿，我将是一个沿着羊肠小径前行的小奴，额头触着天穹。

幽径崎岖，绵绵山丘上，覆盖着郁郁的荆棘林。空气凝滞。鸟儿飞得多远，泉水流得多长！再向前进，大概只是世界的尽头。[1]

1 ［法］兰波：《兰波诗歌全集》，第196—197页。

美和艺术的原则

一、克莱夫·贝尔的出发点

英国现代文艺理论家克莱夫·贝尔提出"美是有意味的形式"这一命题。他指出:"'有意味的形式'是艺术品之基本性质，这一假说，比起某些较之更著名、更引人注目的假说来，至少有一个为其他假说所不具有的优点——它确实有助于对本质问题的解释。我们都清楚，有些画虽使我们发生兴趣，激起我们的爱慕之心，但却没有艺术品的感染力。此类画均属于我们称为'叙述性绘画'一类，即它们的形式并不是能唤起我们感情的对象，而是暗示感情，传达信息的手段。具有心理、历史、方面价值的画像、摄影作品、连环画以及花样繁多的插图都属于这一类。"[1]

克莱夫·贝尔的《艺术》一书发表于1913年，他用"简化"

1 ［英］克莱夫·贝尔:《艺术》，见马奇主编:《西方美学史资料选编》，上海人民出版社，1987年，第1050页。

的概括方式，将历史、现实、生活、庸常情感中的“艺术内容”排除在外，强调形式的直观或直观的形式本身的意味。这种观点本质上是艺术语言（形式）决定论或叫作自在论的观点。这个学说可以作为后印象主义、形式主义、立体主义、抽象主义等艺术流派的理论支撑。当然，艺术史的转型并非受理论家尤其是个别理论家的直接影响。理论家也是潮流中人，或者更准确地说，是潮流的总结者、阐释者。《艺术》一书出版时，保罗·塞尚已经去世（1906年）。

保罗·塞尚说：“艺术家当防止倾向于‘文学的东西’，这个倾向常常是画家离开真正道路的根源。”“绘画意味着，把色彩感觉登记下来加以组织。在绘画里必须眼和脑相互协助，人们须在它们相互形成中工作，通过色彩诸印象的逻辑发展。这样，画面就成为在自然当面的构造。在自然里的一切，自己形成为类似圆球、立椎体、圆柱形。人们必须在这些单纯形象的基础上学习画画，然后人们就能画一切所想画的东西。”[1]

没有塞尚就没有巴勃罗·毕加索和乔治·勃拉克。这两位立体主义的大师，将“形式语言”推进到一个极致。关于现代艺术

1 ［德］瓦尔特·赫斯：《欧洲现代画派画论》，宗白华译，广西师范大学出版社，2001年，第14—16页。

的起源可以从不同的角度去论述，从哲学思想的转型获得理论上的支持。但就艺术形式来看，从以理性主义为核心的模仿主义向形式主义过渡，是一个总体的格局。现代主义艺术一般都强调形式的自足性，对艺术中来自世界、生活、现实的观念和理性内涵持扬弃甚至全盘否定的态度。

乔治·勃拉克说："人不应想把大自然已经完满造成的东西再制造一次。——人不应通过模仿那些消逝着的和交易着的，而我们错误地认为不变的东西来显示真诚。事物本身并不存在，它们的存在是通过我们。人不应只是模仿事物，人须透进它们里头去，人须自己成为物。目的不是再现一个小故事般的事实，而是提供一个绘画的事件。比起模仿自然来，我情愿和自然处于和谐一致中。我企图达到：某一事物放弃了它的一般功能。当它没有任何作用时，我才去把握它，当它在那一瞬间成为陈旧废物，它的相对的用途已经停止了，到那时它将成为一个艺术创作的对象而获得普遍有效性。画题并不是这对象，而是那新的统一体，抒情性，它是完全从各种手段里诞生的。感官消灭形式，精神创造形式，只有精神在创作中起决定性的作用。我爱纠正激动的法规。人须警惕一个为着一切的公式。"[1]

1 ［德］瓦尔特·赫斯:《欧洲现代画派画论》，第108—111页。

立体主义是一种纯形式语言的客观主义。这种客观主义使画面的“意味”在形式语言中自我滋生，形成图式本身的直观。语言的张力和图式的美就是一切。这样图式本身与通过模仿获得的图式相比，可以说是独立和单纯的。单纯须要伟大的概括力去实现。

在与克莱夫·贝尔同时代的现代小说家弗吉尼亚·伍尔夫的小说中，古典小说悉心营造的那种巴尔扎克式的现实也被粉碎了。现实成了自我视觉的一种思维活动，一种扑朔迷离式的存在。

我曾在《“到灯塔去”到底有多远？》一文中评论道：“伍尔夫小姐并不想去把握世界的整体，她只要能看见物事清晰而又迷离地闪现就已经足够了。物事这种清晰而又迷离的闪现一经被创造出来（不是模仿），角色的‘人生意义’和情感也就同时得以显现，只是这种显现不在世俗的观念之中，也不在常识或知识当中，显现出现在常识或知识形成之前。因此，角色的精神内涵总是扑朔迷离，所谓人生和人生意义也如光影一样变幻无常。因为对于角色的生命来说，一切都还是‘无’，是‘零状态’的混沌，而对于作者来说，则是难以摆脱的‘慌’。”[1]

1　李森：《荒诞而迷人的游戏——20世纪西方文学大师、经典作品重读》，学林出版社，2004年，第114页。

现代主义艺术强调反传统、形式化，注重艺术符号的象征性和抽象性，张扬与模仿主义、和谐论美学保持距离的艺术态度，摆脱了古典主义、浪漫主义艺术的窠臼，使艺术理论和艺术形式都获得了新生，从而为当代艺术（后现代艺术）的转型和再次新生做好了准备。

二、毫无例外，都是伊曼努尔·康德的信徒

众所周知，伊曼努尔·康德是哲学和美学连接古今的一座桥梁，是现代思想的一个主要来源。康德的复杂性非几篇文章、几部著作能够说得清楚，因为康德的思想是放射性的，从每一个点出发，都隐喻着万丈光辉。在美学领域，《判断力批判》像喜马拉雅山一样高耸着生命的力量，像恒河一样充溢着宽广而深邃的微笑。每一位现代美学家和现代文艺理论家，几乎都可以说是康德理论的信徒，不管这些理论家是直接还是间接地接受了康德的影响。

康德首先排除了语言命题能够彻底解决艺术理论问题的可能性，对语言命题（广义的符号）的信仰，是传统美学、诗学的主流。甚至我们可以说，这一信仰是理性主义的基础，即使是非理性主义的理论，也不能突破传统理性主义赖以支撑的语言逻辑框

架。这种对以概念和逻辑为核心的理论的怀疑，是现代哲学的出发点。

康德说："先天概念所具有的范围，也就是我们的认识能力根据原则来运用以及哲学借这种运用所达到的范围。"[1] 这种对思想、哲学局限性范围的划分，是维特根斯坦前期哲学的基础。维特根斯坦区分了可以言说的和不可以言说的两个世界。这是逻辑和概念被约束，逻辑和理性从哲学和语言上受到控制的伟大思想。没有这种洞见，20世纪思想的语言哲学转型就没有源泉。

康德又说："没有对于美的科学，而只有对于美的批判；也没有美的科学，而只有美的艺术。"[2] 康德的这种论述，预示着当代非本质主义的来临。非本质主义即是将"批判"变成"本质"，而不是将"批判"变成挖掘"本质"存在的工具。

康德指出："任何通过概念来规定什么是美的的客观鉴赏规则都是不可能有的。因为一切出自这一来源的判断都是审美的（感性的）；就是说，它的规定根据是主体的情感而不是客体的概念。要寻求一条通过确定的概念指出美的普遍标准的鉴赏原则是劳而无功的，因为所寻求的东西是不可能的并且本身

1 ［德］康德：《判断力批判》，第8页。

2 同上，第158页。

自相矛盾的。”[1]

康德诸如此类的论述，是主体哲学（主体美学）复兴的滥觞。古希腊哲学、诗学中有两种范畴，一种是逻各斯，另一种是努斯。逻各斯是一种思维、思想或表达方法，而努斯则是一种主体的精神性敞亮。主体哲学（主体美学）的当代潮流强调“努斯”（心、心灵、灵魂、理智、感觉）的自由精神，反对“逻各斯中心主义”的理性堕落。意志主义、直觉主义、生命哲学等，无不受康德的影响。研究当代诗学问题，包括中国当代艺术潮流。如果不从康德谈起，是没有办法说清问题的。

事实上，没有康德的“自由游戏说”，就不可能有现代主义和后现代主义的美学框架。康德将美的艺术划分为三类：语言的艺术、造型的艺术和感觉游戏的（作为外部感官印象的）艺术。也可以从另一角度划分为表达观念的艺术和表达直观的艺术——康德的这种划分，正符合当代艺术潮流的总体格局。不论哪种艺术，康德都把游戏的无目的合目的性作为艺术之美本身。自由的游戏使人快乐（愉悦），它使无生命的物（形式）流露出某种自由的精神。这种自由的、游戏的精神，既可来源于观念，也可来源于感觉（直观）。也就是说，按康德的划分，无论是纯粹的美，

1 ［德］康德：《判断力批判》，第67页。

还是依存的美，自由游戏的艺术精神都是美的“本质”。即是说，来源于观念的艺术，也必须在游戏的观照中摆脱观念对艺术本身的干扰，才能成为本真的艺术品。

虽然维特根斯坦的后期哲学思想的灵感来源于足球场，来源于博弈或诸多游戏形式的启发，但是，维特根斯坦的语言游戏说，也是康德的自由游戏说的一个结果。语言游戏说是维特根斯坦后期哲学和美学的核心。语言游戏说是现当代语言本体论或非本质主义美学、文艺理论的基石。

三、在当代艺术中，美服从于艺术

在传统观念里，艺术只是美的一部分。包括康德在内的美学家（也包括克莱夫·贝尔），在大的原则上，都将美和艺术视为统一的体系，至少也是将艺术范畴纳入美的范畴来考察。事实上美和艺术从来都是有区别的。在此问题上，我同意赫伯特·里德的看法，将艺术和美区分开来。里德说：“我们之所以对艺术有许多误解，主要因为我们在使用‘艺术’和‘美’这两个词时缺乏一致性。可以说，我们长期以来一直滥用着这两个词。我们总以为凡是美的就是艺术，或者说凡是艺术就是美的；凡是不美的就不是艺术，丑是对艺术的否定。这种对艺术和美的区别是妨碍我们鉴赏艺术的根本原因，甚至对于那些美感十分灵敏的人来说也是如此。此外，在艺术非美的特定情况下，这种把美与艺术混同一谈的假说往往在无意之中会起一种妨碍正常审美活动的作用。事实上，艺术并不等于美。”[1]里德的这种区分是“当代艺术”理论的重要组成部分。在创作上，这种观念从夏尔·波德莱尔就开始了。这位法国象征派诗人的《腐尸》一诗，首先从象征的角度颠覆传统的艺术和美的观念。《腐尸》写道：

天空对着这壮丽的尸体凝望，
好像一朵开放的花苞，
臭气是那样强烈，你在草地之上
好像被熏得快要昏倒。

苍蝇嗡嗡地聚在腐败的肚子上，
黑压压的一大群蛆虫
从肚子里钻出来，沿着臭皮囊，
像粘稠的脓一样流动。[2]

1 ［英］赫伯特·里德：《艺术的真谛》，王柯平译，中国人民大学出版社，2004年，第3页。

2 ［法］波德莱尔：《恶之花》，钱春绮译，人民文学出版社，1986年，第75页。

事实上，形式主义的核心内涵，就是图式的象征主义。是象征主义首先挑战了多米尼克·安格尔式的古典主义优美，这种优美就像《泉》一样，符合理性的、模仿的、和谐（黄金分割式）的审美原则。《腐尸》中的尸体（据说是一条死狗，或为一女尸）与安格尔《泉》中高度概括甚至抽象的优美少女和洁净的“泉”形成鲜明的对照。安格尔的《泉》是“艺术等于美”的观念的完美体现。当然，波德莱尔的美学观并没有预示着当代艺术的全部问题，他只是从另一个侧面反映了所谓美的丰富性和复杂性。可这是个挑战伟大传统的起点。

在当代艺术领域中，象征已经不是优美的、理念的象征，而是图式、符号本身的象征，这种象征以超越或破坏来自毕达哥拉斯的和谐的审美理念为前提，使象征的诗学内涵大大提高了。在当代艺术观念中，美不能说没有共通感（康德的概念），但也未必有共通感，这一点与康德想建立的先验原则（康德似乎有点困惑，但仍然将美学纳入了其哲学体系）有些出入。

康德指出：“当我在这里把我的鉴赏判断说成是共通感的判断的一个例子，因而赋予它以示范性的有效性时，共通感就只是一个理想的基准，在它的前提下人们可以正当地使一个与之协调一致的判断及在其中所表达出来的对一个客体的愉悦成为每一个人的规则：因为这原则虽然只是主观的，但却被看作主观普遍的

（即一个对每个人都是必然的理念），在涉及到不同判断者之间一致性时是可以像一个客观原则那样来要求普遍的赞同的；只要我们能肯定已正确地将之归摄在这个原则之下了。”[1]

在共通感这一点上，我与康德有不同的看法（尽管在其他方面也有不同的看法）：一种艺术可能对一些人产生审美判断，但对另一些人，则不能产生审美判断，这一点与美或不美无关，这是在当代艺术原则中不能不考虑的一个问题。

因此，在传统艺术的审美观念里，艺术服从于美，而在当代艺术中，美服从于艺术，这是我必须指出的一个原则。美是具体的，不是抽象的。这就是说，艺术的外延已经变得无穷无尽，我们必须重新审视什么是艺术这样的命题。当代艺术必须重新建立它的出发点。没有这个出发点，就没有当代艺术问题。许多人对当代艺术茫然无知，其实是关于美的观念的障碍造成的。我们必须加以澄清。

四、美即具体心灵中的直观愉悦

无论是康德所说的纯粹美（自由美），还是依存美（依附

1 ［德］康德:《判断力批判》，第76页。

美），对于个人的判断来说，美都是复杂的。甲认为某种事物是美的，乙未必认为美，至少在程度上如此。而且即使对于同一个事物，一个人在不同的心境下对其美的判断也不同。我们不否认在审美判断中人类存在着某种共通感——普遍准则（康德说，不是"将会"一致，而是"应当"一致），但这种共通感只有很少一部分来自人的天性，大部分还是来自人类的文化隐喻。而且，共通感的多少也很难衡量。必须指出的是，这种共通感是很难用逻辑方式表达清楚的，更何况不同的时代，人们判断美的方式往往不同。表达本身与美本身就是两种东西，有时候互相呈现，有时候南辕北辙。

在康德关于美的划分中，按理来说，对纯粹美的观照，比如对一朵花的审美观照，或许就需要人类审美的共通感，然而，康德在论述纯粹美时，亦很小心谨慎，甚至让我们看出了他的立论难度。康德说，许多鸟类，比如鹦鹉、蜂鸟、天堂鸟，不少的海洋贝类，其自身的美，不受任何概念的约束，它们自身的纯粹性就使人喜欢。还有一些图案、线描、无词藻的音乐，也都属于自由美、纯粹美的范畴。[1]康德的这种划分事实上很勉强，因为这些事物是否对任何人来说都意味着美，都是个问题。我们很难用

1 ［德］康德：《判断力批判》，第65页。

命题的方式，概括各种复杂的状况，即便是受概念或理性影响的依存美也是如此。如果有纯粹美的话，那么这种美必然超出了具体个人的审美判断的界限而存在，那就是说，这种美的美是不以人的意志为转移的，是客观的。一个海洋、一朵花，它们不以人的意志转移而存在，这是客观主义的一个先验条件，可是，一个海洋和一朵花到底美还是不美，这就不是客观主义者能够解决的了。比如一朵玫瑰，在其盛产地昆明人的心中和在北京人、香港人的心中，其“美”的程度往往是不一样的，因为在昆明，玫瑰十分廉价，而在北京和香港，玫瑰都很贵。同一件东西，太容易得到和太不容易得到，其美的程度就大不一样。同时，还得看具体的心境，有时候，一朵野地里的无名小花，它比城市里被人们装模作样抚摸的各种玫瑰更加美丽和动人，可并非所有人都觉得山野里的无名小花是美的，并且是纯粹而高贵的。

因此，我可以尝试着为美假设一个说法——**美即具体心灵中的直观愉悦**。下这样的定义同样陷入了言说而又无法言说的尴尬，但是，言说必须进行。虽然我不像弗雷格和黑格尔那样对符号和逻辑充满信心，我也不会像老子和禅宗师父们那样，不相信语言。但是，言说必须进行。

美即具体心灵中的直观愉悦。这个定义一方面扩展了美的概念，另一方面，通过这一定义，我试图融通主观主义美学和客观主义美学。在这个定义里，美不是抽象的，也不是具象的。美或不美，一方面要放在具体的心灵中去考察（包括审美者的心境），空洞的心灵、抽象的心灵中是没有美的；另一方面，美必须是直观愉悦（包括直观的厌恶或“丑”），与逻辑判断和概念判断没有关系，即使有一定关系，也是通过隐喻转化的，不是直接的呈现。要判断美，这两者缺一不可。

美的，未必是艺术的；艺术的，也未必是美的。

五、艺术即心灵和心智的直观游戏形式

贝内代托·克罗齐说：“艺术即直觉。”这个著名的命题是直觉主义艺术哲学的核心命题。“直觉”（英语和德语都是Intuition）一词有时也可以翻译为“直观”（英语Intuition，德语Anschauung ——《判断力批判》），但直觉和直观是有所不同的。直觉强调主体性思维活动和审美判断，而直观则强调事物图式、形象、意象自身的显露或显现。具体说，前者偏重在主体认知，后者偏重客体显现。必须指出，显现不是再现。再现的核心是模仿，而显现则要求图式（形式）、意象自身的自足性、独立性、直接性，甚至是不自足的自足性。

克罗齐说：“艺术是纯粹的直觉或纯粹的表现，它不是谢林

式的智力直觉，不是黑格尔式的唯逻辑论，也不是像历史思考中的判断，而是完全没有观念和判断的直觉，是认识的原始形式，没有这种形式，就不能领悟进一步发展的、更加复杂的形式。为了认识艺术所具有的全面性，对我们来说，绝不应当抛开纯粹直觉这一原则，也不应当对这一原则作什么修正，或者更糟糕的，要加进一些折衷论点；只消坚持这一原则的界限，以最大的严格性遵守这些界限，并在这些界限之内深入探讨这一原则，挖掘这一原则所蕴藏的永不枯竭的财富就够了。……因此，在这表面上的冷若冰霜下面，却有着炽热的情感，真正的艺术创作，只有在成为纯抒情的作品的条件下才能成为纯直觉。”[1]

克罗齐的“直觉”，很像康德哲学和美学中的先验的感性直观。（当然，克罗齐的直觉具有“表现”的性质。）可是，这种感性直观在康德那里，是包括数学，即算术和几何图式的。康德认为，纯数学是一种先天的感性直观，而不是他所说的智性直观，这一观点是对传统知识论的彻底反驳。他说：“直观永远只能是感性的，也就是只包含我们为对象所刺激的那种方式。”当然，也不排除思维通过对感性直观的认识而获得知识的可能性。“无

1 ［意］贝内代托·克罗齐：《美学或艺术和语言哲学》，黄文捷译，中国社会科学出版社，1992年，第63—64页。

感性则不会有对象给予我们，无知性则没有对象被思维。思维无内容是空的，直观无概念是盲的。”[1]

康德只承认有感性直观的说法值得商榷，我认为不但有感性直观，也有智性直观存在。一个文明人往往是通过对智性直观的超越而获得感性直观的，因为先天的感性直观或许已被遮蔽。文明的发生往往对人的先天感性直觉能力是一种障碍。也就是说，无论是感性直观还是智性直观，都既可能是观察和审美的障碍，也可能形成观察和审美的洞见——使人的天赋才能重新开显。这一点，无论康德还是克罗齐都没有意识到。邓晓芒说：“柏拉图的‘理念’其实本质上就是一种智性的直观物，因为‘理念’即eidos，它的本意就是‘看’，当然不是肉眼的看，而是心眼（理智）的看，作名词表示看到的‘相’。所以近年来许多学者都主张这个词不应该译作‘理念’，而应直译作‘相’。”[2] 在艺术中，“相”是可以创造的。创造的“相”可以达到直观。“相”通过文化隐喻和审美习惯的融通和转化，也可以成为审美创造的集体无意识或个人无意识的“心相”，或许在某个瞬间，达到天人合一、

1 ［德］康德:《纯粹理性批判》，邓晓芒译，杨祖陶校，人民出版社，2004年，第52页。

2 邓晓芒:《康德哲学诸问题》，生活·读书·新知三联书店，2006年，第60页。

物我相忘的境界。

经过多年思考、体验和感悟，我给艺术假设了一个说法：**艺术即心灵和心智的直观游戏形式**。

这一定义也许可以看成是对康德、维特根斯坦和克罗齐思想的一种综合。维特根斯坦在《哲学研究》中提出“语言游戏说”。他说：“我也将把由语言和行动（指与语言交织在一起的那些行动）所组成的整体叫做‘语言游戏’。”[1]他又说：“在这里，‘语言游戏’一词的用意在于突出下列这个事实，即语言的述说乃是一种活动，或是一种生活形式的一部分。”[2]维特根斯坦的语言游戏说，是当代艺术哲学和非本质主义的一个根源。“艺术即心灵和心智的直观游戏形式”，是一种非本质主义的艺术理论。我更愿意通过对我的这一定义的注释，阐述我对艺术的看法。

在区分了直观和直觉之异同之后，直观和直觉两者都变得清晰起来。

我不否认纯粹的直觉的存在——这是“天才为艺术立法”的根据之一，可是，我也必须指出，当直觉与艺术发生关系之时，

1 ［奥］路德维希·维特根斯坦：《哲学研究》，李步楼译，商务印书馆，1996年，第7页。

2 同上，第17页。

直觉的纯粹性往往就消失了——无论在创作过程中，还是在鉴赏过程中都是如此。因为艺术的审美判断与创作，与心灵和心智存在形式有着密切关系。直觉是心灵和心智的直觉，没有心灵和心智的作用，直觉是不存在的。也就是说，直觉深受心灵和心智存在形态的左右。而心灵和心智的复杂性是因时代和人而异的。只有具体的心灵和心智，没有抽象的心灵和心智。即使有抽象的心灵和心智，也与具体的直觉没有关系。在中国的“文化大革命”时期，殷承宗等人也创作出了《黄河》这首伟大的交响曲，还有无数艺术家创作出了许多杰作，这是一个集体和个人的心灵与心智极端异化时代的例子。就像德国的法西斯时代，德国青年怀揣着真诚参加党卫军，为暴政的一系列口号献身一样。

我们要问克罗齐，在艺术领域里，存在着认识的原始的形式吗？通过对原始时代的艺术考察，我们会发现，在原始时代的艺术中，也有十分抽象的几何图式，这种图式对事物的抽象和概括能力，一点也不比当代艺术家的抽象形式逊色——他们纯粹是凭感性和直觉进行创作的吗？

艺术没有恒定本质，艺术也很少有纯粹抒情和纯粹直觉。这一点我们必须弄清楚。我们只要说，没有纯粹的心灵和心智（或许纯粹的白痴有），这个问题就迎刃而解了。

六、心灵、心智与艺术

心灵，可以认为是人们通常说的灵魂。心灵是感觉的直观、直觉能力。心智，是理性的知觉能力。同时，心灵和心智对于个人来说，是世界的存在和文化的隐喻空间。人类有集体的心灵和心智内涵，这是人类的文明、文化的积淀和形态。这种积淀通常形成物质化、观念化的系统，不同国家、不同民族、不同时代，人类的集体心灵和心智是不同的；人类有个人的心灵和心智，人与人之间的心灵和心智内涵千差万别，世界上没有两个人的心灵和心智是相同的。这是人孤独的根源，也是人具有表达渴望的根源。哲学家、思想家、艺术家为个人和集体心灵和心智的表达创造（创作）了思想的、理论的、观念的、艺术的各种模式，形成了各种各样的表达体系和框架。但是，直到目前为止，没有一个理论构架是完美的，今后也不可能有完美的理论构架。当然，表达并非没有意义，任何来自智慧、才情、逻辑的表达，都可能具有一定意义，其滋生意义达到的程度，要结合表达的完整性、完美性、智慧与才情去观察。无论是理论的框架，还是艺术的形式，都要依靠心灵和心智处理存在、实事和虚构的能力，没有心灵和心智的先天或先验能力，就没有创造力，没有康德所说的那种综合能力和分析能力。这是康德遇到的最大难题和得出的结论。可是，先验的判断能力、综合与分析能力一旦碰上文化和历史的积淀，一旦纳入具体的心灵和心智空间中去考察，其对同一事物的看法就会完全不同，甚至会南辕北辙。

心灵、心智与艺术的关系十分复杂，无论从创作还是从鉴赏方面去看都是如此。创作和鉴赏一旦开始，就必然附加了各种条件，遇到各种障碍。因为只有有心灵和心智参与的创作和鉴赏，不存在无心灵和心智参与的创作和鉴赏。我们不能说，没有纯粹性的心灵和心智，天才的艺术直观能力即可看作是一种纯粹性的心灵和心智。可是，心灵和心智总是被文化成规（习惯）所颠覆。心灵和心智既创造障碍，也被障碍创造。不同教养的人，不同文化背景的人，在面对同一幅作品时，其美感效应可能完全不同。即使同一个人，在不同的年龄段或不同的心境下，也会对同一幅作品做出不同的评价。一个保守的中国国画家，完全可能视塞尚的作品为粪土。同样，一个中国国画家，对当代艺术可能会嗤之以鼻，据我所知，多数中国国画家都对当代艺术嗤之以鼻。他们都固守各自的艺术判断，都在自己的心灵和心智划定的障碍范畴之内转圈，没有能力破壁而飞。

事实上，只有少数艺术家和理论家能够摧毁习惯性的审美障碍，获得天才般的艺术创作和鉴赏的直观。尽管可能这样的天赋直观稍纵即逝，连自身都难以预料。

当然，对于一个具有具体心灵和心智内涵的艺术家和鉴赏家来说，即便是天才，他也会因表达本身的局限性而身陷绝境。表达通常都是顾此失彼的。天才的表达也有盲点，没有纯粹明亮透彻的天才。比如，伟大如维特根斯坦者，也说出了“心灵是人的最美的图画”这样的胡话。不过，他接着又说：“一个人可以看见他所拥有的东西，但他不能看清他自己。人是什么？可以把人比作海平面之上的高度，而你不可能立即对这绝大部分情况做出判定。所以，一部作品的伟大或平凡常常依赖创作者所处的历史地位。”[1]

达·芬奇选择了他的时代，创造了他的时代，他的时代也选择、创造了达·芬奇。站在今天的立场上来看，达·芬奇不是“当代”艺术家，因为达·芬奇是文艺复兴时代的艺术家。但凭达·芬奇的天才，如果他生活在当代，他绝对是个当代艺术家。因为当代艺术是当代人创造的这个时代的艺术。我们可以设想，像达·芬奇这样天才的人，如果他生活在当代，他就不可能去复制拉斐尔和米开朗琪罗的作品。虽然对于庸常的鉴赏和功用来说，复制并非毫无价值，但从学术的角度上看，复制没有价值。既然天才为艺术立法，天才就必须创造艺术属于时代的、独一无

1 ［奥］路德维希·维特根斯坦：《文化的价值》，第75页。

二的可能性。

我们可以得出结论：从艺术创作和鉴赏的角度来看，亘古不变的、恒定的心灵和心智也是没有的。任何文化形态，都只不过是人类个人、集体心灵和心智中的一堆堆成规。

伟大的心灵和心智显得无依无靠。这样的心灵和心智只有在创作和鉴赏中才能安歇。艺术家创作艺术，是为恍惚、漂泊的心灵找到一根救命稻草。纳兰性德有一阕《蝶恋花》无奈吟道：

> 辛苦最怜天上月。一昔如环，昔昔都成玦。若似月轮终皎洁，不辞冰雪为卿热。
>
> 无那尘缘容易绝。燕子依然，软踏帘钩说。唱罢秋坟愁未歇，春丛认取双栖蝶。

所谓现代艺术

一、现代性概念

根据汉斯·罗伯特·尧斯在《接受美学》一书中的考察，现代性（modernitas）一词出现于11世纪。1075年某日，在教皇格雷古瓦七世召集的一次教区会议上，第一次使用“现代性”，表示“当代时期”的意思，以区别“过去的”旧时代和未来的革新时代。

12世纪，戈提耶·马普（Gautier Map）在他的《朝臣的戏谑》中使用了现代性一词表示作品的新潮性、时代性。任何时代的“先锋”艺术家、思想家，对保守势力和思想，都以“现代的”精神发难。这是一个传统。

1822年，巴尔扎克在其作品《百岁老人》中使用了这个词，表示“现代时期”，以评价“具有现代性的各个时期的画家”。

1833年，夏多布里昂在他的《墓外回忆录》中，提到了“现代性”。是年5月，他游览布拉格，批评海关：“海关和护照的粗俗性，即现代性，与暴风雨、哥特式建筑的大门、号角声以及激流声形成鲜明的对比。”夏多布里昂在贬义的意义上使用了现代性一词。

1860年，波德莱尔写了一本名曰《现代生活的画家》（指康斯坦丁·居伊）的小册子，书中说：“现代性，就是那种短暂的、易失的、偶然的东西，是艺术的一半，它的另一半内容是永恒的、不变的。（……）这种短暂的、易失的、变换无常的东西，你们没有权利蔑视它或者抛弃它。”[1]

通过语词的历史钩沉，我们还可以举出一些例子，比如在英语世界的历史中，古人对相应意思词藻的使用。不过，这个意义并不大，谁先说出了这个词，永远是个谜。在多年来的现代性研究中，不管学者们争论有多激烈，人们对这个词含义的理解都越来越清晰，甚至有过度阐述之嫌。首先，我们有必要交代一点，在审美现代性方面，我们可以说，任何一个时代，都有一个时代区别于其他时代的艺术和审美特征，任何一个时代的这种艺术创作倾向和审美观念，都是那个时代的“现代性”或者“当代性”特征。如果没有这种时代性的审美范式，那么在时间概念上

1　以上资料源于法国著名现代性研究专家伊夫·瓦岱在北京大学演讲、出版的《文学与现代性》一书第一章，北京大学出版社，2001年。

对不同时代的审美区分就毫无意义。因此，“现代性”（或“当代性”）概念，必然包含了时间性、时代性、文化艺术潮流的内涵。其次，对于我们今天的人群和时代来说，所谓的现代性又是一个具体的概念，一个学术研究和学术划分的范畴，一种精神内涵和精神向度。就是说，我们所说的现代性，是西方启蒙运动时代以来逐渐形成的现代社会精神、现代价值观、艺术观的总体特性。这种特性是区别于现实主义时代、浪漫主义时代、古典主义时代的。同时，在我看来，“现代性”也区别于“当代性”，在文化艺术领域的区别更加明显。这一点将在后面的章节中阐述。

总而言之，现代性是一个总体的概念，其内涵涉及政治、经济、文化、艺术等所有领域，要说清楚需要花费很多篇幅。这里只简单指出现代性内涵的几个方面：

其一，现代性是以理性主义（包括它的“硬币的另一面”非理性主义）知识论为核心发展到“知识爆炸”时代的一个产物，在这个时代，广义的理性主义泛化为生活的价值观，在社会潮流中伴随着社会的进步，伴随着工业产品生产和商业社会的发展，在这个时代，知识从“美德”真正变成了“力量”，变成了生产方式和生活方式。

其二，支撑现代性的另一副骨架，是科学技术理性，包括工具理性。在启蒙运动以后，知识理性逐渐演化成以科学技术理性为核心的理性精神。这一精神从其蒸蒸日上，不可一世，到对人文精神的消解，对传统价值的部分颠覆，其过程是现代性发展的一条线索。

其三，自笛卡尔（“我思故我在”）以来，人类主体性精神的普遍崛起，使自我意识、公民意识成为社会前进的动力，到启蒙运动时代，自由、民主、平等、博爱逐渐成为社会的核心价值和普世价值，并在社会运动中逐步得以实践。风起云涌的社会、政治、文化变迁，对艺术创作和审美范式产生了决定性的影响。

其四，思想自由、言论自由得到保障。自由原则，是普世价值原则的又一个基石。伏尔泰说:“虽然我不同意你的观点，但我誓死捍卫你说话的权利。”

其五，私有财产和个人精神性、创造性的神圣不可侵犯，成为现代性的重要组成部分，个人主义价值的实现和得到尊重，是这个文明浪潮的又一个核心。

其六，宗教意识形态的“上帝基础”逐步瓦解，尼采喊出了作为象征的“上帝死了”的口号。人类的主流意识形态面临着重新寻找出发点的努力和痛苦，包括尼采在内的许多哲学家，都做出了从审美（艺术）中探寻人生意义的努力。

其七，在艺术领域，艺术家在普世性理性主义和非理性主义的精神感召下，重新探索艺术的语言表达方式，探索自然和世界结构的真实性和真理性。这种探索与传统艺术观念相对抗。

其八，神学教育的单一性控制的解体，使公民教育与公民自我教育的体系逐渐成熟，个人的创造性得到充分尊重。教育的革新，是启蒙运动以来的现代性精神的又一个基石。但是，激进主义政治、国家意识形态对启蒙理想的反动，导致某些国家和社会又出现了新的意识形态单一性的控制。由此观之，启蒙和反启蒙的对抗，成为现代性这把双刃剑的两面。

“现代性”是一个过程，其在不同的学科领域都能体现。不研究现代性，就无法面对启蒙运动以来的历史。这个过程在不同的国家和社会中，其进程是不一样的。在现代性的历史进程中，抵制现代性的力量也十分强大，这种力量强大到有时需要通过战争和流血才能分出高下的程度。在此意义上讲，现代性的历史，也可以说是一部血泪史。中国的新文化运动、五四运动、辛亥革命，是现代性运动的重要组成部分。我们可以看到，现代性运动的推进充满着血腥和杀戮，而终止这个运动也同样飘零着血雨腥风。但是，历史的潮流是不可阻挡的，谁阻挡历史潮流，谁就变成了可笑的角色。一个国家的命运，一个民族的命运，一个人的命运，在现代性的血腥历史中，可歌可泣，可悲可叹！

二、现代艺术的观念基础

现代艺术在同时代的现代性陶冶之下，从传统艺术观念和表达方式中衍生出来。这种艺术不管名曰象征主义、印象主义、立体主义、抽象主义、意识流、荒诞派，还是总而统之称为现代主义，其诗学特征、语言方式总体上来说都是建构主义的。建构主义的本质，即寻找人类精神真实、和谐、可靠的存在模式与阐释模式，丰富人类精神的内涵。现代艺术相信通过语言的创新和对事物与世界的视觉、感觉、直觉认识，能够拓展艺术的表达渠道，构建艺术新的表达范式。正如美国当代艺术批评家金·莱文所说：

现代艺术是科学的，它是建立在对技术未来的坚信不移、对世界进步和客观真理的信仰之上的。它是实验性的，创造新形式是它的重要任务。自从印象主义大胆涉足光学之后，艺术开始分享科学的方法和逻辑。出现了利用爱因斯坦相对论的立体派、具有工业技术效果的构成主义、未来主义、风格派、包豪斯以及达达主义分子的图解方式。甚至连运用弗洛伊德梦境世界理论的超现实主义形象和受其精神分析过程影响的抽象表现主义的行为方式，都试图用理性的技巧来驾驭这些非理性的事物。因为，现代主义阶段信奉科学的客观性和科学发明，其艺术具有结构的条理性、梦幻的逻辑性、人物姿态和材料的合理性。它向往完美，要求纯洁、明晰和秩序。除此之外，它否定一切，尤其是过去理想主义的、观念形态的和乐观主义的东西。现代主义曾被断言有着光辉的、崭新的更好的未来。它和技术一样，一直是建立在人造形式的创新这一基础之上的，或如迈耶尔·夏皮罗（Meyer Schapiro）曾经所说的那样，“是一个制造出来的事物而非一个再现出来的事物”。[1]

19世纪晚期印象主义的出现，是现代性观念在艺术领域的一次“核爆发”。艺术家在寻求建立新的艺术标准的可能性，寻求在表现方法上的革新。艺术家在问，学院派的绘画规则，那种源于素描的明暗对比，那种模仿自然的色彩和形体结构，难道就是我们观察自然及其事物的可靠方式？进一步，这些艺术家又在追问，追求真实与和谐之美的西方传统，是不是到了古典主义时代，就以古典主义的艺术原则终结了。正是这两个追问，使印象

1 ［美］金·莱文:《后现代的转型——西方当代艺术批评》，常宁生等编译，江苏教育出版社，2006年，第5页。

主义创作方法（艺术语言）成了艺术创作可能性中的一种。目的就包含在追问之中，包含在对旧的可能性的怀疑和对新的可能性的确认之中。无论马奈、莫奈、雷诺阿、毕沙罗，还是塞尚、修拉、凡·高，他们都有着用新的创作方法去探索新的“真实”与“和谐”的艺术抱负。而“真实”与“和谐”这两个观念，是西方全部主流诗学的基石。伟大的艺术史家贡布里希说：“印象主义者的艺术目标跟文艺复兴时期发现自然以来建立的艺术传统并无二致。他们也想把自然画成我们看见的样子，他们跟保守派艺术家的争论在艺术目标方面少，在达到艺术目标的手段方面多。他们探索色彩的反射，实验粗放的笔法效果，目的是更完美地复制视觉印象。事实上，直到出现印象主义，才完全彻底地征服了自然，呈现在画家眼前的东西才样样可以作为绘画的母题，实现世界的各个方面才都成为值得艺术家研究的对象。”[1]

我们观看《卢昂大教堂》（莫奈），获得了这个大教堂在光影中的视觉真实，我们意识到，不是所有事物在观察中都具有焦点透视式的景深；我们观看《煎饼磨坊的舞会》（雷诺阿），会想到绘画语言（音乐式的旋律和笔触）本身没有必要隐藏在人、事物

1 ［英］E. H.贡布里希：《艺术的故事》，范景中译，生活·读书·新知三联书店，1999年，第536页。

雷诺阿 《煎饼磨坊的舞会》（1876）布面油画，131×175cm

和场景的真实背后，对绘画语言的解放，是现代艺术“真诚”的一个前提；我们看《蒙马特大街》（毕沙罗），像许多印象主义作品一样，那是视觉印象对真实的重构；我们看《圣维克多山》系列作品（塞尚），看到了几何形式和色彩的和谐创造的理性与感性的融通；我们看《大碗岛的星期天下午》（修拉），看到了“点”与点的色彩作为绘画语言创作的数学之诗；我们看凡·高的作品，看到了笔触（另一种形式的点）创造的音乐旋律、心灵图式。看到诸如此类的现代艺术作品，我们就会对艺术家们重新创造的自然真实与和谐钦服万分，心灵语言就会在消解后重新获得充盈。方法、语言，就是艺术形式、艺术意蕴建构的是目的，而不是手段，这就是那种既根植于传统，又对传统的模仿说进行扬弃或清理的现代主义法则。这样的法则早就蕴含在人类艺术创

毕沙罗 《蒙马特大街》（1897）布面油画，74×92.8cm

造的聪明才智之中，只是它在艺术发展的历史文化语境中被教条曲解了。因此，从这个意义上讲，我们也可以说，创新既是对传统的改造，也是对传统的回归。塞尚说过，他要“依据自然来复兴普桑”，其中所包含的真意，似乎很难被人理解。至少学院派是不能理解的，因为学院派只相信知识的教条、死亡的心灵结构，却不相信艺术因方法或语言的不同而有着不可穷尽的可能性。

毕加索、布拉克的立体主义，也是对视觉观念形态的一种考验。立体主义也想构建一个科学的、理性的世界图式的真实。相对于常识的视觉观念来说，这种建构是认识论（知识论）的一个观念形态。立体主义思想深深植根于西方以几何学观念建构和解释世界的传统，这一传统同样发源于古希腊思想。这是古希腊思想在艺术观念和语言上的又一次转型。

也就是说，现代艺术肯定是现代性的一个内涵和结果，是理性主义（包括非理性主义）、科学主义的一个结果。人们探讨直觉和观念的可靠性和多样性，将艺术的时空观念、形式观念在事实和真理性背景上大大地扩展了。重铸真实，并以此表达心灵和视觉的和谐观念，永远是艺术创作和批评的一个理想。在不同的历史语境中，这一理想的表现形式不尽相同，因此，艺术潮流也随之变迁。

我们再举个例子。弗吉尼亚·伍尔夫的《到灯塔去》这部小说，就是对古典主义、现实主义、浪漫主义的艺术表达方式、概括能力的反动，同时，也是对直觉真实、时空真实的追求。在我们的审美习惯和审美观念中，总认为现实主义是最具有“真实”性叙事向度的，岂不知这种真实，是被概括了的“典型化”的真实。事实上，在人的直观世界、精神世界乃至知识世界中，“真实”问题从来都是很复杂的。

像许多现代主义小说一样，《到灯塔去》这部小说是反“情节”和反“起承转合”的传统叙事结构代表作之一。这种非情节化叙事，更接近庸常生活的结构。小说写了拉姆齐家人和几位朋友想到隔海相望的“灯塔”去游玩的一个简单愿望和经历。这是几个人在第一次世界大战前后的生活镜像片段。小说中人物拉姆齐先生想携幼子詹姆斯去灯塔，却因天气不佳而未能成行。战后，拉姆齐携带儿女出海，到达了灯塔。小说集中描写了时光中的“窗”和“灯塔”这两个“事物”及其象征。一切都恍若隔世，风雨飘摇。我曾在《“到灯塔去”到底有多远?》一文中解读过这篇小说的现代主义诗学意蕴：

> 的确，像我议论的那样，伍尔夫小姐并不想去把握世界的整体，她只要能看见物事清晰而又迷离地闪现就已经足够了。物事这种清晰而又迷离的闪现一经被创造出来（不是模仿），角色的“人生意义”和情感也就同时得以显现，只是这种显现不在世俗的观念之中，也不在常识或知识当中，显现出现在常识或知识形成之前。因此，角色的精神内涵总是扑朔迷离，所谓人生和人生意义也如光影一样变幻无常。因为对于角色的生命来说，一切都还是“无”，是“零状态”的混沌，而对于作者来说，则是难以摆脱的“慌”。
>
> ……
>
> 在阅读之初，我渴望通过伍尔夫小姐特殊的眼光去发现“黑暗”之中的“物事”，想象着可能会发现什么样的特殊景观，看看是不是有一个什么样的本能或“核心”在推动着人们茫然失措地行走。可惜我很快就悲伤地发现，意识中流动

的仍然只是我们熟悉的物事或人世间芸芸众生恍惚不安的表象。这就像一条河的流动一样，除了能看见水和水在流动，看见砂石或树桩从一个地方移动到另外一个地方，我们一无所获，不知道打开时间和空间，让一切无动于衷或滚滚向前的力量是什么。也不知道我能否获得那种推动一切的力量，把它引申到语言中来。[1]

关于从代表传统的现实主义到现代主义的建构主义诗学转型，人们论述很多，但在我看来，荷兰著名文艺理论家杜威·佛克马教授的论述是最精当的：

我们刚刚提到过，弗吉尼亚·沃尔夫曾经精巧、典雅地展示过现代主义同现实主义相比所具有的优越性。关于现代主义对现实主义的取代，这并不是一种完全正确的表述方式。我们没有论据来保证那种断言现代主义要高于现实主义的说法的正确性。两者都是阐释现实和文学的模式；它们必然是经过简化了的构架，将永远不能够把握事物全部的复杂性。但我们能说的是，现代主义的局部真实和现实主义的局

1　参阅《“到灯塔去”到底有多远?》一文，引自李森:《荒诞而迷人的游戏——20世纪西方文学大师、经典作品重读》。

部真实是不同的，一个强调意识和思想认识的基本作用，另一个强调物质现实的重要性。现代主义的偏见比现实主义的偏见看来要高出一筹，因为人们已经厌倦了现实主义的阐释模式，而且认为它已经失败了。现实主义唤起了人们对科学和社会进步的不明智的希望，但内在于现实主义主张当中的乐观主义却被第一次世界大战的灾难震惊了。[1]

三、现代艺术关于真实的观念

在深入讨论现代艺术关于真实的观念之前，我们有必要来考察一下传统审美中的主流观念。奥古斯特·罗丹是一个通过“现实”和“自然”的观念向古代艺术学习的伟大艺术家，他是米开朗琪罗承前启后的伟大传统“艺术链”中的一链。罗丹说：

> 总之，我服从“自然”，从来不想命令“自然”。我唯一的欲望，就是像仆人似的忠实于自然。[2]

1 ［荷］D. 佛克马、E. 蚁布斯:《文学研究与文化参与》，俞国强译，北京大学出版社，1996年，第104页。

2 ［法］奥古斯特·罗丹:《罗丹艺术论》，沈琪译，吴作人校，人民美术出版社，1987年，第15页。

奥古斯特·罗丹接着说：

> 艺术家所见到的自然，不同于普通人眼中的自然，因为艺术家的感受，能在事物外表之下体会内在真实。
>
> 但总而言之，艺术上的唯一原则，是把看见的东西抄录下来。希望贩卖美学的人别生气，任何别的方法是有害的，没有任何其他的方子可以美化自然。[1]

罗丹的观念是传统审美观念的代表，这种观念把“自然”和“现实”看得十分神圣，相信“自然”和“现实”中有一个“内在真实”；进一步深究，就是有一个“内在本质”或“内在真理”。罗丹在其著名的《遗嘱》一文中真诚地告诫青年人：

> 在艺术家看来，一切都是美的，因为在任何人与任何事物上，他锐利的眼光能够发现“性格”，换句话说，能够发现在外形下透露出的内在真理；而这个真理就是美的本身。虔诚地研究吧：你们不会找不着美的，因为你们将要遇见真理。奋发地工作吧。[2]

1 ［法］奥古斯特·罗丹:《罗丹艺术论》，第17页。

2 同上，第2页。

这种思想来源于赫拉克利特“艺术模仿自然”的学说。这一学说是毕达哥拉斯以来的人、自然、艺术“和谐统一”美学理论的支点。“和谐理论”是西方经典美学理论的核心，被称为“伟大的理论”。不过这一理论在现代艺术理论框架和创作实践中受到了巨大的挑战。当然，这一理论的实质是建构主义的。

我们前面已经讨论过现代主义艺术的建构主义诗学特征，讨论过“真实”观念在建构主义诗学中的理性基础。下面，我们将引入瓦·康定斯基的观点进一步讨论这个问题。俄罗斯艺术家瓦·康定斯基是抽象主义绘画的创始人之一，他在《论艺术的精神》一书中提出了一个阐释抽象主义艺术审美真实判断的定律，并将这一审美定律上升到“科学”的层面。这一定律是：

> 抽象的量减少与抽象的质的增多成正比。这里我们触及了一条最基本的原则：一种表现形式在外表上的增长，在某些场合下，会导致它的内在力量的减小。在这种情况下，2+1小于2−1。这条定律当然也体现在最细微的表现形式上：一个小色点往往由于它的面积和外部力量的增大而丧失其强度，其效果也必然遭到削弱。含蓄地使用色彩，会产生极佳的色彩运动；直截了当地使用甜俗的色彩，只会产生出令人难忍的共鸣。所有这些，均是广义上的对比规律的结果。简

单说：真正的形式产生于感情和科学的结合。[1]

通过这个定律的阐释，暗含了他对传统审美“被美化了的世界”的真实性的批判，而这种“美化”来源于现实主义泛化了的诗学观念。他认为，对象本身的外表并不重要，重要的是它的内在共鸣和生命。同时，康定斯基并不蔑视“伟大的现实主义”（杰出的艺术家从来不蔑视其他卓越的艺术表达方式），他在这种现实主义和抽象主义之间找到了一个说法：“极端的外部差异，能转变成伟大的内在相等。”在这种说法中，现实主义和抽象主义成为表现艺术“真实”的两个极端，这种真实不是表象世界的结构，而是艺术本真价值和诗性表达可类比性的那种内在结构，也可以说是我们所预设的艺术本质可类比性的内在结构。这种可类比性在康定斯基看来，就是“内在共鸣”。他说：“必须认识到：在抽象绘画中，减低到了最小限度的‘客观因素’即是最有力、最有效的现实因素。”他认为，在两个“对立物”之间可以互等：

现实主义=抽象主义，
抽象主义=现实主义。

1 ［俄］瓦·康定斯基:《论艺术的精神》，查立译，中国社会科学出版社，1987年，第82页注释。

现代主义的建构主义美学解决了一个问题，艺术的真实既不是我们自认为可靠的那个外部世界的真实，也不是“美”的“深度”世界的真实，更不是我们创造的艺术传统审美形式和审美成规的真实。说到底，艺术的真实与我们建构的知识体系和文化成规没有必然的联系。艺术的真实即艺术家创造的艺术图式的真实。这种真实可能与人类经验中的世界图像和现实的、自然的真实有某种关系，与知识世界和审美成规的真实有某种关系，但是，艺术的真实并非绝对来自现实和自然，也并非总是和谐的。

艺术的真实是心灵和心智创造的。不管是建构的艺术，还是解构的艺术，都来源于心灵和心智。我们不能说艺术的形式先验地存在于心灵和心智当中，但我们可以肯定，艺术的图式、艺术的逻辑在心灵和心智中滋生。换句话说，心灵和心智为艺术提供了一个逻辑起点，从这个起点出发，艺术自身有了自我发育和成长的生命。

艺术真实被创造的可能性是无穷无尽的，它可以在文化成规中被推动，形成自身的传统，构建一种或多种审美习惯；它也可以在观念和文化的沙漠中自然出现，在自我的生命力推动下成长。

因此，我们不能说，艺术中的真实服从现实和自然，也不能说其来自传统。如果不考虑艺术自身所具有的诗性高度（一个天才创作的艺术和一个普通工匠创作的艺术是存在着不同的诗性高度的），那么我们可以说，所有艺术形式、艺术品都可以被视为具有某种艺术的“真实”性，只不过不同的艺术形式其真实的内涵是完全不同的。这种真实的异同，不能靠一个理论框架去限定，只能靠心灵和心智的感悟能力和直观能力去解码。一个白痴无法理解或感悟天才的判断力，因为在他的心灵和心智中，根本就没有这样的“芯片”，也没有安装着处理复杂审美问题的“软件”。

康德说：“天才为艺术立法。”我说：“天才的艺术寻找天才。”这是我经常发出的感叹。对传统艺术“真实”观念的反抗，或者说对这一观念内涵的改造与丰富，是现代艺术的一个重要遗产。从这里出发，人们重新探讨艺术与真实（客观）世界的关系：不是放弃“真实”，而是对“真实”的思想进行了重新建构。从此，新的理论基石出现了，用我的思想说，就是：恒常的艺术真实本来就不存在。人们不断地从迷途中归来，是因为人们已经走得很远。

四、现代艺术的语言本质观念

在艺术语言的探索方面，现代艺术的进步是惊人的。比如在绘画领域，人们对色彩的认识取得了巨大的进展。现代主义以前的艺术虽然也重视色彩，不过，就主流观念来说，传统的色彩在作品中要么是为“深度”表达服务的，要么主要提供一种装饰性的需要，在主题鲜明的作品、宗教题材的作品里尤其如此。色彩不过是自然之表，而非自然之本质。可是，到了现代主义艺术家那里，色彩成了艺术的本质因素。美国现代艺术史家和批评家约翰·拉塞尔指出：

> 在所有这一切中，色彩是惹人注目的要素。它的解放最早在1885年就有了预示，是年凡·高写道“色彩本身就表达某种东西”。到了1888年，高更清楚地懂得：色彩能以一种密码传递信息，那种密码还没有破译出来，高更的这一认识很快被他的弟子们接受。在整个十九世纪八十年代和九十年代里，色彩可以构成体积和可以界定形式的作品都由塞尚作了证实。画布上平涂的色块是绘画的主要构成要素，并且应该获得这样的地位……人们对艺术的原理研究越多，色彩就越发地成为他们探索的中心。[1]

色彩作为本质要素，是现代和后现代绘画语言探索的一个问

1 ［美］约翰·拉塞尔:《现代艺术的意义》，陈世怀、常宁生译，江苏美术出版社，1992年，第38页。

题。在其他艺术领域，形式自身的语言也部分地成了本质要素。在语言艺术领域，人们越来越发现语言的游戏本质，语言的运动就是本质。这种观念从理论上说，来源于康德，大成于路德维希·维特根斯坦。维特根斯坦掀起了一场语言哲学的革命，这是20世纪新诗学观的一个基础。

进一步说，语言自身成了本质，这是现代艺术家反对传统美学的一个结果。但对于现代主义艺术来说，这仅仅是一个开端。我们看到，在现代主义艺术领域，艺术语言、艺术符号在本质化要求的过程中，首先是对现实主义、浪漫主义、古典主义式的“深度阐释”“深度观照”的扬弃，这种扬弃是一个使作品逐渐“平面化”的过程。美国杜克大学的弗·杰姆逊教授指出：

> 现代艺术的平面感来自于对透视的反叛，画面的一切都走向表面，如立体主义中就不存在近大远小的透视关系，而是所有的画都呈现在表面，平面地展开。但这种平面感、表面性证实的只是绘画、作画行为本身，也就是说证实了绘画可以把现实世界转化成某种艺术的东西，这仍然是美学意义上的内容。[1]

1 ［美］弗·杰姆逊：《后现代主义与文化理论》，唐小兵译，北京大学出版社，1997年，第199页。

弗·杰姆逊的意思很明确，现代主义虽然以“平面化”反对“深度阐释”，但是，这种“平面化”仍然是一种美学意义上的、可阐释的“平面化”，不像后结构主义那样取消阐释。这种观点是非常有见地的，值得我们仔细琢磨。事实上，杰姆逊的这段话已经说出了现代主义与之前的艺术潮流之间真正的区别与联系。没有一个艺术潮流彻底割断了与其前或其后的潮流的联系。这是文明承传的索链。

我们再来看看杰姆逊教授理论阐释的犹豫之处。这种犹豫充分表现在其对“深度模式”的阐释之中。杰姆逊教授将可阐释性的“深度模式”分为以下四种：

其一，黑格尔或者马克思的辩证法。这种辩证法以现象和本质相区分的方式去看待事物，破译社会生活、历史和文化内涵，从而达到揭示本质存在的目的。

其二，弗洛伊德主义。弗洛伊德将“明显”的和“隐含”的事物存在内涵相区分，将所想的和实际发生的分成两种存在模式。

其三，存在主义。存在主义区分了存在的本真性和非本真性，认为本真性可从非本真性下面找到，这也是一种现象与本质的关系模式。

其四，符号学。符号学区分语词和事物的能指和所指层面。

这种二元主义的区分，仍然是一种深度模式。

弗·杰姆逊的这种“深度模式”的四种划分，将现代主义艺术的诗学理论也纳入现代主义以前的理论一并考察，虽然有一定的道理，但未免太武断了一些。我认为，现代主义以前的西方艺术，其主流是以模仿说为基础的“反映论”艺术，但到了现代主义阶段，反映论逐渐被颠覆了。只是这种颠覆是以一种美学颠覆另外一种美学，以一种艺术方法颠覆另外一种艺术方法，以一种语言方式颠覆另外一种语言方式。但我们必须注意到，现代主义是走向后现代主义的一个过渡时期，这一时期的“深度模式”与反映论的“深度模式”有了本质性的诸多不同。

我们可以举出诸多例子，来阐述“深度模式”向显在形式过渡的诗学在创作中的影响，或者说，这种诗学转型，本来就是从创作中引申出来的学术问题。比如蒙德里安，他无疑是反对“深度模式”最彻底的艺术家之一。当我们看到《红、黄、蓝构成》和《百老汇爵士乐》的时候，已经很不想再称他为画家了。在《红树》和《开花的苹果树》里，人们还能看见树的造型、笔触和色彩构成的绘画式的和谐，而在绝对的几何色块中，传统绘画的“深度”和透视，已经彻底被颠覆，甚至可以说，色彩本身已经获得了一种表现力的解放，尽管这种解放也不得不陷入了另一种束缚。当我们想到，高更的《布道后的幻象》和马蒂斯的《红色餐桌》中创造性地使用单一色块遮蔽景深的时候，我们不敢相信蒙德里安在短短二十年后就将色彩平面和构图语言做得那么绝，那么狠。当然，我们不能说蒙德里安在艺术上是一种前无古人的创新，因为当我们想到中国传统建筑贴纸的格子窗时，我们或许还会骄傲一点。可要命的是，竟然没有人将中国的这种艺术传统实现一种现代性的转型。我们只能说，在绘画领域，蒙德里安将立体主义的几何学连同色彩一起彻底地“抹平”了。在《百老汇爵士乐》中，我们还可以看到被“抹平”了的修拉，要是修拉能看见《百老汇爵士乐》，会高兴地跺脚，无话可说。蒙德里安是用单纯而直接的点、线、面进行艺术创造的大师，点、线、面的直接使用，就已经完成了伟大艺术现代性步步转型的历程，这是何等的才智和勇敢，何等的惊心动魄。这就是伟大艺术的不断承传，直到久远。

我们还可以列举米罗作为一个例子。像所有艺术家一样，米罗也不能返回人类艺术史的子宫，但他力求返回孩提时代。在平面上，他用点、线、面抽象出万物的图形，即便是那些颇有叙事性的作品，也是通过单纯的色彩（包括过渡色）和变化万千的点线面语言构成。这是一种纯粹的涂鸦，是艺术最单纯直接的涂鸦游戏。在这种涂鸦中，米罗毫不隐讳艺术图形的装饰性，毫不隐讳事物通过其单纯的特征（比如眼睛）能够表现诗性的观念，这无疑是种种伟大的艺术概括力中的一种，他将其推向极致，达到了几乎所有有点文化和艺术鉴赏力的人都钟爱的程度。这也是“深度模式”向平面化、观念化转型的一种，看似非诗性的图式向诗性的图式转型的一种。后来的人们不仅羡慕米罗式的个人风格，更羡慕像米罗一样的艺术家，能从传统中脱颖而出并能与其他艺术家一起，创造出一个令人无法忘记的时代。这就是现代主义的时代。这个时代既反对“深度模式”，又能创造出一个新时代诗学的“深度”——那种回归埃及式的平面的“深度”，往前推演，则可以说是回归西班牙阿尔塔米拉洞窟壁画、法国拉斯科岩洞壁画的稚拙“深度”。只不过，人们必须认识到，涂鸦的“深度模式”，与希腊文明以来的“深度模式”在创作方法和艺术理想追求上，其语言和方法有着“本质”的不同。艺术史是话语不断转型的历史，现代性语境中的艺术也同样如此。不清楚这一点，就不配担当一个艺术家和批评家的责任。

总的来说，在现代主义艺术语言模式中，“作品”和“文本”成了艺术探索的中心。现代艺术的文本或作品更强调整体性的隐喻和整体性的转喻。英国小说家和文论家、《小世界》的作者戴维·洛奇（David Lodge）指出，现代小说通常既没有“开头”，也没有“结尾”，文本表现出一种“开放性”。创作和阅读，就是一种连绵不断的经验流亡。他在讨论《尤利西斯》的诗学问题

法国拉斯科洞窟内景（长廊）
距今约1.5万年，1940年发现

时说："现代小说的特征可以是极端地或守旧地追求自然倾向于小说的转喻性语言，也可以是追求离小说相距甚远的隐喻性语言。"[1]戴维·洛奇认为《尤利西斯》就是一部以隐喻和转喻（即举出事物的属性、修饰语、原因或后果来意指事物本身的修辞手段）两种修辞为核心的现代小说。这种看法是十分精当的。但我要进一步指出，在《尤利西斯》等现代小说中，文本整体性的隐喻修辞方法，仍然大于整体性转喻的修辞方法。换一种说法，就是，以隐喻为文本整体性修辞特征是现代主义艺术的主要诗学特质，而以转喻为文本整体性主要修辞特征，则是后现代主义艺术，即我说的当代艺术的主要诗学特质。这一点我将在论及后现代艺术（当代艺术）时重点阐述。每一个伟大

1　参阅［英］戴维·洛奇:《现代主义小说的语言：隐喻和转喻》。引自［英］马·布雷德伯里、詹·麦克法兰编:《现代主义》，胡家峦等译，上海外语教育出版社，1992年。

的艺术时代，都会让来者惶惶不可终日。

我必须在此指出，现代主义艺术虽然强调艺术语言在作品和文本中的本质性建构，但是，这种艺术仍然具有明显的“深度模式”构造。不过，这种“深度模式”构造不是对生活蓄意概括、整理之后形成的人物、故事、情节、结构，也不是正义、道德、宗教、文化支撑着的叙述表象，而是更加接近生活形态真实的、平面化的语言符号隐喻。

《尤利西斯》将小说的时空关系和生活形态的真实，浓缩在1904年都柏林生活一天之中。小说通过意识流的写作方法，表现了布鲁姆等都柏林小人物的生活景象，而这种生活与哲学、历史、政治、时代心理有着密切的关系，正是这种关系构建的“深度模式”，使它成为“现代史诗”。这种“深度模式”构建，从“尤利西斯”的命名看得更加清楚。尤利西斯是荷马史诗《奥德赛》(又译《奥德修纪》)中的英雄奥德修斯。詹姆斯·乔伊斯将该书的故事、结构、情节、人物与荷马史诗中的故事、结构、情节相对应，表现出现代生活与古代生活的某种类比和隐喻关系。[1]另一方面，小说被称为“百科全书”，需要注释才能被比较顺畅地阅读，也说明了语言隐喻的“深度模式”。据说，心理学家荣

1 参阅萧乾、文洁若《尤利西斯》译本中，文洁若撰写的《尤利西斯》与《奥德修纪》人物、情节、结构对照表，译林出版社，1994年。

格读了三年才读懂了这部小说，这种说法虽然有点夸张，但足见这部小说被解读、被阐释的难度。

总之，无论是《尤利西斯》《追忆似水年华》，还是卡夫卡的小说，现代小说的文体性特征是其区别于传统小说的重要因素。“文体”是“风格”的极端化，小说、诗歌如此，视觉艺术亦如此也。

法国象征主义的伟大诗人马拉美有一首名诗《骰子一掷永远取消不了偶然》，下面抄录该诗最后一节，表达现代主义艺术语言“深度模式”构建和反“深度”叙述的两难。这首诗作为一个象征，将人类的思想和艺术引向一种扑朔迷离的“深度”和虚无：

一个星座

遗忘和荒芜的冰冷

数不

胜数

在某个空虚而至上的表面

连续撞击

最终幻成

星声的数点

警醒

疑惑

流动

闪烁和沉思

在停留在

某个使之珠光迷离的新点之前

全部思想掷出一把骰子[1]

1 ［法］马拉美:《马拉美诗全集》，葛雷、梁栋译，浙江文艺出版社，1996年，第140页。

所谓当代艺术

一、当代性概念

我必须将现代性和当代性区别开来，不区别现代性与当代性，就无法区分现代艺术观念与当代艺术观念。不过，必须指出，无论是现代性还是当代性，要用命题的形式去阐述清楚都是很困难的。因为，它们都是一个时代、一个时期、一种潮流的话语方式和生活方式，它涉及包括思想、观念、文化、艺术等人类精神和物质生活领域的方方面面。语言没有力量简单地去阐述一个时代的精神准则和生活形态，至少"反映"不了其整体。也许，阐述本身就是一种遮蔽。阐述本身就是概括，概括是顾此失彼的。当然，在某种程度上说，阐述也能使问题澄清。只不过，澄清本身是相对的。正是由于此等原因，关于现代性和当代性的说法层出不穷，莫衷一是。

从广义来说，任何一个时代都有其当代性，唐代有唐代的当代性，宋代有宋代的当代性；从狭义来说，当代性特指现代性之后的思想文化观念和生活形态、艺术准则。在西方，许多人说的当代性，实际上指的是现代性，因为在西方通常以“现代”（modern times）意指“当代”（the present age），相应的“现代性”英文是modernity，而“现代主义”是modernism。没有“当代主义”这个说法。当然，根据中国当代的学术传统和启蒙运动以来思想文化和艺术的发展，我们有必要使用“当代性”这个概念，以区别现代主义和后现代主义这两个有本质区别的思想文化和艺术思潮。

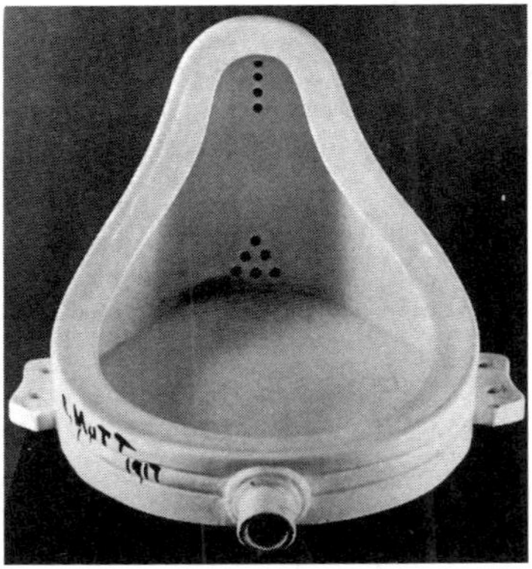

杜尚 《泉》（1917）现成品男性小便池

从思想文化和艺术的观念和创作来看，与“现代”和“当代”对应的现代主义和后现代主义（postmodernism）不是一个能够一刀切的时间概念。比如在马塞尔·杜尚时代，现代主义文化和艺术方兴未艾，古典主义、浪漫主义艺术也照样存在。但是杜尚的艺术明显地属于后现代艺术。他把莱奥纳尔多·达·芬奇的名画《蒙娜丽莎》改造成了长胡须的蒙娜丽莎《L.H.O.O.Q.》（L.H.O.O.Q.是法语 elle a ehaud au cul 的快读谐音，意思是“她的屁股正在发热”）。他把作为器皿的小便池命名为《泉》。在我看来，杜尚的《泉》也是对19世纪法国杰出的古典主义画家安格尔的《泉》这幅名画所代表的古典精神的反动。任何时代的文化和艺术，都是传统艺术与作为先锋派的“当代艺术”杂糅在一起的。必须指出的是，无论是现代主义的艺术观念，还是后现代主义的艺术观念，并不是当代人的独创。任何一个时代的艺术精神中，都包含着其他时代的艺术精神元素，只是在不同的时代风尚中，某种精神元素被充分地挖掘出来，铺陈开来，成为一个时代的潮流而已。一切结果都包含在开始（出发点）之中。

所谓当代性，就是当代先锋的思想文化和艺术最普遍的文化隐喻和诗性特征。在文化艺术的观念和创作领域，当代性与后现代主义有关。换句话说，后现代主义是当代性文化和艺术的一个重要内涵。后现代主义的核心是解构主义。当然，当代性并不等于解构主义。因为不同国家、地区和不同文化背景下的当代性，往往有很大的区别。当代性的具体内涵，要看它在不同的现代性文化和传统文化背景下，以何种方式实现了其话语和生活形态的转化。也许在某些文化环境中，当代性话语并非从现代性话语中引申出来。就像一些民族从自己的传统文化形态中直接接受现代性文化和意识形态的洗礼一样，有的民族也可以从自己的传统出发直接进入当代性文化形态。文化进程并没有进化论式的客观路径，文化的进程往往是偶然性的、爆炸式的。由是我们可以肯定，在不同文化背景中，当代性内涵有很多差异。尽管在当代，这种差异或许已经受到政治、经济、文化全球化的深刻影响。不过，由于受到异质文化和生活形态惯性同样强大力量的影响，对各种文化背景下的当代性内涵需要具体甄别，然后才能进行有效的概括。

一般情况下，我们讲的当代性，是以西方现代文化为背景的当代性。必须指出，我们常常以西方主流话语构建的理论系统去对不同文化的当代性进行阐释。在这个过程中，有的文明传统构建的理论和批评话语体系失语了。这是所谓全球化进程中多元文化价值失落或被颠覆的悲哀。在艺术领域，我们渴望出现不同文化背景下的当代艺术，这种艺术应该既是植根于具体的文化传统的，又是当代的。可是，这种渴望往往被西方流行艺术摧毁了。西方现代文化背景中滋生出来的当代艺术当然是伟大的，只是对这种文化背景下的当代艺术的复制已经成为一种洪水泛滥的潮流，相对主流而言的边缘文化话语变得无所适从。人们的心智被改造了。人们不再喜欢传唱本民族古老的歌谣。

在中国，由于肇始于新文化运动的各种西方文化意识形态思潮的影响，传统思想文化和艺术的话语也逐渐被西方文化话语所取代。传统思想和批评模式，变成了学院派所谓学术研究的领域，而很少进入当代文化艺术和生活批判的领域。这样的悲哀还在继续下去，时间长了，人们忘记了民族文化的阵痛和光荣。

当然，西方主流文化对地方文化的颠覆也并非没有道理。文化是整体的、复杂的系统，文化的选择伴随着政治、经济、生活方式等的价值选择。任何一种传统文化如果不实现当代性的转化，那么这种文化本身是很危险的。

一百年来，中国的知识分子一直谋求传统文化的西方式当代性转化，付出了沉重的代价。因为西方的政治、经济和文化艺术价值取向，也非常复杂。面对各种文化思潮，我们选择什么，不选择什么，是很艰难的抉择。

二、当代性观念的信条

尽管不同民族文化背景下的当代性概念内涵不同，但这里我们只能阐述西方现代主义文化背景下的当代性。经过长期的观察和体验，在此将基于西方现代文化背景中的当代性信条概括如下：

其一，反对包括非理性主义在内的理性主义的逻各斯中心主义，倡导对所有的思想和观念都进行反省的新型世界观和价值观。

其二，反对建立在各种因果律条基础上的纯粹真理话语，倡导建立在“具体事象”基础上的“局部真实”和“真理性”话语。

其三，反对本体论的思想文化基础，倡导主体意识可靠性和非本质主义。

其四，反对传统认识论（知识论）的知识建构模式，倡导对知识、观念和价值模式的怀疑。

其五，反对文化建构和阐释的“深度模式”，倡导回归“事物”和“生活”的直观。

其六，反对“总体论”“宏大叙事”的书写和阐释模式，倡导“具体叙事”“现象描写”和“细读”阐释。

其七，反对结构主义方法，倡导解构主义方法。

其八，反对任何传统的话语中心和统一的话语中心，倡导多元话语和边缘话语。

其九，反对意识形态化的“传统生活”信念，倡导捕捉现象世界的“当代生活”信念。

这些信条的内涵是互相渗透的，只是转换角度阐释而已。语言的概括，事实上也是分解。这些信条，是当代性批评话语的核心，支撑着思想、文化和艺术等各个领域。就像任何一种文化潮流对人的影响一样，当代性观念已经形成强大的生命力量，推动着人们对世界和生活的认识。观念的影响是通过文化行为模式、生活习惯和审美取向等方式进行的，它以摧枯拉朽的力量改造着人心，颠覆着传统，同时也在创造着自己的传统。一个普通人的心灵和心智往往还没有受到传统文化的滋养，就已经被当代性文化所俘获。

三、所谓当代艺术

当代艺术这个概念在当下被广泛地使用，许多人都含糊地认为当代艺术是当代人创作的艺术。事实上，当代艺术这个概念不仅仅是个时间概念，以时间断代划分艺术潮流和艺术形态并不是很科学的方法。简单地说，当代艺术是当代人创作的具有当代性特征的艺术。在这里，当代性特征非常重要，是衡量当代艺术的关键。什么是艺术的当代性？简言之，就是艺术的当代观念、当代语言特征及其与当代生活有直接关系的诗性表达。当代艺术在语言表达方式上区别于传统艺术、现代艺术、民族民间艺术。当然，不等于说，传统艺术、现代艺术、民族民间艺术没有向当代艺术转型的可能。事实上，当代艺术必然从各种传统艺术中脱胎换骨而来。艺术的“当代性”转化，是个永恒的主题。从一般意义上来说，这种转化是艺术创作最重要的途径。

当代艺术与现代艺术的本质区别，表现在当代艺术极大地扩展了包括现代艺术在内的艺术观念，把艺术当成了人类生活的“活动”，而非所谓美的创造的活动。这种艺术观部分地继承了古希腊时代艺术概念的内涵，又在新的时代背景下加以发展。在古希腊，“艺术”这一概念基本等同于今天的“技术”这一概念。波兰杰出的艺术理论家瓦迪斯瓦夫·塔塔尔凯维奇说：“希腊人认为科学和工艺都属于艺术的领域，几何与文法的确都属于知识的范畴，它们都是合理的规则的体系，制作事物的方法，因此，它们也确实都符合希腊人所使用的‘艺术’一词的用意。西塞罗将艺术区分为那些仅只理解事物的才能和那些制作它们的过程（Academica Ⅱ7，22）。在今天，我们将第一个范畴视为科学，而不视为艺术。”[1]

当代艺术不仅消解古典主义、现实主义和浪漫主义，也颠覆现代主义的诗学观念。当代艺术既反诗学的理性主义框架，也反诗学的非理性主义框架。因为在现代主义那里，理性主义和非理性主义其实只是一个硬币的两面。无论是理性主义还是非理性主义，都是一种广义的理性主义，这种广义的理性主义深深植根于

1 ［波］瓦迪斯瓦夫·塔塔尔凯维奇:《西方六大美学观念史》，刘文潭译，上海译文出版社，2006年，第55页。

人类文明的传统之中，自古以来，在推动人类精神史的进程中相互纠缠，又相互融通。

在今天，“当代艺术”这个概念已经广泛流行，它是一个巨大的箩筐，各种在传统艺术观念看来稀奇古怪的艺术门类和形式，都可以看成是当代艺术。如何甄别什么是当代艺术，人们通常是从艺术作品本身的语言去判断的，不同的人，对其判断或有不同。理论的判断和创作之间，还有一个很大的距离。当然，理论的概括也具有重要的意义。

当代艺术诸原则：

六个“解构和颠覆”——

其一，对真、善、美、和谐、崇高等传统艺术审美和创作观念的解构或颠覆。

其二，对理论建构和创作的“深度模式”的解构或颠覆。

其三，对基于本体论、认识论、方法论等各种形而上学理论的本质主义观念的解构或颠覆。

其四，对现代主义、浪漫主义、现实主义、古典主义等艺术创作原则、创作方法和流行风尚的解构和颠覆。

其五，对“现实”反映论和“情感”反映论创作和批评的解构和颠覆。

其六，对整体主义的解构和颠覆。

六个“倡导”——

其一，倡导艺术即物质（质料）语言。

其二，倡导艺术即活动。

其三，倡导基于非本质主义的“艺术即生活”理念。

其四，倡导无意义显现。

其五，倡导后现代主义的解构主义方法。

其六，倡导回到事物本身的非整体主义，追求现象即本质。

六个“解构和颠覆”与六个“倡导”可以用来解读一般意义上的、以西方艺术传统为出发点的当代艺术作品。也就是说，有关当代艺术的理论框架，不管其张扬什么主义，号称什么流派，都超越不了这一系列的理论概括。也必须指出，不是每一件当代艺术作品都能用所有当代艺术原则去阐释。理论探讨和创作之间，永远有难以逾越的鸿沟。当代艺术的潮流风起云涌，鱼目混珠，有的被称为艺术品的东西，或许根本就不能算作艺术品。因为不管在什么说法下进行艺术创作，也不管什么样的艺术创作滋生了什么样的说法，艺术毕竟还是有底线的。这种底线就是艺术基于语言和诗性的可阐释性。这种语言和诗性是开放的、自由的，与本质主义或非本质主义的理论框架没有必然的联系。

四、埃菲尔铁塔的启示

1889年，是法国大革命胜利100周年。为了纪念这一历史事件，法国政府决定在巴黎举办一次轰动全球的世界博览会。同时，决定建造一座1000英尺的高塔，以超越美国的华盛顿纪念碑557英尺的高度。著名建筑师居斯塔夫·埃菲尔的设计方案在700多个设计方案中脱颖而出，获得政府支持。但是，这个庞然大物的建设一开始就遭到了法国知识界、艺术界和市民的强烈反对。《泰晤士报》刊登了300人签名的反对书，其中包括作家莫泊桑、小仲马和音乐家古诺等著名人物。莫泊桑说过："铁塔建成之日，就是我走出巴黎之时。"后来，他经常到铁塔餐厅里用午餐。他说，那里是巴黎唯一一处看不见铁塔的地方。而诗人魏尔伦则每当需要路过铁塔就绕道而行，不愿意看见这个"丑陋的怪物"。据说，埃菲尔曾经承诺，如果博览会后政府觉得铁塔不合适，可以拆除。

埃菲尔铁塔能够保存下来，两次世界大战的爆发是个原因。法国人在塔顶上安装了探照灯和大炮，以保卫巴黎。这使铁塔产生了爱国主义的功用。随着时间的推移，巴黎人渐渐接受了这个"怪物"，并将其作为法国的象征和荣耀。想当年，人们之所以反对这个铁塔，一是觉得它毫无"意义"。作为一个建筑，它实在太背离传统建筑的功能性和精神性，不像巴黎圣母院、卢浮宫、凯旋门那样的建筑，这些建筑要么背负着宗教意义，要么背负着历史意义，要么背负着文化意义，而在这种意义参照系中，这个建筑显然是“无意义”的。另一方面，它太高大。它伸向巴黎的天空，似乎使整个巴黎乃至法兰西的心灵、历史和文化都喘不过气来。它不但矮化了巴黎的其他标志性建筑，也刺伤了法国人想象力的翅膀。第三方面，也许法国人对建立此塔的经济动机十分反感，从设计开始，埃菲尔就考虑到了门票收入。第四方面，可能法国艺术界、知识界和普通民众对钢铁这种建筑材料也很不喜欢，他们习惯了从大理石的建筑结构中看出文化精神传承的不朽与光荣。金属独立作为建筑材料，在当时甚至在今天都是很难让多数人接受的。

我们不能以事后诸葛的面目去评价当时的法国知识分子和艺术家，因为这个巨大的高塔实在太出人意料，太霸道，太消解人们所钟情的精神文化传统和高度。我们只要回顾一下印象主义艺术的历史就明白这一点。1874年3月25日，莫奈、雷诺阿、毕沙罗、西斯莱、德加、塞尚、莫里索等一群年轻的法国画家，在巴黎举办了无名画家、雕塑家、版画家作品展，他们的作品遭到了老牌艺术家和批评家的强烈批判。莫奈的作品《日出·印象》是展出作品之一，一位批评家借此画嘲讽此次展览为“印象主义画家展览会”，印象主义因此而得名。1887年，德彪西创作的交响组曲《春天》就因"结构不明确"而被指责为"印象派"。德彪西本人却不承认自己的作品是印象主义的。这就是一种新的艺术思潮的历史尴尬。

事实上，埃菲尔铁塔无论在观念还是在功用上，都具有解构主义的特点，这一点甚至超越了现代主义的艺术原则。也就是说，此塔虽有宏大叙事的理性构架，但它同时又有非本质主义的因素。至少在建筑材料的应用方面，它已经预示着包豪斯时代的来临。在当代艺术中，金属材料被广泛使用。我们来听听罗兰·巴特的见解，即可明了我们在此解读埃菲尔铁塔的意义。罗兰·巴特说：

> 铁塔获得了使其活跃在人类想象中的固有的无用性。起初，由于搞一种空的塔楼的念头被认为是反常的，所以人们想把它变成一种"科学圣殿"；但是，那样做仅仅是一种隐喻；实际上，铁塔**什么**也不是，它所实现的是建筑物的某种零度状态，它不参与任何神圣的东西，甚至也不参与艺术；我们不能把铁塔当作博物馆来参观：铁塔**中**无任何可值得看的。
>
> ……
>
> 参观铁塔，并不像在大多数历史古迹的情况里那样，是接触一历史圣地，而是接触一种新的自然，即人类空间的自

然：铁塔不是痕迹，不是纪念物，简言之，不是文化，准确地讲，它是一种对于人性的直接消费，因为这种人性已由把它转换成空间的人的目光自然化了。

……

旅游习惯就如同宗教仪礼一样，入内是一种仪式功能。在这一点上，此处的铁塔是一种反常的对象：人们不能入内，因为确定它的，是其长瘦的形式和其补加的材料。在空荡之中如何谈入内呢？怎么能够参观一条线呢？然而，不容置疑的是，铁塔还是被人参观了：在把它当作一处观望台之前，人们还是在它上面流连忘返。

……

还有一种情况也增强了铁塔的感召力：那就是它的无用性；任何其他大建筑物，不论是教堂还是宫殿，都表明某种用途；唯独铁塔只是一种参观对象；它的空荡本身在为其指定象征对象，而其依据逻辑联系可能引起的第一个象征物，便只能是与它同时被参观的对象，那就是巴黎：铁塔借助转喻关系而变成了巴黎。[1]

1 参阅《埃菲尔铁塔》一文，引自［法］罗兰·巴特:《罗兰·巴特随笔选》，怀宇译，百花文艺出版社，1995年。

埃菲尔铁塔的当代性意义，是它从“无意义”出发对“意义”进行了重构，也是从“无意义”出发对“意义”进行了消解。法国人对其从不认同到认同的历史，是对现代性艺术和当代性艺术逐步认同的历史。从这一象征性作品的历史我们可以看到，一种文化艺术语言向另一种文化艺术语言转化的尴尬、难度以及精神史运动中某种不可抗拒的力量。

包豪斯的理想、观念及其负面影响

一、包豪斯

诸公，包豪斯不是现代建筑和设计艺术唯一的推动者，但它是强有力的推动者。一个象征。不了解包豪斯，就不能算了解当代西方的艺术历史，也不能算了解西方传统文化艺术向当代的转型，在现代建筑和设计领域更是如此。因为只把架上艺术当作现代艺术和当代艺术的主流是不恰当的。事实上，艺术发展的历史是多途径展开的，各个领域的艺术家都在自己的领域对“现代性”和“当代性”内涵进行注解。从传统的工艺到现代和当代的设计，这个过程是现代性和当代性艺术文化进程的重要组成部分。在这一进程中，包豪斯学校在教学模式和艺术理念的转型方面，为现代和当代建筑等艺术文化历史创造了具有决定性意义的语言方式和学术信念。语言和信念的转型，是所有文化转型的根基。这个根基对于艺术文化而言，不是本质的、进化论的，而是方法的、生活形态的。了解这一点至关重要。只有了解这一点，我们才不会陷入进化艺术文化意识形态的窠臼，同时，我们的思维方式和文论精神，也才不会为学院派的学术陈规所左右。

包豪斯标志

包豪斯（Bauhaus），是德国魏玛的“公立包豪斯学校”（staatliches Bauhaus）的简称，后改称“设计学院”（Hochschule für Gestaltung），世称“包豪斯”。“包豪斯”是德语Bauhaus的译音，由德语Hausbau（房屋建筑）一词倒置而成。1919年4月12日，经过沃尔特·格罗庇乌斯（Walter Gropius，1883—1969）的多方磋商和艰苦努力，魏玛的美术学院和工艺美术学校合并成为一所新的学校，即公立包豪斯学校，格罗庇乌斯担任校长。1925年，包豪斯在学术上的理想主义与当地保守的名流们发生冲突，遂迁往德绍办学，学校改名为设计学院。1928至1930年，瑞士功能主义建筑师H.迈耶任校长。1930至1932年L.密斯·凡·德·罗任校长。1931年，纳粹控制了德绍议会，掌握了话语权，推行国家主义和民族主义的总体论意识形态，剪除异己，大肆批判包豪斯。包豪斯不得不于1932年迁往柏林，在

“黑云压城城欲摧”的恐怖氛围中喘息。1933年4月11日，刚上台的纳粹政府，迫不及待地下令柏林警方查封了包豪斯。专制主义的走狗——军人冲进校舍，在没有对师生进行身份审核的情况下，就把人们装进了军用大卡车，全部带走了。四个月后，纳粹声言只要满足两个条件，就可以让包豪斯重新办学：一是开除建筑师希尔伯塞默，因为此人是社会民主党党员；二是开除俄国人康定斯基，因为从其思想看，他是个危险人物，“他的思想对我们构成威胁”——可能纳粹认为康定斯基是苏联钉在德国的一个钉子（一丘之貉，互相敌视）。但是，不待如此，校方已经以“经济状况陷入困境”的理由，解散了包豪斯。

在纳粹封校之前，包豪斯分别在魏玛、德绍、柏林三个城市办学整整14年。14年弹指一挥间，但这所学校取得的成就却使许多老牌大学汗颜。它也给许多新创办的学校极大的精神启迪和讽刺，毕竟格罗庇乌斯这样有伟大抱负、献身精神和教育、学术理念的杰出人物实在是太少了。

纳粹清理包豪斯，是出于一种狂热的、混乱的法西斯民族主义意识形态和价值观：

> 德绍议会现在对包豪斯大肆批评起来，这种声音与那些曾经在魏玛流行过的真是如出一辙。包豪斯是一个国际大家

庭：它没有去宣扬德国所持有的价值观，并且借助于建筑和设计的手段来表现出这些价值观，而是在追求一种没有特色的风格，这种风格用在北美、荷兰和法国都是同样的合适。因此它就是反德国的，而且，出于一种偏见，任何一种现代主义都被看成是共产主义的同义词，那么，包豪斯也就变成了布尔什维克。根据同样扭曲的想法，大多数师生们也就都变成了犹太人。有许多证据明显暴露出了包豪斯的犹太倾向，其中的一个证据是，包豪斯在建筑设计中坚持使用平屋顶。（平屋顶不合乎北方的气候，显然是亚热带地区传来的。因此，它就是东方的、犹太化的特点。）[1]

包豪斯之所以为包豪斯，除了有一位伟大的校长格罗庇乌斯之外，还有一个杰出的教师队伍。这个队伍中的那些主要人物，日后都被证明是创作理论和实践相结合的典范。这些人中包括康定斯基、克利、纳吉、费宁格、依顿、A.迈耶、施托尔策、施莱默、艾尔伯斯、谢帕、穆希、莫霍利、拜尔、施密特、布劳埃等。包豪斯的校长除了格罗庇乌斯以外，还有H.迈耶、L.密

1 ［英］弗兰克·惠特福德：《包豪斯》，朱鹤译，生活·读书·新知三联书店，2001年，第211页。

斯·凡·德·罗，这两位校长既是学术上的大师，也是非常杰出的管理人才。他们都是伟大的理想主义者，同时，也是伟大的实践者。人们谈起他们都会肃然起敬，以至于人们不需要想起他们曾经做过什么。与这样的人为友，是一个人终身的幸事；与这样的人为事，夫复何求！可惜，这样的人实在是可遇不可求也。问天下仁人志士，芝兰芳惠，时耶？命耶？

二、格罗庇乌斯[1]

曾被称为“疯子”的沃尔特·格罗庇乌斯，是德国现代建筑师和艺术教育家，被称为现代主义建筑学派的倡导人和奠基人之一，也是一个反对学院派教育理念和学术的伟大战士。这样的战士在任何一个时代都不缺少，但是也不多见。一想到格罗庇乌斯，我就想到了我自己，因为在反对学院派教学和学术的工作中，我在精神上总是与他站在一起。风雨如晦，鸡鸣不已。这位兄台1903至1907年就读于慕尼黑工学院和柏林夏洛滕堡工学院，深受科学理性和技术主义的熏陶。1907至1910年在柏林建筑师P.贝伦斯的建筑事务所工作，此时，他踌躇满志，还是个怀才不

1 ［英］弗兰克·惠特福德：《包豪斯》。以及其他著作。

遇的小伙计。1910至1914年，他与挚友和伙计A.迈耶合作，设计了法古斯工厂和科隆展览会示范工厂及办公楼，从此在建筑设计界获得了名声。1919年，第一次世界大战刚结束，格罗庇乌斯就要去实现他办学的美梦，他的目的，是要培养新型的建筑师和艺术家。在他疯狂的多方努力下，魏玛工艺美术学校和魏玛美术学院合并，成为专门培养建筑和工业日用品设计人才的学校，即公立包豪斯学校。这位理想主义者有一个看似极端异常的信念——**“一切创造活动的终极目标就是建筑!”**可是，令许多人费解的是，他的学校竟然忘记了设置建筑系。其实，在我看来，这正是格罗庇乌斯的过人之处，“功夫在诗外”，功夫在专业之外，功夫在建筑之外，这恰恰是一个杰出教育家的理念和胸襟。

1928年1月，格罗庇乌斯在当了9年校长之后迫于各种压力辞去校长职务，同年，与勒·柯布西耶等组织国际现代建筑协会，1929至1959年任副会长。纳粹统治期间，包豪斯被强行解散，格罗庇乌斯被驱逐。1934年，不得不搬到英国定居，继续宣扬包豪斯的教育理念和从事建筑事务。1937年，到达工业设计欣欣向荣的美国，任哈佛大学建筑系教授、系主任。1952 年任荣誉教授，参与创办哈佛设计研究院。格罗庇乌斯在美国同样广泛传播包豪斯的教育观点、教学方法和反学院派的现代主义建筑学派理论，对美国现代建筑教育和设计的发展影响深远。他在美国不仅教学，也照常从事设计实践。最初同学生合作，成立建筑事务所，设计住宅等；1945年又同他人合作创办协和建筑师事务所，此后这个建筑事务所发展成为美国最大的以建筑事务为主的设计事务所之一。第二次世界大战后，他的建筑理论和实践为各国建筑学界所推崇。这是新理性主义和功能主义的胜利。

格罗庇乌斯是伟大的、坚忍不拔的理想主义者。他建立包豪斯这所艺术与设计学院的目的，是要进行微型社会的乌托邦试验。这个社会的内涵，包括团队精神、社会平等、思想真诚、艺术与工艺创新等。回想第一次世界大战之后的1919年，德国临时政府还在风雨飘摇之中，这个时候，要办一个医院和建一所住宅都很困难，更何况办一所艺术院校。但格罗庇乌斯不管这些，他在一种新的文化艺术精神、教育理念的感召下，在自我精神的感召下，义无反顾地要去创办一所全新理念的艺术与设计学校。这种理想主义也许蕴含着重构战败德国文化的抱负，因为在第一次世界大战之后，"开始有越来越多的德国人相信，艺术教育的改革问题，是关系到德国经济生死存亡的大事"。更何况魏玛是一个具有深厚文化底蕴的城市。歌德、席勒、巴赫、李斯特、尼采、画家克拉纳赫兄弟（Cranachs）、启蒙运动著名人物赫尔德（Herder）、诗人维兰德（Wieland）等无数文化人曾在这里生活和工作。但是，在政府职能几近瘫痪，社会经济困顿不堪的时候，要实践理想主义必然要面对各种难题。除了经济上、物质上的困难之外，更主要的是政府、社会、各层人士在教育理念和学术认同上形成的巨大障碍，可以说是雪上加霜，内外交困，举步维艰。

这位理想主义者遇到的主要困难如下：

其一，学校、教师和学生都穷困交加。政府虽然同意学校为公立学校，但没有财力支持。魏玛这个临时当局，管理混乱，“无论做什么事情，都几乎一个钱也没有；就算有几个钱，也没有人知道谁才有权力来调拨款项”。教师的工资很微薄，好在那些教师都是著名的艺术家和设计师，自己可以靠手艺挣钱，不像目下中国大陆的博士们，拿了个所谓博士学位就漫天要价，纷纷跳槽。他们最关心的是学术事业。学生的生活就更加困顿，很多学生连吃饭穿衣都成问题，只有靠运输、搬运煤炭和打苦工过活。格罗庇乌斯为了基本教学条件和师生基本生活，到处筹款，绞尽脑汁，像一个文化乞丐。同时，遇到严重的通货膨胀，教师的设计收入和学生打工收入，常常化为乌有。

其二，保守势力、国家主义者和民间工匠等一开始就反对包豪斯的教育模式，甚至反对成立这样的学校。前者说它背离艺术传统、教育传统和德国艺术文化传统，后者则害怕包豪斯抢了他们作坊里的饭碗。

我们来看看下一段“宣言”，即可见一斑。1924年7月6日，图林根德国文化保护协会（Association for the Protection of German Culture in Thuringia）在《魏玛报》（*Weimarische Zeitung*）上发表的宣言称：

> 我们反对让国立包豪斯继续存在下去。我们反对政府把资助拨给这个机构，由格罗庇乌斯先生当校长，里面还纠结着现任的这些教员和大师们……根据校长对这个机构的说法，国立包豪斯希望能够“把近来日渐相近的领域统一起来：艺术（首先是建筑、绘画和雕塑）、科学（数学、物理学、化学、生理学，诸如此类）以及技术”……尽管包豪斯的大师们持有完全相反的论调，但是，不可能从科学的角度来理解艺术，它是最深刻的一种内心体验，这种情感植根于潜意识，植根于人类的本能。我们的健康本能告诫我们，真正的艺术不可能只包括色彩构图，或者是平面填充，或者是技术构造，或者是其他任何一种片面的手法。从魏玛的国立包豪斯举办的展览和发行的出版物当中，我们看到的全是机械把戏、材料运用、色彩效果、扭曲的白痴头像和古怪的人体、精神错乱的涂抹和窘境中的试验，它们全都具有颓废的价值，被包豪斯的校长和大师们戏剧性地吹成了艺术，却缺

乏艺术的创造性。它们与真正的艺术毫不相干……如果只是因为政府拒绝支持这个学院，就此断言国家忽视了保护文化、鼓励文化发展，这纯属胡说八道。如同……包豪斯的那种……贫血的、病怏怏的艺术本能……正在助纣为虐地毁灭着我们的文化。我们期待着，现任政府将拒绝向这个“文化机构”提供任何形式的国家资助。[1]

其三，实施教学的困难。包豪斯反对传统学院派教育的一个重要方面，即整合不同门类艺术教育，实施综合艺术教育的理念，特别是要将艺术与设计、纯艺术与工艺的教育结合起来。格罗庇乌斯将教师分为两类，一类是“形式导师”，一类是“作坊导师”，然后在学术探讨和教学活动中，以作坊（工作室）为中心，实现两类导师之间和学生之间的相互影响，这一教育理念具有划时代的意义。但在实施过程中，也遇到了许多麻烦，主要是形式导师和作坊导师在艺术理念上的分歧，有时甚至出现互相诋毁和不合作的情况。所谓的艺术家与工艺师之间的分歧，在古希腊以前是不存在的，但当造型艺术家特别是架上艺术家成为独立的创作家之后，这种分歧就一直存在着。在近代以来的艺术史

1　参阅《胡特档案卷93（节录）》，引自［英］弗兰克·惠特福德：《包豪斯》。

上，职业造型艺术家特别是架上艺术家被奉为一种艺术本体精神，即诗的创造者，而工艺师则通常被视为民间艺人。不过，在包豪斯，形式导师和作坊导师的这种争论，反而使学术问题变成了教育活动中赤裸裸的显在问题，这对于学校教育是有意义的，尽管给管理带来了很大难度。

格罗庇乌斯遇到的困难并不止这些。只有办过教育的人，才知道办学的艰难。我钦佩格罗庇乌斯的心理承受能力和百折不挠的精神，这是一个理想主义者最宝贵的遗产。幸运的是，格罗庇乌斯是在一个乱世办学，乱中取事，虽死犹生也。像蔡元培一样，亦得乱世之助耶！在乱世办学，有时候反而能够披荆斩棘，开创出一条前人未能走过的道路。比如西南联大，就是在乱世中创造了教育史上辉煌史诗的典范。以乱治乱易，以治治乱则难。以治世之表，行乱世之道之于教育，则难之又难。呜呼！

三、包豪斯的教育理念

通过训练具有艺术天分的人，使他成为一名具有创造性的工匠、雕塑家、画家或者建筑师。

——包豪斯的座右铭

教育工作者衮衮诸公们，水有源头，树有根，这就是历史。搞教育的人，首先要知道自己正在实施的这一套东西是从哪里来的。这套东西究竟好在哪里，不好在哪里，这点板眼都没有，你搞什么教育？当然，还要思考，实施教育的路径是不是只有这一条，它是从哪个天上掉下来的，还是从哪块地上长出来的？这是另外一个层次的问题了，不是每位教育体制公公都搞得清楚的。

包豪斯是世界上第一所现代性与当代性结合的建筑艺术设计学校，也是一所综合艺术院校。包豪斯虽然办学历史不长［后来包豪斯的学生和追随者们创办的学校和机构，比如由包豪斯的学生马克思·比尔（Max Bill）创办的乌尔姆设计学院，还有格罗庇乌斯等在美国的事业和影响，这些设计机构和学校的学术理念和办学模式都没有超出魏玛、德绍和柏林14年间的包豪斯］，但它在建筑与各种艺术领域的颠覆性影响，是任何一所现代艺术设计院校都难以企及的。在建筑、工业产品、工艺产品、生活用品、环境等所有领域都离不开设计和生产的今天，包豪斯的影响更是无处不在，无时不有。时耶，运耶！似乎这一切，都是从1919年前后开始出发的：

1900年之前，工业革命、象征主义运动、印象主义运动基本完成。

1908至1909年，彼得·贝伦斯设计了汽轮机工厂（柏林），这是20世纪初期建筑文化进程的第一步。

1900年，巴黎世界博览会，使19世纪90年代以来风行欧洲和美国的“新艺术”运动达到高潮。这个运动主要反对维多利亚时代矫揉造作的风格，追求所谓的自然主义，强调曲线之美和动植物等自然物的装饰性，期望将工艺与艺术相结合。

1910年，阿道夫·鲁斯设计了斯坦纳住宅（维也纳），这个建筑不加装饰的朴素周正风格，平顶、几何的分割方式，预示着一个新时代的来临。他如是批评新艺术运动：“一个人的标准越低，装饰方面的浪费就越多。在形式中发现美而不是让美依赖于装饰，是人类追求的目标。”这是一个伟大的洞见。

1911年，沃尔特·格罗庇乌斯和阿道夫·迈耶联合设计了法古斯鞋厂（德国莱茵河上的阿尔弗雷德）。仅仅使用细砖柱支撑，整体裸露，墙壁使用了玻璃，被称为是建筑物的“气化”。

1900至1909年，野兽派、立体派、俄国先锋派等艺术运动出现。

1910至1919年，拼贴画发明，青骑士派、未来主义、构成主义、风格派、蒙德里安、柏林的达达主义出现。

1913年，杜尚在巴黎创作了《自行车轮》，一个倒插在木质圆凳上的自行车前叉，被称为现成品艺术诞生的标志。那是一个倒立的自行车轮子。

杜尚 《带胡须的蒙娜丽莎》(1919)
用铅笔在达·芬奇《蒙娜丽莎》
印刷品上的涂画

1917年，杜尚在纽约匿名将一个小便池命名为《泉》，参加纽约独立艺术家协会举办的展览会，并遭拒绝。

1919年，杜尚在巴黎创作了《带胡须的蒙娜丽莎》，在"蒙娜丽莎"上唇和下巴上画上胡须，并命名L.H.O.O.Q（她的屁股正在发热）。

1920至1929年，维特根斯坦出版《逻辑哲学论》，包豪斯建立，意大利法西斯兴起。

1919至1933年，包豪斯14年间举办的各种展览包括大型展览会，设计作品包括汽车、台灯、烟灰缸、办公楼和各种生活用品。这些展览逐渐征服了许多实业家和观众，使人们越来越预感到了包豪斯正在引领着一种新的生活和一个创造性时代。

这是一个惊心动魄的时代，一切都动荡不安，一切都充满着可能性。战争与屠杀，饥饿与疾病，都不能阻止艺术创作和思想革新的进程。

艺术与设计教育理念、教育模式以及与社会生活、时代进步的联系，在某种程度上，可以说都是包豪斯教育实践直接影响的结果。包豪斯的教育理念和模式主要包括如下几个方面：

其一，对知识的质疑。没有对传统知识的质疑，就不可能创新，这是个真理（如果世界上有“真理”这种东西的话）。没有对知识的质疑，也就没有包豪斯。我曾多次著文阐述，大学最本质的内涵不是传承和生产知识，而是反省知识，也就是这里说的质疑知识。可惜应者寥寥，不知学院派是什么心态，林子里都有些什么鸟。无论是过去，还是今天的学院派知识人，几乎从来不质疑知识，不质疑意识形态各种范畴的知识与理论基础，这是当代教育衰败的主要根源。学院派们还以为当代教育正在好着呢。

曾于1927至1929年在包豪斯学习的瑞士建筑师、画家、雕塑家与设计师马克思·比尔，在《包豪斯内外的教学》（*Teaching in and out of the Bauhaus*）一文中写道：

> 包豪斯的教学工作背后的原则，首先也是约瑟夫·艾尔伯斯开设的初步基础课背后的原则，主要就是要求我们去质疑已知的全部知识，并且还要对已知的答案进行进一步的质疑。尤其是在艾尔伯斯的课上，以及后来在莫霍利的课

上，每个人都想在设计中努力做到彻底创新，而且必须在小组会上解释自己的设计，和别人一起讨论。漫无目的地评事论物，这就要求每个人都能充分发挥自己的机智……由瓦西里·康定斯基和保罗·克利相继定形的基础课以及习作进一步补充了这些实验。后来，以各个系为基础，设置了一些技术专业课，每个学生分别还有各自不同的选课和面谈，其面谈对象是一些访问学者，比如卢·马腾（Lu Märten）、艾尔·里西茨基、瑙姆·加博（Naum Gabo）、马特·斯达姆等人。由威廉·奥斯瓦尔德（Wilhelm Ostwald）讲授色彩课，他的理论原则是以科学为基础的，而他的反对者却认为他的理论在心理学上站不住脚，这在他们之间激起了一场如同宗教战争一般的争执。[1]

20世纪50年代，马克思·比尔策划创办了乌尔姆设计学院，并担任校长。这也是包豪斯对现代设计艺术教育的一个重要影响。有人甚至将乌尔姆设计学院与包豪斯相比较。不管怎么说，包豪斯和乌尔姆形成了德国现代设计教育和创新驱动力的轴心。

1 参阅《形式与功能，工业设计杂志》（*Form und Zweck*，*Fachzeitschrift fuer industrielle Gestaltung*），1979年第3期，第66页。引自［英］弗兰克·惠特福德:《包豪斯》。

同时，也可以说是现代世界设计教育策源的轴心之一。王受之先生说：

> 乌尔姆设计学院的目的是培养工业产品设计师和其他现代设计师，提高工业产品设计、建筑设计、平面设计等等的总体水平。它首先从工业产品设计上开始进行教学改革试验，乌尔姆在工业设计方面的观念和方法很快就扩展到平面设计和其他视觉设计范畴中。乌尔姆创立的视觉传达设计，是一个包含版面设计、平面设计、电影设计、摄影等许多与设计相关科目的松散学科。学院对于视觉传达设计从科学性方面着手，把它变成一个极为科学、相当严格的学科。他们关心的设计内容包括交通标志、公共显示设计等等，极力提供一个有高度效率的视觉体系。对于其他的视觉内容，如电视机、电脑的终端器设计等，也力图达到高水平的效率。通过这个学院的努力，一种完全崭新的视觉系统——包括字体、图形、色彩计划、图表、电子显示终端等等被发展出来，成为世界各个国家仿效的模式。
>
> ……
>
> 系统设计形成的完全没有装饰的形式特征，在设计上被称作“减少风格”。与米斯在美国推行的“少则多”从实

质上看有所不同，德国的减少主义特征不是风格探索的结果，而是系统设计、理性设计的自然结果。米斯是要设计出看来单纯的风格，甚至可以牺牲功能性；而兰姆斯则认为单纯的风格只不过是解决系统问题的结果，提供最大的效应。他说：最好的设计是最少的设计（the best design is the least design），因此被设计理论界称为“新功能主义者”。色彩上他们都主张采用中性色彩：黑、白、灰。他反复强调设计的目的是“清除社会的混乱”，这种提法，依然具有强烈的社会工程味道。笔者1991年在美国一次学术活动中与兰姆斯交谈时，他反复强调设计中的这个原则，给笔者留下很深的印象。[1]

其二，对教得会的与教不会的区分。学院派在教育活动中的最可笑之处，是认为所有领域都是教得会的。他们使用了各种穷途末路的办法教呀教，其结果是把学生都教成了憨包。国际学院派学术利益集团采取工具理性模式实施教育，已经无所不用其极了。

在教育活动中，区分教得会的和教不会的，是包豪斯的教

1 王受之：《世界现代设计史》，新世纪出版社，2001年，第221—223页。

育理念，也就是格罗庇乌斯教育理念的重要组成部分。维特根斯坦将世界和存在分为可说的和不可说的，这一思想可与格罗庇乌斯的思想相比较而言。维特根斯坦在《逻辑哲学论》最后指出："对于不可说的东西我们必须保持沉默。"他说，"的确存在着不可言说的东西，它们显示自身"（6.522）；"能够被显示的，不能被言说"（4.1212）；"善的本质和事实没有任何关系"；"伦理学是不可说的"；"美学和伦理学是同一个东西"（6.421）。也就是说，自然科学的命题，是可说的；生命、伦理、情感、宗教、激情、想象、直觉、形而上的本体等人类创造的想象之物、价值、生命的意义等都是不可说的。对于教不会的、不可说的东西，只能陶冶，而不能通过科学程式和命题表达出来。格罗庇乌斯可能没有想到这么多，他不是哲学家，不可能像维特根斯坦一样讲得那么清楚，但是，将只能陶冶的部分与可教会的部分区分开来，在教育活动中的确具有重要意义。

老式的艺术院校没有能力来创造这种统一：说真的，既然艺术是教不会的，他们又怎么能够做到这一点呢？学校必须重新被吸纳进**作坊**里去。图案设计师和实用艺术家的天地里只有绘图和绘画，它最终必须变回一个**建造**作品的世界。比如说，现在有一个年轻人在创造活动中感到其乐融融，如果让他像前人一样，一入行就先学会一门手艺，那么，不出活儿的“艺术家”就不会再为不合时宜的艺术性而横遭谴责，因为他还可以把自己的技巧用在一门手艺上，他可以借此做出伟大的作品来。[1]

其三，综合艺术观念。强调综合艺术的观念，是包豪斯为当代艺术观念的形成做出的一个贡献。事实是，到了19世纪，艺术的分类已经十分专业化，使艺术越来越故步自封，脱离生活万法汇流、泥沙俱下的源生状态。那种学科化、学院化的艺术教育和行业封闭形式，不仅违背古希腊时代的艺术原则，也违背生活和现实的原则。在当代艺术领域里，艺术的综合性观念已经路人皆知，那种行业和门类门庭自封的状况一去不复返了。格罗庇乌斯在《包豪斯宣言》中指出：

一切创造活动的终极目标就是建筑！为建筑进行装饰一度是美术最高尚的功能，而且美术也是伟大的建筑不可或缺的伙伴。如今，它们自鸣得意地离群索居，可能从这种局面

1 ［德］沃尔特·格罗庇乌斯:《包豪斯宣言》，1919年4月。包豪斯出版了一份四页篇幅的宣传册，在这个宣言后面附有学校的《教学大纲》。引自［英］弗兰克·惠特福德:《包豪斯》。

里拯救它们的唯一出路，就是让一切手工艺人自觉地进行团结合作。建筑师、画家和雕塑家必须重新认识到，无论是作为整体，还是它的各个局部，建筑都具备着合成的特性。有了这种认识以后，他们的作品就会充满真正的建筑精神，作为“沙龙艺术”，这种精神已经荡然无存。[1]

《包豪斯宣言》插图（1919）

尽管格罗庇乌斯“**一切创造活动的终极目标就是建筑**”的论断过于武断，但是，他反对“沙龙艺术”的主张具有重要的意义，它预示着艺术创作和理论研究必须回归出发点，必须重新理解艺术的可能性和精神，理解通过各种途径和方式实现艺术创作

1 ［德］沃尔特·格罗庇乌斯:《包豪斯宣言》，1919年4月。包豪斯出版了一份四页篇幅的宣传册，在这个宣言后面附有学校的《教学大纲》。引自［英］弗兰克·惠特福德:《包豪斯》。

的意义。

其四，作坊（工作室）教学。作坊教学或称工作室教学，是艺术，特别是造型艺术、视觉艺术教学的一个基本形式。这种工作和传授技艺的方式来自古老的传统，在民间是师父带徒弟的“学校”。在当代大学教育中，它成为高等学府艺术教育的一个基础，这一模式是通过包豪斯加以贯彻并发扬光大的。实现工艺与沙龙艺术的合作，实际上是理论教育与创作实践相结合的一个可靠途径。因为艺术不仅仅是沙龙艺术，还是人类生产劳动的一个部分，是生活、情趣、教养和观念的一个部分。格罗庇乌斯指出：

> **建筑师们、画家们、雕塑家们，我们必须回归手工艺！**因为所谓的“职业艺术”**这种东西并不存在**。艺术家与工匠之间并没有根本的不同。**艺术家就是高级的工匠**。由于天恩照耀,在出乎意料的某个灵光乍现的倏忽间，艺术会不经意地从他的手中绽放开来，但是，**每一位艺术家都首先必须具备手工艺的基础**。正是在工艺技巧中，蕴涵着创造力最初的源泉。
>
> 因此，让我们来创办一个**新型的手工艺人行会**，取消工匠与艺术家之间的等级差异，再也不要用它树起妄自尊大的藩篱！让我们一同期待、构思并且创造出未来的新建筑，用

它把一切——建筑与雕塑与绘画——都组合在一个**单一的形式里**，有朝一日，它将会从百万工人的手中冉冉地升上天堂，水晶般清澈地象征着未来的新信念。[1]

其五，功能主义与世界主义。功能主义是个复杂的语词。心理学的功能主义理论由美国心理学家詹姆斯（W. James）和杜威（J. Dewey）于20世纪初创立。这种功能主义认为心理学考察的对象不是传统心理学研究的心的结构、意识的元素，而是个人在环境中形成的心理和意识的功能。建筑学中的功能主义（Functionalism），是1950年由瑞典建筑师汉斯·阿斯普隆德（Hans Asplund）命名的。可是，早在19世纪80至90年代，芝加哥学派的L.H.沙利文就提出了“形式随从功能”的口号。沙利文认为，建筑设计要“由内而外”，表现形式与功能的统一。20世纪20至30年代，纯几何体、钢筋、玻璃、素混凝土模板的建筑风靡一时，形成建筑现代主义风格的主要特征。包豪斯是功能主义建筑的主要学术实践者。包豪斯和它派生出来的乌尔姆设计学院的教育模式，必然导致一种世界主义和功能主义的艺术观和价

1 ［德］沃尔特·格罗庇乌斯:《包豪斯宣言》，1919年4月。包豪斯出版了一份四页篇幅的宣传册，在这个宣言后面附有学校的《教学大纲》。引自［英］弗兰克·惠特福德:《包豪斯》。

值观。这是工业革命和机器生产时代的一个必然结果。产品时代的一个重要特征，就是复制，只有复制才能扩大再生产，将艺术品转化成产品。复制时代的到来，使人类生活发生了革命性的变化，也使艺术与设计的观念日新月异。这也是科学技术影响和创造日常生活的结果，这种影响是通过工具理性去实现的。在产品复制的时代，不但艺术观念、风格、语言被复制，思想和行为也被复制。建筑样式被复制，更是人类建筑史的一大奇观。这是世界主义和功能主义的一个负面影响。

其六，课程设置[1]。包豪斯的教学计划分为三个阶段：第一是六个月的预科学习阶段，这个阶段主要学习材料和设计基础课程。第二是三年的技术课教学阶段，学生以“学徒”的身份学习，期满后授予“匠师”证书。第三是结构教学阶段，学习优秀者留校学习房屋结构和设计理论，期满后授予“建筑师”证书。这种分段式学习和评价体系，是艺术与设计教育的一大创举。

包豪斯的课程设置，为现代设计教育的课程设置打下了基础，确立了方向。这一课程体系在德绍时期趋于成熟，是包豪斯教育思想的体现。在教学方法上，包豪斯认为训练学生的动手能力比单一传授知识更加关键。教育者应避免强加给学生某种知识

1 王受之:《世界现代设计史》，第132页。

和方法，让学生自己寻求方法和解决问题，并在集体工作过程中完成创作十分重要。它的课程比较明确地分成几个大类：

1. 必修基础课；

2. 辅助基础课；

3. 工艺技术基础课（如金属工艺、木工工艺、家具工艺、陶瓷工艺、玻璃工艺、编织工艺、墙纸工艺、印刷工艺等等）；

4. 专门课题（如产品设计、舞台设计、展览设计、建筑设计、平面设计等等）；

5. 理论课（艺术史、哲学、设计理论等等）；

6. 与建筑专业有关的专门工程课程。

比较引人注目的是包豪斯的基础课程，在包豪斯，基础课程是由几个教员分担的，基础要求接近，必须教授有关立体、平面、色彩的构成规律，但是具体的课程则由教员自己安排，学生可以选择不同的教员。下面列出几个不同的基础课教员的课程内容，可以看出课程的共性和具体的差异。

康定斯基的课程：

1. 自然的分析与研究

2. 分析性绘画

克利的课程：

1. 自然现象的分析

2. 造型、空间、运动和透视研究

纳吉的课程：

1. 悬体练习

2. 体积与空间练习

3. 不同材料结合的平衡练习

4. 结构练习

5. 肌理与质感练习

6. 铁线和木材的结合练习

7. 设计绘画基础

阿尔伯斯的课程：

1. 组合练习

2. 纸造型

3. 纸切割练习

4. 铁皮造型练习

5. 错觉练习

6. 玻璃造型练习

从这些课程我们可以看到，大师们创造的课程体系，是理论与实践、创作与学术的紧密结合。任何课程体系的设置，都是学术的选择。不仅如此，我们还看见了大师呕心沥血进行教学和研究的那种精神，这是国内的艺术家和教师们不具备的。国内院校中的一些艺术家和批评家，小有成就，就忽视教育和教学的责任，忽视对青年一代的陶冶。这是自私自利的民族劣根性的表现。当然，在20世纪上半叶，优秀艺术家、教育家们的历史责任是让人欣慰的。1942年成立的圣约翰大学建筑系，就引进了包豪斯的教育模式，为中国的现代主义建筑教育打下了基础。1951年，圣约翰大学解散，建筑系并入同济大学，使包豪斯的教育思想和教学方法在某种程度上得以局部继承（其实后来是发扬光大了的），但很快就遭到了批判，因为它是西方资本主义的毒草。20世纪50年代以来，中国没有培养出一位具有世界影响的建筑大师。这是时代的悲哀。

四、包豪斯的直观理性主义与后现代

理性主义究竟是什么呢？无非是个大箩筐也，什么东西都可以装进去的。理性主义张扬通过知识获得真理的理念。换句话说，理性主义是相信知识的，相信人类通过知识可以获得解放。理性主义的知识，包括人类的精神构建体系。比如英国著名的威斯敏斯特大教堂，是哥特式建筑的典范之一。威斯敏斯特教堂1245年动工，1517年基本完工。平面呈拉丁十字形，长156米，宽22米；穹顶高31米，钟楼高68.5米。柱廊雄伟，双塔高耸。这是宗教意识形态理性主义的建筑，它象征着人类崇高的精神向度。这种高贵的宗教精神和情怀，是通过建筑形式宏大的隐喻去感召人们的。历史上宗教题材的绘画，即便是文艺复兴时代的人文主义绘画，19世纪的古典主义、现实主义、浪漫主义艺术，无不体现出人类建构主义的文化精神，这种精神都可以说是在理性主义的支撑之下，表现或再现出来的不同形式。它们都有着某种巨大的隐喻，并通过隐喻去构建艺术的内涵和主题。比如在19世纪的西方主流绘画艺术中，无论从作品的隐喻还是创作的方法上，我们都能体会到黄金分割、焦点透视、几何构图、和谐平衡、主题重心的理性主义框架。只不过，在一种理性内涵处于强势的时代，另外一种理性内涵就相对处于弱势。它体现了时代精神、语言范式的差异性。

在20世纪早期，科学主义逐渐成为理性主义精神的时代内涵，在这种情况下，有识之士开始在建筑等艺术创作领域，创造时代精神，重构艺术语言。“沃尔特·格罗庇乌斯开始对学院派作品的‘贫血’产生反感。他的艺术天性是热切而又深沉的，艺术世界和现实世界之间的双重性深深地影响着他。他看到，像制作木乃伊似的被僵化的传统所束缚的建筑学，表现出工程师与商人平庸的理念和欠缺的想象力。他从传统和陈腐的建筑形式中摆脱出来，投身到科学的竞技场，运用像钢铁、混凝土那样的新材料进行斗争，从而走向功能主义。摆脱传统的过程变为一个创造与成长的过程。他开始积极探索有可能成为建筑最终形式的无修饰的形体和原始的形体。"[1]我将包豪斯的理性主义命名为直观理性主义。这种直观理性主义精神的特征如下：

其一，反对传统隐喻理性主义附着的各种意识形态内涵，包括宗教、伦理、审美在内的各种文化积淀对艺术形式的压迫。

其二，在创作方法上，反对形式之外的隐喻，张扬形式语言，即艺术本体。

其三，反对传统意义上的装饰和过度装饰，尤其反对维多利亚时代艺术的矫揉造作风气。

其四，强调功能性、实用性和经济价值。

其五，使用新材料创作，强调让材料自身显现美感。

其六，毫无隐晦地直接呈现几何构图和几何框架，使几何形式弃"暗"显"明"，显现直观。包豪斯建筑、立体主义等艺术即是赤裸裸的几何语言。

1 ［英］尼古拉斯·佩夫斯纳等编著:《反理性主义者与理性主义者》，邓敬等译，中国建筑工业出版社，2003年，《理性主义者》部分第44页。

包豪斯校舍（1919）

其七，反对伤情、抒情、滥情的语言符号，创造与生活直接相关的语言和形式。

其八，强调科学、工艺、技术与艺术的会通与结合，重构“产品”的设计艺术理念和设计内涵。

将理性主义区分为隐喻理性主义和直观理性主义具有重要的意义。在包豪斯直观理性主义建筑艺术的影响下，科技工业时代向后工业时代过渡。在后工业时代，由于工业的集团化、信息化乃至数字化发展，加之资本的行业化积累，人口的集中，城市的扩大，土地资源的紧张，使现代建筑样式朝着另外一种宏大的高楼大厦模式发展。这就是20世纪建筑艺术历史发展的主流。

包豪斯的直观理性主义建筑艺术对隐喻理性主义建筑艺术的反抗，在其发展的早期，可以说是理性主义的。可是，当这种建筑样式成为一种后工业时代竞相模仿的艺术模式之后，就表现出了消费时代的后现代特征。后现代本质上是反隐喻的、解构主义的，但是，不是所有反隐喻的和解构主义的艺术样式都是绝对后现代的。后现代是一个复制的时代，是一个产品时代，当“复制”和“产品”的特质与“反隐喻”和“解构”结合起来之后，后现代特征就充分地显现出来了。当然，直观理性主义和隐喻理性主义也是相对的，没有绝对的“直观”，也没有绝对的“隐喻”。直观与隐喻的判断要与文化背景结合起来看才有意义，一座包豪斯的建筑如果建在云南民族地区的土掌房和汉族地区的瓦房旁边，是不存在直观理性主义这样的概念的，因为它消解的不是本地的传统，也不是对地方传统的解构。它不过是一种流行建筑材料和流行功能主义的结合罢了。小同学，没有这点认识，读得懂包豪斯么？

五、包豪斯的负面影响

包豪斯的教育和它对传统建筑艺术的颠覆性解构是巨大而辉煌的，即便是在架上艺术和其他艺术领域，包豪斯的先锋精神也惠泽深远。多少年以来，人们一直在谈论包豪斯，甚至觉得不知道包豪斯和格罗庇乌斯是可耻的。但是，在功能主义复制时代，在产品生产复制时代，这种建筑样式在其近一个世纪的疯狂流行过程中，也严重地暴露了其影响的负面性。这种负面性甚至是粗暴的。它过分地讲究功能、技术和经济效益，过分强调几何构建的裸露形式，过分反对传统诗性和人文精神的情趣，以致造成工具理性主义在建筑领域泛滥成灾的后果。特别在欠发达国家和地区，这种泛滥就更加严重，几乎瓦解了地方建筑文化的传统特色。我们随处可以看到，包豪斯的建筑样式以建筑垃圾的形式到处蔓延，筑成一个接一个的新兴城市，一个又一个的社区。人们随时随地举目远望，就能看见包豪斯的几何方块，玻璃窗户，平顶“厂房”。这是建筑史上一次巨大的灾难，一次带有文化侵略性质的瘟疫。建筑师失去了聪明才智和想象力，民族建筑文化积淀在生活世界中几乎化为乌有。我们可以说，工具理性主义的负面影响有多深，包豪斯建筑样式的负面影响就有多深。这个格局还在继续下去。这是一个建筑设计师失语的时代，也是一个城市建设爆炸却没有建筑风格和理想的时代。

当然，有一点必须指出，包豪斯建筑样式的泛滥，并不是包豪斯教育和建筑理念革新的必然结果。它是技术复制时代西方主流话语霸权全球化的一个结果，是欧洲原则和西方主流理性主义意识形态的体现。我们必须追问，这样的结果是必然的吗？肯定不是必然的。可惜的是，在技术复制时代，各民族地方文化精神丧失了其警惕性、控制力和消化能力，也丧失了文化自信和智慧真诚。在中国，前清时代的杰出人物就深刻地反省过西方强势文明东渐的问题，“师夷长技以制夷”，“西学为体，中学为用”，多么伟大的思想选择和经世抱负！可惜啊，这种思想和抱负仅仅变成了口号。如饥似渴地向西方学习的结果，几乎使中华文化全盘西化了——治国平天下也乎，话语方式也乎，国家意识形态也乎，文化艺术也乎，一切都视西方思想为圭臬，可恨啊。辗转思之，越是缺乏自由文化选择的民族，反而越被强势主流文化所征服。多少仁人志士的批评、挽救、呼吁、痛苦、流涕，都无济于事。20世纪70年代以来，中国的城市化进程，几乎可以说是一个包豪斯式的几何框架结构建筑与恶心的马赛克功能装饰泛滥的进程。在长达30年的时间中，我们几乎没有留下什么值得赞赏的建筑给我们的未来。这个教训如此惨痛，直到现在还鲜有人进行彻底反省。世界上没有什么事情比一个时代集体性的文化无知更可怕的了。呜呼也。城市荒芜了，只剩下钢筋水泥几何方块构架。文明荒芜了，只剩下经济利益的买卖与交换。心灵和心智荒芜了，只剩下科学技术与肉欲横流。

回到康德：对科学、艺术、审美的反省

一、科学与艺术知识论出发点的共通之处

我们又在讨论科学与艺术之间的关系，这是个老问题。通常，我们要在思维和表达系统某个含糊的地带假设两个视点：一个是两者之间的共通点；另一个是两者之间的差异。的确，人们总喜欢将科学与艺术这两个范畴放在一起来谈论，但很少有人能从知识论的原点上厘清两个范畴的隐秘关联和界限。

要在知识论系统中探讨这个问题，我们当然先要假设科学与艺术“有共通之处”这个出发点。事实上，人们在谈论科学与艺术这对关系的时候，是凭一种直观的判断力假设了这个出发点的，只是人的直观的能力，只有通过证明才能使人们在学理上“相信”它。这么说，我们既然假设了两者之间有共通之处，我们就要把那个共通之处找出来。

从知识论（认识论）的角度看，包括科学与艺术在内的所有领域（范畴），其知识来源的出发点和界限究竟在哪里？这是古

往今来伟大的科学家、艺术家和圣哲们都想要回答的。在知识论发展的历史上，有一位伟大人物的贡献无出其右，他就是德国的哲学家伊曼努尔·康德。康德的“先验感性论阐明，只有通过人的感性认识能力（接受能力）所先天具有的直观形式即空间和时间去整理由自在之物刺激感官而引起的感觉材料，才能获得确定的感性知识，空间和时间的先天直观形式是数学知识的普遍必然性的根据和条件”[1]。在康德看来，人之为人先验的、感性的、直观的认识能力，不仅是获得数学知识的出发点，也是获得一切可靠知识即真知的出发点。所以，康德的《纯粹理性批判》这部可与《理想国》并驾齐驱的伟大著作，将“先验感性论”放在“先验要素论”的“第一部分”，也是全书正文的第一部分来探讨。正是这一出发点——第一源泉，扭转了哲学的航向，也确定了人类的知性认知能力只能从经验之物出发才能产生“真知识”的那第一个界限的划分。这正是科学和艺

伊曼努尔·康德（1724—1804）

1 ［德］康德:《纯粹理性批判》，第4页。

术经验与范畴共通的出发点之所在。英国经验主义和大陆理性主义在康德这里合流，使西方思想重新出发，这是“现代性”思想的根源和主脉。

接下来的第二部分，康德讨论了“先验逻辑”，即人类知性的规律。在这部分里，康德阐述了“真理的逻辑”（先验分析论）和“幻相的逻辑”（先验辩证论）两个截然不同的认知系统。这一区分对于观察科学与艺术两个领域（范畴）在知识论上的同源而分异具有决定性的意义，尽管科学的逻辑并不完全等于“先验分析论”的逻辑，而艺术的逻辑也不完全等于“先验辩证论”的逻辑，但它们都在“先验逻辑”的认知框架之中，受到假设中那不可知的自在之物（物自体）的刺激。也就是说，无论是科学的“真理”逻辑还是艺术的“幻相”逻辑（如本体幻相之上帝、直观幻相之莲花），都在此被“第一推动力”（出发点）推陈而出，同时也因其创造或表达路径的不同而划定了认识范畴的界限。这一界限既使知性（智性）和感性（诗性）范畴得以连接，也使它们之间的创造和表达系统区分开来。

尽管我们对人脑的结构、人类的心灵和心智仍然所知甚少，但康德的批判哲学和逻辑推演已经在很大程度上被现代科学所证实。科学家们对青蛙、猫、猴子和人类自身的大脑神经元进行电脑断层摄影（CT）、正电子发射计算机断层显像（PET）、核磁共振成像（MRI）、功能性核磁共振成像（FMRI）等技术扫描、监测和分析发现，人类精神的器质源泉不仅复杂、灵活和生动，而且具有共同的结构基础和在某种条件下可激发生长的特征。英国东安格里亚大学视觉艺术教授约翰·奥尼恩斯（John Onians）在《神经元艺术史》一书中指出："最重要的是，这些技术使我们注意到，我们的神经资源拥有与所有有机生物相同的属性。神经元不仅可以产生新的连接，成为以生物DNA为编码的常规生长的一部分，就像我们在婴儿视觉皮层下不断增长的序列中所见的那样，而且，神经元的连接会在经验的影响下发生变化。因为每个神经元或整个神经系统或多或少都会不断受到刺激，树突和神经元都有可能生长或死亡，那是指新连接的建立和现有连接的废弃，与此同时，它们之间的化学调制特性也会随之发生改变。我们知道，大脑处在不断变化之中，也就是说，大脑具有强烈的'可塑性'。每个人的身体活动、情感和思想所依赖的器官，其结构很容易受到各种行为以及所有被动感官经验的影响，无论是有意识的还是无意识的。这就意味着，神经学已经能为我们提供大脑的图像，这不仅能与传统的思想观念抗衡，而且在很多方面都超越了传统的思想观念。神经学所提供的思想观念并不像有些人担忧的那样是还原论的看法，它远比几年前所料想的更开放，更有活力。”[1]这就是说，人类的大脑有相同的器质基元，也有共通的、感性和知性的“连接”“可塑”“变化”的能力与路径。这种先天的器质、基元性设置以及它在不同条件下的“变化”“生长”或“超越”，是科学与艺术两种范畴同源而殊途的第一根据。

二、科学与艺术知识论出发点的差异

但是，在我看来，科学通过感性、知性直观看世界的逻辑，与艺术通过感性、知性直观看世界的逻辑是不完全相同的。艺术那种直观看世界的逻辑，其观察点既可源于抽象的范畴（概念或逻辑系统），也可源于现象（形象、表象、质料）以及诸多范畴和杂多现象之间的关联，还可通过超验的“幻相”（比如上帝、本质、整体、自在之物）去创造和表达某种子虚乌有的幻相图景。就是说，在艺术逻辑中，诗性逻辑的归纳或推演，不仅对感性、知性直观的某种经验对象有效，即便对不可知的自在之物、本质、本体、上帝之类的幻相范畴亦或有效，因为有时候，这些诗性想象力幻化出来的幻相图景，往往无须假设就进入了语言表

1 ［英］约翰·奥尼恩斯:《神经元艺术史》，梅娜芳译，江苏凤凰美术出版社，2015年，第4—5页。

现的诗意世界之中，去演绎人性或神性的超验诗—思——这是本质主义艺术哲学需要先假设一个本质存在的思想根源。康德并不相信这种艺术形而上学——他也不相信任何形而上学，但多数人都认为本质主义的形而上学幻相真实可信。对于多数人的人文心智而言，失去了所谓本质，就失去了探索“深度构造”的学术和人生意义。

当然，我也同意康德的论点，即他认为在真理逻辑中，纯粹的先验知性原理对上帝、本体、本质、自在之物完全无效的看法，因为这些范畴是“可思而不可知”的逻辑幻相，科学的方法无法找到并实证它们。可以肯定，艺术不仅与面向现象的感性幻相有关，与科学知性亦有关——只是这种关联是以诗意创造的方式重新分解、整合而创造出来的。我们甚至可以说，艺术生发的诗意逻辑，将感性直观和知性（理性）直观在具体的作品（比如建筑、音乐和绘画）中合二为一，呈现出秩序化、节奏化、形式化或碎片化的时空事象——自然，这里的时空既可能是经验的，也可能是超验的。

康德将“所有纯粹知性原理”列为四条：“直观的公理；知觉的预测；经验的类比；一般经验性思维的公设。”[1]前两条原理是

1 ［德］康德：《纯粹理性批判》，第153页。

“数学性”的原理，后两条则是“力学性”的。我们换一种说法，前两条是数学方法原理（演绎主义），后两条是物理学方法原理（归纳主义）。毫无疑问，四条原理既可以作为科学逻辑（真理逻辑）的基础，也可以作为艺术逻辑（诗性逻辑）的基础，但就从这四条原理中，我们即可看出两种逻辑同源而分异的情况——通过“想象力”的推动，这四条原理既可生发出可实证的真知识，也可以生发出不可以实证的虚幻知识。

我们来看看第一条公理（直观的公理），“其原则是：一切直观都是外延的量”[1]。康德说：“在一个量中，部分的表象使整体的表象成为可能（因而必然先行于整体的表象），我就把这个量称之为外延的量。一条线不论它多么短，我若是不把它在思想中引出来，即不是从一个点将它的一切部分一个接一个地产生出来，并由此才记下这一直观，我就根本不能设想这条线。对于每条线的这种情况同样也适合于哪怕是最短的时间。”[2] 接下来，他又说：“生产的想象力在产生形状时的这一相继综合，就是广延的数学（即几何学）连同它的那些公理的基础，这些公理表达了先天的感性直观的诸条件，唯有在这些条件下，外部现象的一个

1 ［德］康德：《纯粹理性批判》，第154页。

2 同上，第155页。

纯粹概念的图型才能实现出来；例如在两点之间只可能有一条直线；两直线不能围住一个空间等等。这是一些真正说来只涉及到量（quanta）本身的公理。”[1]康德的这种论证自然是关于科学逻辑生发于感性直观的论证，但如果我们想想感性直观与诗意逻辑的关系，我们就会领悟到，这一“直观公理”完全可以说也是艺术逻辑的公理，只不过，当我们用事实（存在）的真实与诗性（诗意）的真实去看此出发点时，我们甚至可以看出两种逻辑系统之间可能就是背靠背的甚或完全是分道扬镳的背离关系。

关于科学逻辑的概念与直观对象的对应同质关系，康德说：“每当把一个对象归摄到一个概念之下来时，对象的表象都必须和这概念是同质的，就是说，这概念必须包含有归摄于其下的那个对象中所表象出来的东西，因为这里所表达的意思恰好是：一个对象被包含在一个概念之下。所以，一个盘子的经验性的概念和一个圆的纯几何学概念具有同质性，因为在圆中所思维的圆形是可以在盘子中直观到的。”[2]但我认为，就艺术逻辑而言，概念和对象之间，即一个纯几何学概念的“圆”和一个具体的圆形盘子之间，完全可以是不同质的，甚至可以说，在艺术创作中，那种

1 ［德］康德：《纯粹理性批判》，第155—156页。

2 同上，第138页。

"同质"的概念和对象之间的对应关系，恰恰是艺术逻辑所要消解的，甚至是否定的——"质"对艺术是无意义的，否则，作为视觉（包括心灵视觉）错位（误读）的诗意创造就不可能实现。美国著名的抽象表现主义绘画大师马克·罗斯科（Mark Rothko）在1949年发表的一个简短的《绘画态度和宣言》说："一个画家绘画时，就像是从某处到某处的时间旅行者，是一个逐渐清晰的过程：它最终会消除所有的阻碍——画家和观念、观念和观众之间的任何阻隔。在众多阻碍之中，记忆、历史或者几何图形的观念是尤为危险的。它们就像是一片沼泽地，深陷其中的画家可能会牵引出对观念的拙劣模仿，这种模仿如幽灵般挥之不去，但它与观念自身无关。一旦抵达清晰，绘画就毋庸置疑地被全然领悟了。"[1] 几乎所有伟大的艺术家都在概念、观念的熔炉里熔解概念和观念，甚至在直观形象的熔炉里熔解直观形象。具体艺术作品的清晰度是另外一种东西，另外一种直观。艺术的"真"并非事实，因为"美"与事实无须"同质"。

事实上，科学和艺术各有各的学术界限。科学是伟大的，艺术也同样伟大，两者并驾齐驱就相当于两条铁轨一样；它们永远

1 ［美］马克·罗斯科著，［西］米格尔·洛佩兹·莱米罗整理:《艺术何为：马克·罗斯科的艺术随笔（1934—1969）》，艾蕾尔译，岛子校，北京大学出版社，2016年，第112页。

不可能相交，但是永远在一起伸向远方。就像一个爱情故事，两颗心灵，恰似两个陌生而又独立的宇宙，永远不可能完全占有对方，但是永远都用各自的语言和符号书写着、创造着爱情的美好。

科学和艺术两个系统的不同之处还在于，科学的路径是直线向前的，是达尔文式的，因为它必须向前推进，建立越来越严密精确的概念化、数字化、模型化系统，不断地淘汰旧知、创造新知；而艺术不是，艺术是永远后退或回归，永远用人类感觉和感知的眼、耳、鼻、舌、身、意初心、诗意初心召唤人的精神回归家园，回到与天空同辽阔、与河山同起伏、与花草同柔弱的栖居之所。

三、从“人”出发看科学与艺术问题的真假

事实上，我们讨论科学与艺术范畴的出发点，总是源于西方逻辑主义学术体系的。大家都知道，西方逻辑主义的学术体系，换一种说法就是理性主义（我们选择它们对应的范畴）。如果从人文艺术学科的角度看，以这个出发点来统摄艺术创造本身就存在很大问题。柏拉图主义是理性主义的主要来源，但即便是在古希腊的时代，柏拉图本人在考察世界的构成以及人类思维与智慧

关系的时候，其思考的出发点与我们后来津津乐道的学术体系的出发点也是完全不一样的。在《理想国》(又译《国家篇》等）里，柏拉图谈到世界结构的问题、人类知识和智慧生发的问题，是以一种近乎怀疑论的“假设”方式来讨论的[1]，后来西方理性主义的发展把柏拉图小心翼翼的那个“假设”抽掉，使逻辑主义、本质主义变成考察学术的出发点。这是对柏拉图的一个根本性的误读。

不仅西方人一直在讨论人类知识和智慧来源的问题，在东方，两千五百年来也一直以不同的方式在讨论。比如《心经》，就讨论到了这个问题。这部经是佛陀般若思想最简洁而完美的体现。《心经》讨论人和世界的关系，首先是从人出发的，而人是从哪里出发去看世界的？佛陀认为，人看世界的出发点，首先是眼、耳、鼻、舌、身、意这六根。[2]也就是说，人跟世界交流是从眼、耳、鼻、舌、身、意六根（也称为六情）出发的，而与这六根生发感觉或感知的相应对象是色、声、香、味、触、法六尘。“色”是外境的物质世界和我们的身体之存在，声、香、味、触、法是内境。内外境之间的复杂关系，即是人的内心与世界之间建

1 ［古希腊］柏拉图：《国家篇》，《柏拉图全集·第二卷》。

2 赖永海主编：《金刚经·心经》，陈秋平译注，中华书局，2010年。

立起的一种交流关系。这个出发点，也是康德构建先验感性论的基础。

的确，稍稍洞察东西方思想和文明发端的历史即可看出，无论东方还是西方，早期的圣哲在讨论人和世界关系的时候，都是小心翼翼的。为什么他们都要小心翼翼地审视和自省，因为出发点都是人，人本身就是存在的局限，人的认识能力和范畴也是世界的界限。虽然柏拉图创造了一个“理念”的概念，并将其演绎成存在的“原因”或“本质”，但熟读柏拉图的人士都知道，他用概念来解释人和世界的关系，解释世界的存在，是不可为而为之的宿命。因为不可为而为之，他才以“假设”的方式来构建他的观察角度；因为不可为而为之，他才用文艺的修辞方式来表达。《理想国》是他最伟大的著作，而在这部著作里表达理念的可能存在的方式，统统都是文艺的修辞方式。四条线的比喻、太阳的比喻、洞穴的比喻、床的比喻等等，都是以比喻的方式来说出“理念”的。（事实上，在康德《纯粹理性批判》中，人对作为存在的世界的观察点，可能也来源于“线喻”的启迪。）柏拉图在与世界交流时，同时面对着人作为出发点的困惑、语言表达的困惑以及面向世界的困惑。《理想国》是一部自言自语的话剧，一部文学作品，是一颗圣哲的心对形而上存在的诗意猜想。后来，人们把他的“理念”作为世界存在的本质“坐实”，变成知识论体系的出发点，当然也被改造成了人格化的上帝。芸芸众生以及他们的代言人们，不再怀疑普遍性因果的存在，也不再怀疑人有认识这种因果链的能力。人们获得了概念系统，却远离了人自身，远离了人、语言和世界的初始碰触。人们背叛了在柏拉图学园里思考人和世界的那个柏拉图，而创造了另一个柏拉图，就像人们在演绎“道”这个概念的时候，同样背叛了在《道德经》开篇就警告世人的那位诗人哲学家。现在，我们要重新审视文明史，是拆开控制我们心灵和心智的种种概念牢笼的时候了。

佛陀当然也是这样，他在从人的视点表达世界的时候，深刻领悟到世界并没有一个真正的、恒定不变的存在本质这一点。佛陀的思想，也从根本上划定了人认知世界的界限。人类在世界（宇宙）中是什么样的处境呢？我想，与蛔虫在我们的肚子中的处境是一样的。蛔虫在我们的肚子里，从幼虫长成一条标致的蛔虫，从来也没有离开过肚子，但那些蛔虫在我们肚子里翻江倒海，似乎在讨论一个“人”的话题。它们“假设”了“人”的存在本质，但却从来也没有一条蛔虫见过这个“人”。无论它们用怎么样的模型或手段，用多么先进的“大数据”系统，也是不能理解、窥视这个“人”的。

我们再回到康德展开的现代思想的原点问题上来，这是讨论科学与艺术诸问题无法绕开的出发点。弗兰克·梯利在讨论到康德认为“形而上学之不可能”时阐述说：“关于经验世界所提出的有意义的问题，一旦超出现象界，就毫无意义。像原因和结果、实体和偶性这样的概念应用到现象界完全合法，转移到本体界则没有意义。形而上学也往往忘记了这一点，把现象和本体混淆起来，从而用那仅仅在感官世界有效的概念，来论述超验的东西。它乃陷于错误和幻想，这牵涉到知性的原则，康德称之为先验的幻想。他把那应用在可能的经验的范围以内的原则，称之为内在的原则；把那超越这种界限的原则，称之为超验的原则、或理性的概念、或观念。把应用到感觉上的主观的原则，误认为是客观的原则，并把它应用到自在之物上，这是理性不可避免的幻想。先验的辩证论的任务就是要发现这种超验的判断的幻想，防止这种幻想来欺骗我们。不过，它不能消灭这种幻想，因为它是自然而不可避免的。我们可以看穿它，以免受骗，却不能摆脱它。”[1] 自然，先验的、经验的、超验的三个范畴，都是从“人”出发的，所有问题的“真—假”，也从这里开始和延展。

因此，我们认识世界万事万物以及认识我们自身，都是从人这个出发点去认识的——难道我们可以从上帝出发、从一个假

1 ［美］弗兰克·梯利：《西方哲学史》，葛力译，商务印书馆，1995年，第448—449页。

设的本质出发去看世界和我们自己吗？当然，我们既可以用感性的、想象的方式去认识世界和我们自己，也可以用理性的、概念的方式去认识，但无论以哪种方式去认识世界和人类自身，我们都必须开掘语言和符号的表达路径，以经验归纳的和逻辑演绎的、以诗意想象的和数学模型的各种方式去认识。认知方式包括方法和路径，而方法和路径都是人类自身聪明才智的选择、虚构或创造，种种方式方法是否科学（比如数学的方法），是否能抵达世界的真实，是值得怀疑和反省的。

四、对“审美”的反省是讨论艺术问题的关键

艺术全部问题的核心是审美问题，按康德的说法，是审美判断力问题。康德在《判断力批判》的第一部分“审美判断力批判”的“鉴赏判断基于先天的根据”一节中说：“使愉快和不愉快的情感作为一个结果去和某个作为其原因的表象（感觉或概念）先天地形成联结，这是绝对不可能的；因为那就会是一种因果关系，这种（在经验对象之间的）关系永远只有后天地并借助于经验本身才能被认识。”[1] 康德如此果断地截断审美关系的这条

1 ［德］康德:《判断力批判》，第57页。

因果链，是为现代审美理论和方法的开端。他又在本部分之“美的艺术”一节中说：“没有对于美的科学，而只有对于美的批判，也没有美的科学，而只有美的艺术。”[1]审美是什么？什么是艺术之美？我们很多人，比如说学院里的画家、艺术家、教授都认为自己是懂得美的，社会上的芸芸众生也认为他们是审美的代言人。甚至我们文艺学、美学、诗学、艺术理论的学者们，多数人都可能是这样自诩的。可事实上，与那些可能只是通过个人的感官系统来讨论什么是艺术的普通大众相比，艺术家、理论家们，可能只是掌握了某种创作技法的技术工人，或者说，可能只是掌握了某些审美概念的“概念控”“知识控”“观念控”，甚至可能是被概念折磨得死去活来的审美智障病患者，或是大数据病患者、透视病患者、造型病患者、旋律病患者。比如看一幅画作，画得好不好，老百姓通过感觉去判断——这当然往往也是不可靠的，而专家学者们，却常常是通过现实主义、浪漫主义、现代主义、后现代主义、当代艺术等概念去看，或去摆弄各种审美套路、各种形式或题材。所谓审美专家，多数是满肚子概念的人——其灵魂结构全部被概念、统计数字、理论模型所控制或替换。就是说，无论是审美大众，还是审美专家，大家对自己既定的那个审美错

1 ［德］康德：《判断力批判》，第148页。

觉都是非常自信且“当真”的。

对于纯净、澄澈、鲜活的审美心灵而言，源于概念、观念、文化习性的审美判断就是某种审美智障。比如说西方的主题绘画，像大卫画的《拿破仑越过圣贝尔纳山》，画一个巨大的主题和事件；像普桑的历史风景画，为主题表达组合绘画元素。正是他们这种以主题或观念看世界的方式，训练了我们具有“深度构造”的审美经验，甚至使我们成为集体无意识审美经验驱使的奴隶。的确，审美文化在我们的心灵结构里，已经种下了各种习惯性、通约性的审美成规，那是一种后天种下的文化基因。这种概念叙事的主题审美，在神经元中的图像结构中，恐怕是难以检测到的。极有可能的情况是，同样参数或图像数据的神经元结构，却有着不同的审美情感或审美取向。可以肯定的是，富有同一个时代某种审美趣味的人群，很难找到同一种数据的神经元，另一种情况是，同一个脑袋的神经元，在不同的生命时期，也会有不同的审美取向。必须指出的事实是，审美经验随时会因环境的改变、见识的养成而向着不同的方向或形式漂移。在一个健全的、有智慧和有反省能力的、自由的大脑中，不可能使同一种审美经验恒定、凝固在一个地方（一个位点），除非患有审美判断力的智障病，否则的话，审美活动会像一朵云一样，停在某个“位点”上一会儿，然后飘走——不为目的表征而漂移，只因音声形色显露而葱茏。在《金刚经》第十品中，佛陀告诫我们："不应住色生心，不应住声香味触法生心，应无所住而生其心。"[1]这是东方思一想（包括艺术思想）的伟大洞见，是千古不灭的诗一思幻化之"蕴"。

天才的艺术，纯粹直观、可靠的审美，其本身是云卷云舒般的生命机理，藻绘天籁。因此，它显现时刻的暂住或漂移，当然既不是概念的暂住或漂移，也不是一个简单形象、形式的暂住或漂移。伟大的审美，即伟大艺术创造的呼应，在那反顾、回还呼应的时刻，艺术一次又一次地在瞬间诞生为具体的艺术形式，甚或是"反艺术"的艺术形式。

拯救人类心灵结构中美之为美、善之为善、真之为真的纯粹精神和纯洁希望的，是作为人文之花的艺术，而不是科学。科学创造概念和知识，而艺术则是稀释概念和知识。科学可以为人类创造最美好的生活环境，提供最便捷的生活服务，一次又一次地改变人对世界的认识途径、达到不同的认识高度，但是科学不能绝对有效地拯救人类的心灵，使人类的心灵结构通过概念、知识系统变得澄澈、透明、自由和安宁。中医里有一种病叫气滞，气滞之病生发时，人的胸口会有疼痛难忍的感受，但气滞用西医的

1　赖永海主编:《金刚经·心经》，第47页。

科学检测手段是检测不出来的。你用一台机器去扫描，什么也没有发现，但是胸口却在疼痛，这就叫气滞。中医中机器检测不出来的与“气”有关的还有“气虚”“肝气郁结”等十数种“气病”。按中医的理论，各种“气病”与人的心灵（心灵结构，精神）有很大的关系。而“心灵”或“心灵结构”的存在，机器也是检测不出来的。同样，作为人的心灵结构中最重要的内涵之一的人的审美能力及其非器质性的巨大差异，机器也是检测不出来的。这是一个科学的实证系统无法驻足的辽阔空间，恰似神的领地。

莫奈画卢昂大教堂，如果按照普桑、籍里柯、大卫、库尔贝的画法去画，甚至按巴比松的画法去画，几乎所有古典主义审美推崇者们都会欣赏的，但如果那样画，历史上就没有伟大的克劳德·莫奈了，他的画作甚至会一文不值。莫奈之所以在历史上成功，恰恰因为他在19世纪下半叶的“反审美”“反艺术”的创作，反既定的焦点透视方法，反既定的主题透视、题材透视观念，反学院派的学术评价系统。难道莫奈的技法不如普桑吗？难道他的神经元与学院派批评者、画廊批评者、画坛既得利益者们完全不同吗？非也。莫奈的全部努力，只是为了回到个人的视觉（眼，第一感官）看世界的真实，用“六根”的第一根“眼”（也就是“六情”的第一情），去看“六尘”的第一尘“色”，忠实于最单纯、最普通的视觉感受，表现那种就呈现在眼前的，没有概念、观念遮蔽的，没有利益诉求的真实，那种像《日出·印象》和《卢昂大教堂》一样的真实。可见，当一种经过反省的、单纯的视觉之“眼”去看外境之“色”的时候，来自概念、观念的审美就以“审美”的文化视觉进行反击了。

我认为，不仅源于概念、观念的审美或创作是一种智障性的审美或创作，所谓科学的审美，也往往是一种智障，一种佛法所说的“执”。你或许会对立体主义的布洛克和毕加索崇拜得五体投地，或许会对包豪斯时代的康定斯基和克利情有独钟，可能更钟爱荷兰人埃舍尔的几何魔方版画，这种审美取向都是正当的，但你的欣赏“神经元”不能作为科学的审美模型进行推广，否则我们的城市建筑，就可能全部沦为包豪斯的“鞋厂”。

当然，艺术的门类非常多，我在此只讨论视觉艺术（造型艺术）。就“看”而言，视觉的复杂性或许远远超过了人与人之间神经元结构的差距。视觉当然不仅仅深受概念和观念的污染，或许第一污染源，即是眼睛看见的色（“外境”）。比如此时此刻，在昆明看“色”，与在杭州看“色”就有不同的感受。昆明阳光灿烂，碧空如洗，事物在和煦之光中显得扑朔迷离，处于瞬间的“暂住”和漂移之幻象中，而杭州则是灰雾弥漫，阳光软弱无力地在层层迷雾中被消解，三里之外天空和大地就变成了“浑然一体”。一个审美者或艺术创作者，怎么样去“看”眼前的色相，将其变成一种艺术创造，就变得非常复杂，不是简单的神经元差异或几何模型透视可以表达清楚的。

比如塞尚。塞尚的作品，是最能够体现西方人理性主义传统“看世界”的方式的。西方造型艺术理性主义的传统，简言之就是几何学。塞尚的作品当然也是几何形体的构架——正是这种几何构架生发了立体主义，推动了各种现代艺术潮流。但塞尚的伟大之处并不在于此。他的伟大之处，恰恰在于其推动现代绘画的出发点——那种重新看圣维克多山的视觉反省之眼，而非概念和观念的视觉推演。即是说，塞尚是通过肉眼之“看”，发现了自然之“结构”的。说得更明白点，塞尚的几何，是肉眼之“色”的几何，而非观念之“型或形”的几何。首先是色构，而非型构。具体说，塞尚是以眼睛的第一感觉看世界的，这就改变了古典主义看世界的方式，也改变了审美评价系统。从型构转为色构——绘画语言“本质”上是色构，使人类的“内境”与“外境”交流变得亲密无间，好像有了肌肤温柔的触摸之感。塞尚的创作，亦是对审美智障的治疗；伟大的艺术创造都是对审美智障的治疗，概莫能外。

在“真、善、美”三个概念（观念）范畴并立的三角中，探索“真”是科学之一维。殊不知，艺术也在探索它的“真”，或许这正是科学与艺术的相互融通会心之处。而必须指出，科学之“真”，是形成知识的可靠性之真；而艺术之“真”则是人类审美在漂移迁流时刻的某种“暂住”之真，某个感觉“位点”之真、情愫藻绘之真。古典主义讲的模仿、反映世界的真实，在现代主义那里，可能变成了一种审美智障，而现代主义一旦变成一种审美成规，也是审美智障。那种凝固的、模式化的审美，无疑是一种失去艺术感觉、知觉的审美精神强迫症，一种老年痴呆式的审美心灵疾病，一种对利益最敏感、对艺术和科学最无知的学院派“神经元疾病”。

我认为，为了疗救各种审美疾病，我们应该回到科学和艺术各自的范畴和出发点上去探讨。如果不讨论它们的出发点在哪里，那么你永远会怀疑我们建构在概念系统、习惯系统上的整个审美文化系统是不是真实有效。大学、学术机构里玩弄概念、观念的审美系统仍然在以审美文化的名义制造拙劣工艺品，甚至以崭新的“科学”方法去繁殖、复制工艺品，其生命力越强大，越能证明在智障审美文化和利益的绑架中，人的天赋才能之被摧毁是如何严重。

科学和艺术是一对伟大的情侣，但是它们两个所承载的人类文明范畴是不一样的。科学与艺术的原则，在审美文化的层面上，必须进行全面的反省和甄别。

随着“科学”的、审慎的学术评价系统的沦陷，审美判断力的可靠性、真实性失效了，被取缔了。人变成了“材料”，作为冷冰冰的数据、表格、项目和奖状被处理。诚然，大数据中的“材料”是不可能有审美判断力的，也不可能有深切美好的真心睿智、人间情怀；不可能在学校教书育人，呵护最美人性的健康发育和成长；不可能具有普通人的道德和情义；不可能激发诗思初心，去创造美的艺术。

语言之思

语言的粗暴

一、理性语言的粗暴

朋友，日复一日，文化复制着伪文化，伪文化变成了真文化；日复一日，艺术复制着伪艺术，伪艺术变成了真艺术。文化死寂，万物堕落。我在《脚步声》一阕中写道：

万物在孤立我。我孤立万物。我心慌，我要跺脚。

我让我的脚步声响彻天蓝的穹顶，使群峰拔地而起。

我让春听见喧嚣，让万物浑身发痒，耕牛长出尖角的荒诞。

我让所有石头向上服从山峰，让大树陷进土地抱着石头。

我不能停下脚步声，我怕高蓝变旧，言语坠成落叶，大漠散尽黄沙。

我怕向上隆起的物突然坍塌，我怕万千弱水注入深渊。

我背负空有发芽。我怕天庭蓝鸟的大眼睛，成批地消失在天边水泽。

我默念着陈抟老祖写过的句子“开张天岸马，奇逸人中龙”，常常处于一种孤立无援的状态。理性（包括非理性）的语言系统压得我喘不过气来。无论在现实生活还是在文本世界之中，语言的纯洁性已经荡然无存。谁逼良为娼？谁可以不在语言的历史文化运动中堕落？语言的刀锋、铁锤、鼓角、幽怨使世界战栗。

尼采在《偶像的黄昏》中说：“整个希腊思想都狂热地诉诸理性，这表明了一种困境：人们已陷于危险，只有一个选择：或者毁灭，或者——成为**荒谬的有理性的**人……自柏拉图以来的希腊哲学家的道德主义是有病理学根源的；他们对辩证法的重视也是如此。‘理性=美德=幸福’仅仅意味着：人们必须仿效苏格拉底，制造一个永恒的**白昼**——理性的白昼——以对抗黑暗的欲望。无论如何必须理智、清醒、明白，向本能和无意识让步会导致**崩溃**……”[1]

朋友，思想史上，没有一个人像尼采那样，对人类文化中的

1 王岳川编:《尼采文集·查拉斯图拉卷》，周国平等译，青海人民出版社，1995年，第310页。

理性主义体系如此厌恶，就像现实中的我那样，厌恶理性主义的程式和知识。毫无疑问，苏格拉底的“理性=美德=幸福”的等式，在苏格拉底的时代具有划时代的意义——理性（真理）毕竟是人这种自然尤物慧根中的存在，是人智慧形态和思维结构中的一种素养。这种素养是在某种特定气候条件下会发芽、长叶、开花、结果的。苏格拉底这个等式的意思，也可以写成“知识=美德=幸福”。知识、理性、真理在大部分内涵上是相通的。美德、幸福这些概念是知识、理性、真理的引申意义，属于心理的、价值的判断范畴，尽管这些范畴全部来源于人类处心积虑的虚构或妄想。

弗里德里希·尼采（1844—1900）

人类步步为营构建的文明，建立在理性和诗性两大范畴或两个知识系统之上。这两个范畴，都是通过语言（包括门类艺术语言系统）来实践的。理性的实践靠概念、命题、逻辑归纳和演绎程式来进行；诗性的实践靠想象力、情感、艺术形式和对理性的反抗来进行。在漫长的人类文明建构过程中，任何语言系统在创造文明形态的时候，同时都形成一股钳制人的心灵和心智的力量。文明，是个人的心灵和心智服从集体的心灵和心智的一个系统，因此，文明建构通常以消解人的个人天性为代价。

相比之下，理性的语言系统对人的遮蔽、颠覆和粗暴干预，多数时候胜于诗性的粗暴。因为人们总会相信理性模式，并总喜欢将其付诸实践。概念、命题和逻辑演绎成为文化心灵模式之后，人发现自己和事物的才能，就在理性框架遮蔽之中堕落了。在艺术语言和艺术作品的研究中，人们相信通过概念、命题和逻辑演绎，能够通向艺术真理。事实上，这也是一种妄想。人类的文化越发达，这种妄想症越滋长。当代的文艺研究和教育，就是在这种妄想症的引导下走向死胡同的。作茧自缚并不能实现美好人性的养成和超越，但人们却喜欢作茧自缚。

概念、命题和逻辑程式对艺术创作形态的把握，相当于语言对自然和社会生活的把握，其终局都只是语言自身的自我消费。一种与对象有关联的消费，本质上与对象自在之有或自在之无没有关系。概念、命题和逻辑，都是语言的系统，而不是自然或社会生活的系统。

理性的语言变得粗暴的时候，是刀锋，是铁锤，是锁链。理性的暴虐如日中天。

用来概括整体的语言，只能是口号或谎言。假大空的整体主义语言，是社会生活和精神世界发生混乱的根源之一。

维特根斯坦说："语言在哲学家那里，就像一双过紧的鞋子，已经被他们挤变形了。"[1]美学家和任何文体的作家，都穿着夹脚的鞋子。理性语言的尺码不是太大，就是太小。对表达世界和人自身而言，没有刚好合适的理性语言。

一个国家的国民，如果都穿着理性语言的夹脚鞋，那么这个国家的时代文化，必然与人对抗。长期穿着理性语言夹脚鞋行走的国民，必然失去文化教养而变得粗俗。

朋友，维特根斯坦说："让我们做人。"从活着、一直活着、还在活着的艺术心灵的角度看，我们是一个"人"，还是文化动物、艺术动物、符号动物、标签动物？是一个本真的自我，还是被他人放牧的一群？

让我们做一个"人"吧。

二、诗性语言的粗暴

朋友，艺术是想象力的悲戚与情感无法皈依的无奈。当人离开本真的存在那一刻起，人就不得不在精神失落中进行对抗。维

1 ［奥］路德维希·维特根斯坦：《文化的价值》，第62页。

特根斯坦说："最高级的艺术形式，那些被称之为'风格'的作品，它们甚至被人们称为是'个人惯用格调'。然而，他们的风格还不如儿童的第一次讲话的风格美妙动人。"[1]

诗性语言并不一定就是一种活的语言，多数诗性语言也是垂死的语言。与理性语言的粗暴相比，诗性语言（艺术语言）的粗暴也不逊色。在诗性成为文化系统之时，即是其光辉暗淡之时。诗性语言在创新时是鲜活的，在被反复复制时即走向死亡。

复制的诗（艺术），养成了集体无意识的装模作样的心灵，也养成了个人装模作样的心灵。诗性（艺术）心灵的装模作样，有时表现为假大空的整体主义抒情，有时表现为虚伪的、假想的生活形式反映。集体无意识的诗性、个人的诗性，在一些老才子心灵中已经长满了老茧，在小才子们心中，也长着老脸上的老茧。在老少才子们心中，都有着什么是诗，什么不是诗的假想模式。那是诗性文化未加以清理和反省堆积的垃圾。这种垃圾组成了心灵的诗性内涵部分，也就是心灵结构本身。就无所不在的、开放的诗性而言，诗性凝固的心灵模式，是垂死的心灵结构。垂死的心灵结构，通常被认为是文化结构。

朋友，文化结构是个深渊。人们总是要上文化的当，特别是

1 ［奥］路德维希·维特根斯坦：《文化的价值》，第58页。

没有心灵自觉的人，没有才情的人，肯定是要上当的。他们不学习，则是文盲，一旦努力学习了一些知识、一些陈规，又要上当受骗，变成有知识的文盲。可怜天下之人，总是失去了自己的心灵，失去了审美判断力的直观和淳朴。

在文化的深渊中，即便是没有个人才能的文化心灵结构，也可能具有灵魂滋补的功效。当假大空的模式，变成诗性的真实，诗性的谎言也就变成了真实。谎言与真实之间，并没有一个绝对的界限。理性的谎言和诗性的谎言，铸就了可感心灵的实在。从此角度看，心灵就是谎言，或者说，心灵是被各种谎言控制的一个感觉系统，一种自我存在。这种感觉系统、自我存在的所谓真实，一旦变成集体无意识的信仰，诗性的粗暴就变得无以复加了。

诗性的粗暴表现在语言系统当中，表现在创作形态和作品当中。这种粗暴，有最充分的理论根据，宣布自己是经得住理论推敲的，或是言之成理的、自圆其说的。多数情况下，言之成理、自圆其说，也是谎言，只不过这样的谎言经过了逻辑伪装而已。

诗性语言的集体无意识隐喻，是一种残酷的意识形态。那种裴多菲式的“我愿意是激流”的清澈，那种彭斯式的“我的爱人像一朵红红的玫瑰”的简单比喻，那种拜伦式的“雅典女郎啊，你是我的生命，我爱你”的真诚，那种郭沫若式“炉中煤”的大呼小叫，已经被折腾成了种种垂死的隐喻表达模式。垂死的隐喻从来就没有真正死亡。

隐喻是文化的形成途径，是文化的积淀模式。隐喻在发生之时是真诚的，在衰老时是残暴的。多数人，多数才子佳人，都抱着衰老的、残暴的隐喻乐不可支。这肯定是诗（艺术）的悲哀，人的悲哀。当然，牛马牲口是没有这种悲哀的。悲哀是精神狂欢的前提吗？或者说，精神狂欢是悲哀的绽放吗？从艺术潮流到广场集体狂欢仪式，都是悲哀或悲剧精神的绽放。狂欢即悲剧。

朋友，什么是诗性的可靠？任何评论由于找不到一个客观标准，因此，评论是不可靠的。雨果在《悼念乔治·桑》里说"啊，自由的女神!"，认为乔治·桑就是一种思想，是法兰西的骄傲。乔治·桑是19世纪法兰西的诗性神话之一，她成了诗性意识形态的一个标志，所以尼采肯定不会放过她。乔治·桑是一个靶子。尼采在《偶像的黄昏》中说："我读过《旅行书卷》第一卷，就像卢梭写的一切东西，虚假，做作，诈呼，夸张。我受不了这种花哩胡哨的糊墙纸风格；就如同受不了贱氓想显示慷慨情感的虚荣心一样。当然，最糟糕的还是女人用男子气、用顽童举止来卖弄风情。——她在这么做时必定是多么冷静，这让人受不了的女艺人！她像钟表一样上紧发条——并且写作……冷静得像雨果，像巴尔扎克，像一切浪漫主义者，只要他们在写作！而她会如何自我欣赏地躺在那里，这条多产的写作母牛，她身上具有某些坏的德国素质，就像她的师傅卢梭一样，并且无论如何只有在法国趣味衰败时她才可能出现！”[1]

也许尼采讨厌乔治·桑有着复杂的心理原因，这种原因是很难考察清楚的。在尼采的著作中，理论之间的关系有时很难廓清。他在《论艺术家的心理》一节中，把任何一种审美行为或审美直观得以存在的前提，说成是——醉，情绪的醉，酷虐的醉，破坏的醉，意志的醉，等等，把日神和酒神看成醉的类别和美学的两个对立概念。他说：“日神的醉首先使眼睛激动，于是眼睛获得了幻觉能力。画家、雕塑家、史诗诗人是卓越的幻觉家。在酒神状态中，却是整个情绪系统激动亢奋：于是情绪系统一下子调动了它的全部表现手段和扮演、模仿、变容、变化的能力，所有各种表情和做戏本领一齐动员……酒神状态的人是不可能不去理会任何一种暗示的，他不会放过一个情绪标记，他具有强烈的领悟和猜测的本能。”[2]

尼采的写作是一种诗性写作，这种写作更像法国趣味而非德国趣味。从第三者或理性的立场来看，尼采这么抨击乔治·桑没

1　王岳川编：《尼采文集·查拉斯图拉卷》，第351页。

2　同上，第354页。

有道理，但从个人心理和才情来说，就是顺理成章的。艺术的、天才的个人趣味，天生地敌视诗性意识形态的集体趣味，以维护个人趣味的正当性。因为乔治·桑的“女英雄”形象已经意识形态化，这是孤独的尼采不能容忍的。乔治·桑是法国19世纪的一个磁场，缪塞、肖邦、福楼拜、李斯特、小仲马、德拉克洛瓦、屠格涅夫、巴尔扎克、梅里美等人，都曾被这个磁场所吸引，以使她离巴黎数百里的庄园成为磁场中心。无论是尼采还是乔治·桑，他们的诗性语言都可能在某种时代背景下变得粗暴，尼采的哲学被法西斯利用即是明证，他的“超人”和“世界精神”，是粗暴的理性语言逻辑和诗性语言逻辑同时使人走向堕落的最好说明。语言表达本身巨大的欺骗性，让尼采也堕入了自己制造的语言彀中。语言之彀，随时都张着血盆大嘴。

所谓文化，即是集体的语言吸吮。虚假的荣誉张开了它的血盆大嘴，吸吮着血肉之躯体。我有《荣誉》一阕：

春如旧，春芽钻着沉重的空白。荣誉如风，刻着人世间的脸谱。

荣誉如刀，梦着豺狼的胸膛。荣誉如锣鼓，让老鼠的耳朵隐忍。

春来了，老鼠都出来欢呼。春去了，老鼠拖着尾巴回到窝里。

老鼠迷恋刀锋，老鼠抱着锣鼓。老鼠在打洞，老鼠在长胖。

荣誉如鼠洞，像神龛的尾巴伸向暗处，容纳了所有死去的老鼠。

朋友，我使用了老鼠这个词的隐喻，我放牧着所有的老鼠。老鼠不知道我放牧着老鼠，老鼠是无辜的。其实，无所谓无辜，只有言说，只有词的运动。然而，词的运动在穿过一个个心灵之时，已经让世界疼痛难忍。人像蚂蚱一样，被语词的稻草串着。

三、语言反省的尴尬

朋友，走向垂死的理性语言和诗性语言，是两种教条。心灵和心智中的所有教条，有人喜欢，有人厌恶。喜欢者和厌恶者，都有各自的理论自圆其说。文化意识形态的世界，或战火纷飞，或冷战式僵持不下。几乎在所有的时代，教条主义者总是控制着学术权力，而语言创新的艺术家，总是被边缘化或民间化。国家机器，一般都支持文化艺术教条主义的陈词滥调。在我们的时代，玩项目的教条主义者之猖獗，之恶心，之辱纳税人，是所有时代所罕见的。教条主义者复制传统艺术形式，在审美和经济利益分配上官艺勾结，排挤创造时代艺术语言、艺术精神的艺术家。当然，所有教条主义者，都不是在一条战壕里沆瀣一气的，他们的帮派纷争，也打得不可开交。我有《两个教条主义者》一阕可以一笑：

一只海豚对一只乌龟说，你坚硬的盔甲像是某个主义的教条。

乌龟对海豚说，你满身的肉也像是某个主义的教条。肉的教条是海豚的心灵，盔甲的教条是乌龟的宇宙。两个教条之间争论不休。它们使海底越来越冷。

长此以往，两个教条之间的争论养活了海里的鱼虾。它们使波光越来越冷。

欲实践艺术创新，必然要对艺术观念和艺术创作进行反省；对理性语言和诗性语言的粗暴进行反省。伟大的艺术家和思想家，首先是个语言教条主义的怀疑论者。曾经，大卫·休谟这位怀疑论者，把柏拉图的观点倒过来。休谟说，观念是印象的摹本。而在柏拉图那里，印象则是观念的摹本。这一颠倒，是形而上世界的颠倒，几乎等于山河崩摧，斗转星移。休谟这位英国绅士，执经验主义怀疑论的大锤，敲响了大陆理性本质主义的丧钟。尽管理性主义诗学并没有被埋葬，但休谟对康德的影响，使两位伟大人物的哲学成为现代性思想的基石。康德划分了人认识世界的界限，这位身躯矮小的老头，给理性主义的“人定胜天”当头一棒。少时不知朝中哲学号手、鼓手、笛手、钹手如此那般憎恨康德的所谓唯心主义，如今终于明白了，原来康德是不与天斗，不与地斗，也不与人斗的。

那么，按照休谟的观点，诗也是印象的摹本吗？或者说是被观察着的具体事物的摹本？因为，对于单纯、自足的具体事物而言，诗也是观念，一种被看作诗的观念。被心灵、情感和想象力观察着的具体事物的存在，是诗的存在——这是多数人都认同的一种观点——自然是美的，像歌中唱的，山美、水美，人更美。虽然把印象作为美之观照的出发点，也是个假象，但总比把观念作为出发点要温柔得多。虽然，“五色令人目盲，五音令人耳聋”，但观念却令人心盲，教条令人心聋也。

那么，诗如何从具体事物中得来呢？没有心灵这个怪兽，诗就没有呈现的途径。是心灵这个怪兽催生了想象力，或者说，心灵这个怪兽靠想象力与世界发生联系。在心灵中，具体事物有时是实体的形状与性质，有时是隐喻。除了形状、性质和隐喻之外，没有具体事物，也没有实体。形状、性质、隐喻先形成词，后形成句子。与此同时，形成心灵。语言感觉实体，反省实体；感觉心灵，也反省心灵。美或诗或艺术，最终是语言之美，而非观念之美，亦非事物之美也。这是老休谟没有完全意识到的，老康德也没有完全意识到。他们两位的传人维特根斯坦意识到了，现在，香火传到了兄弟我这里了。

当语言形成游戏（对弈的棋局）之后，语言、言语系统即自成实体。在审美创作、艺术创作中，语言运动的美自成实体。语言、言语系统自己创造了心灵，且饲养了这个心灵中的怪兽。维特根斯坦说："一切伟大的艺术中都有一头怪兽。"

老休谟最伟大之处，在于他的"印象"是要反省的。这就是，印象也不可靠。

我听见在18世纪上半叶，大卫·休谟为了抓住"实体"而困惑的那一幕。他说："我很想请问哲学家们，实体（substance）观念是从感觉印象得来的呢，还是从反省印象得来的呢？如果实体观念是从我们的感官传给我们的，请问是从哪一个感官传来的，并以什么方式传来的？如果它是被眼睛所知觉的，那么这个观念必然是一种颜色；如果是被耳朵所知觉，那么它必然是一种声音；如果被味觉所知觉，那么它必然是一种滋味；其他感官也是如此。但是我相信，没有人会说：实体是一种颜色，或是一个声音，或是一种滋味。因此实体观念如果确实存在，它必然是从反省印象得来的。”[1]

是的。语言反省印象；语言反省实在；语言反省语言自身。

反省印象获得实体，必须在语言中进行，必须使用语言才能反省。而语言不是实体，语言只是约定俗成，或部分约定俗成的符号系统，这样一个人为的符号系统，怎么能反省出实体来呢？事实上，语言也反省不出作为客体的印象来。

首先，除了人之外的实体本身，并不知道语言与它们的关系，比如石头或玫瑰，不知道语言对它们的命名、描述，更不知道它们在语言系统中被赋予的美、丑、情感、精神性之类的观念；其次，实体、语言系统和人之间，并没有性质、属性、灵魂（如果有的话）、美、丑、精神性等范畴上的沟通渠道；其三，实体、语言和人之间是各自不同品种的事物或存在。由于语言的这种局限，必然造成反省实体、印象、具体事物的尴尬。

朋友，人不能不借助想象力也。想象力是突破反省尴尬局面的途径，因此，指向具体事物以及生活状态的语言，只能是诗性的。诗有抒情的性质，但不是抒情，描述也是诗的一种方式，但不是反映或再现。语言不可能反映或再现事物，语言只能通过修

1 ［英］大卫・休谟：《人性论》，关文运译，商务印书馆，1980年，第27—28页。

辞关系，获得事物的印象或表象。可怕的是，这个印象或表象，在语言的隐喻中也是扑朔迷离，英华缤纷。李耳老祖说：“道之为物，惟恍惟惚。惚兮恍兮,其中有象；恍兮惚兮，其中有物。窈兮冥兮，其中有精；其精甚真，其中有信。”老祖在上，夫复何言。

这么说来，通过反省印象得来的实体，只是心灵（灵魂）中的实体，诗的实体，而不是真实存在的实体。真实存在的实体不可描述，也不可到达。但更可怕的是，人的心灵（灵魂）也并没有一个统一性、稳定性的存在范畴，即便心灵与心灵之间有沟通渠道，沟通起来也是困难重重。这使人创造的语言作为一种沟通媒介，在人的心中十分尴尬。

朋友，诗之难，在于不可诗。正如道之难，在于不可道。

一朵玫瑰对于一个心灵来说，可能是“爱”的象征，对于另一个心灵来说，可能是俗不可耐的一个象征，对于第三个心灵来说，无非是一朵花而已。山中的一块石头之于一个水墨画家，可能是一个精神性的实体，一个美的所在，而之于一个牧羊人，可能就是一个石头。一个山中的牧羊人是不需要反省一个石头的，他们也不需要反省一只羊、一群羊，更不需要反省夕阳下的一只羊或一群羊，除非这个牧羊人，是具体事物的印象或诗的反省者。一棵白菜在一个菜农的眼里，和在齐白石的眼里，也是不一样的实体，除非这个菜农就是齐白石，或一个艺术家。

因此，反省得来的实体和印象，与自然的实体和印象并不是一种东西；通过语言在心灵与心灵之间传递的实体和印象，与自然的实体和印象也不是一种东西；心灵与心灵中的实体和印象也不可能是统一性的实体和印象。

在诗中，在一切艺术形态中，想象力可以彼此映照，但不能彼此等同。想象力经常面临尴尬的局面。

艺术语言的所谓统一性，是死亡的统一性。只有死亡的语言符号系统有统一性，这个统一性是艺术语言的死寂。艺术语言作为伟大诗性的诞生，恰恰是从反对统一性实体开始的。在少数天才之间，想象力如万千弱水中的天光闪烁，熠熠生辉，达到最大限度的契合。

朋友，只有天才才能理解天才。天才的作品对于一个白痴毫无意义。

天才必然要受到白痴的嘲笑，尤其是文学、艺术、美学以及各种学的学院派伙食团的存在，本身就是对天才的嘲笑，对艺术创造力的集体诋毁。

艺术语言的印象反省，是个别的反省，而非统一性的反省。

统一性的实体是无法进行反省的。作为个人的心灵，没有这样的反省机制。但个别的印象反省，只是艺术语言形成的一个出发点，在此出发点基础上，通过个体的印象反省，实体被重新创造、重新呈现出来。心灵借助自然的实体重新创造了心灵。想象力创造想象力，天才创造天才。天才是具体的，他们赋予具体事物以明亮的真实、印象的真实、想象力的真实。他们使具体事物重新被看见。在诗中，反省过的、重新看见的具体事物，是想象力到达的世界图像。

朋友，反省是艰难的，不是每个心灵都可以反省。即便是能够反省的人，反省也已经失效。当代人制造了钳制自己的各种体制魔鬼，个人和群体都很难自拔。尼采在《查拉图斯特拉如是说》中叹道：

> 我飞向未来太远了：一种恐惧攫住了我。
>
> 而当我环视四周，看哪！时间是我惟一的同伴。
>
> ……
>
> 真的，当代人呵，你们根本不可能戴上一副比你们自己的面孔更好的面具！谁能——认识你们啊！
>
> 写满了过去时代的符号，这些符号上面又涂上新的符

号：这样你们就很好地隐蔽起来，让所有解密者都认不出你们了！[1]

藏在世界一角的读者，你是我的朋友吗？尼采，吾友也。自古及今，友天下可友之心灵，可以生也，可以艺也，可以言也。

1 ［德］尼采：《查拉图斯特拉如是说》，孙周兴译，上海人民出版社，2018年，第178—179页。

语言的尴尬

一、拯救之苦

千万个我同时宣布，学院派的理论抚摸毫无价值；学院派伙食团的理论是混伙食的勾当。

救救我吧，我一直在呼唤，那无边无际的语言之重尘埃落定，呼唤事物的言语收拢翅膀，站稳脚跟。除此之外，我无能为力。我在呼唤一个梨，一个苹果，呼唤所有具体的事物，又一次再生。于是，具体的事物纷至沓来，寻找语言的牵引；于是，无辜的语言风云天下，从树冠到树根，从弯弓到箭矢，服从形式。

救救我吧，我又在语言中聊以拯救，把这种拯救说成是创造美和审美的范畴。我，有时候是我们这些无辜而又无聊的人。我们是鸟，编织了一个个鸟窝；我们是框架、砖石或钢筋水泥，垒起了一座座屋宇。我们是言说系统，是书页、涂鸦和旋律的迷宫。我们以美的名义自欺欺人，自我拯救，是因为无法彻底拯救。救命稻草在哪里？我们在惊慌失措中堕落，因此我们不能不拯救飘摇的自我。华莱士·史蒂文斯说：

> 人丢弃对神的信仰之后，诗歌就替补了空缺，作为对生命的补偿。[1]

没有人能给我们最终的补偿，我们自我补偿。我们怀着缺陷追求美，追求诗歌，沉湎于艺术。我们渴望的诗，不是观念、目的、意义、本质之类的语言集装箱运输，而是不断填充空缺的自在之物。自在之物作为诗的显明，在于抵抗观念、目的、意义和本质。抵抗的坚定性创造拯救的可能；抵抗的软弱，是放弃拯救。守卫汉语边疆的李森此时此刻看见：

> 一朵玫瑰在抵抗诗歌无可奈何的俗气，但为了伟大的诗歌，它留下了广大无边的空白。一方面，它努力呈现玫瑰，而不是诗歌；另一方面，它努力呈现诗歌，而不是玫瑰。
>
> 一朵玫瑰打开旋转的花瓣，舒展抵抗的白色拳头，与画布上寻找它的材料相遇，与某个旋律相遇。它在抵抗诗中消

1 ［美］华莱士·史蒂文斯：《最高虚构笔记——史蒂文斯诗文集》，陈东东、张枣编，陈东飚、张枣译，华东师范大学出版社，2009年，第250页。

遁。诗在抵抗诗；命运在抵抗命运；无辜在抵抗无辜。

一朵玫瑰在与另一朵玫瑰比赛红润，围绕着波浪一样浮动的人堆。它们在抵抗中成为玫瑰自身的一朵花。它们达到了物质性的自在遗忘。上帝，你告诉我，真正的玫瑰在哪里？

华莱士·史蒂文斯在《人背物》一诗中写道：

> 我们得彻夜忍受我们的心思，直到
> 明媚的清晰肃立在冷冻中。[1]

史蒂文斯又在《房子曾无声而世界曾安宁》一诗中写道：

> 夏夜就像一种思想的完美。
> 房子曾无声因为它必须如此。[2]

语言的拯救，必须在无意义的语言运动中，才能接近美吗？洞察无意义的存在，就是洞察荒诞之谜。每一个词，都不知道其

---

1 ［美］华莱士·史蒂文斯：《最高虚构笔记——史蒂文斯诗文集》，第158页。
2 同上，第160页。

他的词，每一物都不知道其他的物。人与人面对面，物与物在对在，一无所知。这是拯救的前提，也是拯救的难度。我在画布上画一片叶，又画一片叶。两片油彩，两个现实，因拯救存在而被洞察。我用文字写下一片叶，两片叶，得到的是两片叶的陌生文字。亲近是燃烧渴望，是消费无端的寂寥。亲近是不可能的，亲近因无言而创造语言。亲近是无言的哀求。弗兰茨·卡夫卡有一则小说，取名为《无言的哀求》：

> 那是乡间一个夜晚。我坐在我的阁楼里关着的窗后注视着那个牧牛人。他站在刚割过草的田野上，嘴里叼着烟锅，手杖插在地里，好像对在近处远处深沉的寂静中平静地吃着草的牲口漠不关心似的。这时响起了敲打窗户的声音，我从沉睡中惊醒，镇静了一下，大声说："没什么，是风在撼动窗户。"当敲打声再次响起时，我说："我知道，那只不过是风。"但在第三次敲打时响起了一个请求放他进来的声音。"那确实是风。"我说着拿来放在箱子上的灯，点燃了它，把窗帘也放了下来。这时整个窗子开始颤抖，一种卑屈的、无言的哀求。[1]

1 ［奥］弗兰茨·卡夫卡：《卡夫卡全集·第1卷》，洪天富等译，河北教育出版社，1996年，第527页。

弗兰茨·卡夫卡（1883—1924）

卡夫卡既是牧牛人，也是吃草的牲口；是撼动窗户的风，也是哀求的声音。卡夫卡是他自己创作的印象，是事物与语言摩擦的节奏和温度。除了我之外，没有人比作为物的卡夫卡更加陌生和遥远，更加清晰而掷地有声。卡夫卡创造了时空富有质感的虚无之重，创造了栩栩如生的荒凉。他创造了我。他拵住我，又在磨损我，反复的游戏，周而复始的轮回，从一到多。阅读和写作即是交友。除了那几个已经沉入深渊中的我之外，卡夫卡是人类历史上最孤单的心灵之一，是我最伟大的朋友之一。卡夫卡不是一个作家，是那些凋敝的我。那些个我的自我拯救，乃是互相拯救。那些个我之悲哀，在于看清了友谊的难度，真实的壁垒。

呼唤一无所得，哀求毫无意义，只是哀求。拯救之苦，在于语言之难。我无意间涂鸦的两片油彩被洞察，正如莫兰迪的一堆瓶瓶罐罐被洞察。也正如史蒂文斯那只灰色无釉的坛子，那三只黑鸟，那两个梨，被洞察。那些个无用的我，就是那几只黑鸟，那几个梨，那几棵树上的疤痕。无用的看在看中，恍若隔世的心灵纷纷呼唤我，结下情意。只有在灯捻上跳跃的一点点寒冷。灯捻上的火苗跳一下，是华莱士・史蒂文斯；跳一下，是弗兰茨・卡夫卡；跳一下，是缪斯春儿的呼吸；跳一下，是李森刀锋的隐忍。

我把一只圆形的坛子
放在田纳西的山顶。
凌乱的荒野
围向山峰。

荒野向坛子涌起，
匍匐在四周，不再荒凉。
圆圆的坛子置在地上，
高高地立于空中。

——史蒂文斯《坛子轶事》[1]

1 ［美］华莱士・史蒂文斯:《史蒂文斯诗集》，西蒙、水琴译，国际文化出版公司，1989年，第37页。

一

周围，二十座雪山，
唯一动弹的
是黑鸟的眼睛。

二

我有三种思想
像一棵树
栖着三只黑鸟。

——史蒂文斯《观察黑鸟的十三种方式》[1]

二

黄色的形体
由曲线构成。
鼓向梨顶。
泛着红光。

三

它们不是平面，

1 ［美］华莱士·史蒂文斯:《史蒂文斯诗集》，第46页。

而有着弯曲的轮廓。

它们是圆的，

渐渐细向梨柄。

——史蒂文斯《两只梨的研究》[1]

二、闪光的银饰

千万个我同时宣布，学院派的理论抚摸毫无价值；学院派伙食团的理论是混伙食的勾当。

我不停地发出声音，我写下文字，我结下绳结。我在消耗自己，我被一个梨、一个苹果抛弃。我的叶的展开的宇宙，我的埙的陶土，埙的浑圆。我在边疆吹埙，我的谷粒为什么长出锋芒。我在山谷里吹埙，我的河里滚着石头。埙是第一滴眼泪，也是最终一滴。

我的陶土，我的火炉炼出的银饰使山河变冷。

埙刚刚放下，罄的语言，又形成文字和声音，又在寻找形象。一切艺术作品的审美维度，只在于此。罄是空的石片，有空的小孔，无端地悬挂起来。

1 ［美］华莱士·史蒂文斯:《史蒂文斯诗集》，第100页。

此时此刻，埙和罄继续表达我。语言是我，在我不在场的时候，语言几乎就是我的全部。我既是作品的诗性，也是构成作品诗性的直观材料。我是春，是万物的第一个刻度吗？此时此刻，这个刻度就是埙和罄。诗性和材料相互砥砺产生语言，创造我。春是一个创造的隐喻，一个被创造的出发点。我被创造，纯属偶然。

埙吹我，罄敲打我。于是，春起源于苍茫，我在苍茫中发芽，摧毁了苍茫。苍茫又是一个隐喻，一个词全部的稀释，一个词全部的收敛。

语言是我。我是由诗性和材料这两个层面构成的。木柴燃烧，火苗阴冷，石头立在地上形成时空。火苗或石头的存在状态能否形成我，需要创作一个语境，一个被看作作品的对象。作品，在审美概括中形成具体对象。可是，审美并不可靠。审美自认为可靠。不存在一种自古以来都恒定的审美模式，不存在一个自古以来的我。审美模型属于死亡的心灵，学院派伙食团制造着审美的谎言。

我的陶土，我的火炉炼出的银饰使山河变冷。

语言在呼吸。语言在发育、成长和凋谢。一个语词是一棵树；一个句子是一棵树。游戏的树干，生出游戏的叶。游戏的树枝，摇落游戏的叶。树干和树枝，自己在摇。

语言无助，不可能通过语言来证明语言的绝对可靠。只能通过一种语言，比赋另一种语言。语言的无助来自言说的无依无靠，语言缺乏一个恒定的审美本质的支撑，因此，在语言里，醒者惊慌失措。在语言中，美和美德的自觉，惊慌失措。

我是花红柳绿，我是埙吹罄打。我是一个词，一个句子，挣脱了词典的天书。我是在苍茫中对春的哀求。当苍茫爆发出一根春芽，便自我摧毁。有在摧毁无，无也在摧毁有。

罄在哪里？埙在哪里？花红和李子在哪里？

人们利用语言，制造出许多理论，雄心勃勃地阐述着经典诗学和经典作品。可是，没有一种诗学有坚不可摧的基础。我，我的心灵，我的观察存在的基础又在哪里？理论塑造我，还是我塑造理论，自由的心灵与理论抗争僵持不下。

在当下，学院派伙食团霸道的理论如日中天，把艺术粉碎成文化。智者创作理论，庸人挂靠理论，学院派小厮吃理论。

我的陶土，我的火炉炼出的银饰使山河变冷。

自然之物早就放弃了心灵，自然没有我们的秩序。我预设的神总是羞羞答答。我预设一个语词的神，并对她充满感恩；神预设一个语词的我，将我放逐人间。

自然中没有美和不美的事物，自然中只有事物。

事物美和不美，是我的观察、经验或观念，美不在事物中。

在审美发生之时，文化是丑陋的，因为它总想占上风。卖弄文化，是学院派伙食团庸人们的自我欺骗。

我概括不了绝对或普遍。整体主义者，一般都是庸人，学院派小厮。

上帝或叫缪斯的尤物，想制造绝对或普遍，所有的卵石都冒出地面反对。所有的鸟蛋也反对，要是被绝对和普遍紧锁，鸟就不能破壳而出，孵化出具体的鸟。这是一个比喻，自然的普遍和绝对，人不可知。人只能想象自然的自在，人想象自然本身，并不知道它们自身。自然本身与诗无关。

人世间和人的生活中有各种理论构造，形成各种文化成规，但是，没有一个文化成规能显示出语言结构的绝对或普遍。生活世界是一个梦，生活世界并不可知，因此，才有了诗和艺。生活世界如果可知，那就是诗和艺的死亡。诗是生活世界的体悟和想象，仅仅是体悟和想象而已。

具体的语言正在气喘吁吁地摧毁一个虚构的整体，此事持续不断，昭示着天才。

作品的叙述、结构和风格被语言所统摄，此事永远针对具体的作品而言，无法针对所有作品。在所有作品中，没有一种语言统摄。只有学院派小厮才醉心于语言的整体统摄。

在具体的作品中，我们看到的是“诗”，还是修辞？我们怎么能看得见诗呢？

我的陶土，我的火炉炼出的银饰使山河变冷。

在俄罗斯诗人奥西普·曼杰什坦姆的两首诗中，我们看到的是“诗”，还是修辞呢？我看见，“仿佛女人闪光的银饰”“曾经，眼睛比尖锐的镰刀更锋利”：

仿佛女人闪光的银饰

仿佛女人闪光的银饰，
与氧化物和杂质进行抗争，
而安静的劳动给铁制的犁铧
和歌手的嗓音镀上一层白银。[1]

（1937.1？）

曾经，眼睛比尖锐的镰刀更锋利

曾经，眼睛比尖锐的镰刀更锋利——
可以看清杜鹃的眼珠和每一点露滴——
如今他们挺直身子，也不太容易
分辨出许多孤单的星星。[2]

（1937.2.9）

1 ［俄］奥西普·曼杰什坦姆：《曼杰什坦姆诗全集》，汪剑钊译，东方出版社，2008年，第219页。

2 同上，第227页。

三、知了在叫心

千万个我同时宣布，学院派的理论抚摸毫无价值；学院派伙食团的理论是混伙食的勾当。

语言无非就是声音和形象，除此之外，很难抓住具体而实在的事物。那么抓住语言吧，治疗创伤的心。心是一个范畴，创伤的心有一个存在的样态，那就是黑暗或虚无的重量，浓缩在物体中的小小宇宙。可是，当我说出“黑暗”或“虚无”之时，我还是抓不住心，因为“黑暗”或“虚无”只是一个比喻。一个比喻的样态，不能替代另一个样态。最恐慌的是，心的范畴或心，只是一个概念。概念无法跟一个真实的疼痛连在一起。要是谁认为疼痛的心和概念的心连成一个，是一个事态，那就是在语言之中。可是，通过语言，心无法概括。语言不能概括一个白昼，一个黑夜，一塘水，一粒星光。但我们毕竟有了语言，我们的自信直至信仰的最简单的方式，就是相信语言。一个可怜的自信。相信语言就是对存在的遗忘，而不相信语言又能怎么样呢？世界，已经弄假成真。

所有事物或事态，都在形成语言，都被语言塑造着。时光在流淌，知了的叫声渡过黄河；时光在收敛，知了的叫声在蚕食着明月。你可以把知了的叫声看成知了的行为艺术，也可以比赋光阴的歌唱。知了的叫声可以是善，是疼痛，也可以是敌意；可以是虚构，也可以是模仿，是形象；可以是光，是翅膀，也可以是金属。知了的叫声正在磨砺林表。知了的叫声正在塑造林表。

知了的叫声好像要抓住“实体”，至少我听出了它们集体的、万千爪子伸向实体的重量。与此同时，我也听见了“实体”，想抓住声音的无奈。普天之下，所有的乌龟都集中在一个广阔的海滩，每一只乌龟，都想用它们坚硬的盔甲，控制住它们伸缩的龟头。前面是大海，后面是大地，中间是乌龟的集体。多么无助的一幕，多么酸疼的盔甲和龟头的脖颈。

乌龟集体才排好阵容，林子里的知了又在叫心。世界就是这么一些声音和形象吗？除此之外，还有什么呢？此时此刻，我们抓住了语言的声音或节奏，或许还有形式，但不是事物，不是实体，更不是整体。整体空空如也。

我不知道，知了为什么在林子里叫，但我听见知了在叫心。首先是，知了的生物习性在叫；其次，我在语言中建立了一个知了叫的“听”。一个是“习性”，另一个是“听”，两个范畴激活了语言。习性是显明的存在，是性质和印象的绵延样态。习性、性质和印象背后空无一物。知了叫的心，也是预设的。

在林子里，一个知了起头，所有知了都叫起来，形成了宏大的旋律。如果知了不叫，世界也没有什么改变。如果林子里没有知了，林子也还是林子。知了不需要知了学，也会叫，而且叫出旋律来。人不需要诗学，也会咏叹。咏叹有声音和旋律，人把这种声音和旋律叫作诗歌或音乐。学院派伙食团不配讨论诗歌和音乐，他们是本真艺术的敌人。

同样，我们可以追问，我们校园里的银杏、润楠，为什么长出来？为什么长成不同的样子，它们是在风的同一性中，沙沙抖动？是影子摇动了银杏和润楠，还是树摇动了影子？影子摇动的同一性和树摇动的同一性是风吗？同样，知了叫心，旋律是受到声音的支配吗？知了叫心，没有意义，没有目的。

在知了的声音、旋律之外，没有语言的深度。人制造了语言的深度，但不是事物的深度。

语言通过概念、命题、描述，接近事物，接近人，却与事物和人无关。语言中的符号信息，必须通过转化，才能被接收。接收不是反映，接收是处理符码信息，仅仅是处理。处理符码信息是个复杂的系统，一个能指或所指的转化，既会缩水，也会膨胀，还会转换成其他符码的信息。语言绝对的沟通，是一个噩梦。

初唐骆宾王的《在狱咏蝉并序》诗云：

西陆蝉声唱，南冠客思深。
不堪玄鬓影，来对白头吟。
露重飞难进，风多响易沉。
无人信高洁，谁为表予心。

四、无法顺从葵花

千万个我同时宣布，学院派的理论抚摸毫无价值；学院派伙食团的理论是混伙食的勾当。

我的地里的葵花，不认识葵花。

华莱士·史蒂文斯说："诗人来到词语中就像大自然来到枯枝中。"[1]雄心勃勃的史蒂文斯呀，收藏着贵族花园中一粒草莓的史蒂文斯呀！我也可以说，大自然来到词语中，诗人来到诗中。我还可以说，诗来到大自然中，诗人来到词语中。我现在要说，花来到葵花中，葵花来到阳光中；或者说，葵花来到花中，花来到阳光中。说完之后，又有什么意义，我被言说消耗殆尽。引领一头豹子下山喝水的史蒂文斯呀，你在哪里?

我的地里的葵花，不认识葵花。

而另一种葵花，的确在阳光下，从土地向上开出圆盘，以抛弃我为实在。葵花同一性的旋律，从花与花、光与光，从万念俱灰的虚静中出来；葵花同一性的旋律是我的疼痛，正在从诗歌、季节、时间和空间中出来。我看见，一束葵花在一个花罐中，放弃了自然，写下了文森特·凡·高的幽灵。葵花在书页中，在画

1 ［美］华莱士·史蒂文斯:《最高虚构笔记——史蒂文斯诗文集》，第262页。

布上，映黄了全世界，映黄了所有事物。它带着绿意，垂下物性。这样的葵花，的确没有一朵举在山坡上，举在我家的苞谷地里。

我的地里的葵花，不认识葵花。

自然，心灵？谁是出发点和归宿？那不可造就的神祇，那已经造就的神祇，如此悲戚地在一个图式中，显现了小小的黄，盛大的黄。那是事物的型和色造就的、又一个荒诞的宇宙。它充盈缪斯，又试图掏空缪斯。荒诞为什么要从我开始，从我结束？荒诞如此这般抗拒信念，又消解我，掏空我的坚定。汉乐府中有一首《长歌行》咏叹：

青青园中葵，朝露待日晞。
阳春布德泽，万物生光辉。
常恐秋节至，焜黄华叶衰。
百川东到海，何时复西归？
少壮不努力，老大徒伤悲。

《长歌行》打制了一条语言的锁链，它要锁住我们的心思：“青—青”“园—中—葵”“朝—露”“日—晞”“德—泽”“光—辉”“常—恐”“焜—黄”“叶—衰”“百—川”“西—归”“伤—悲”。这条锁链，连接着艺术中的实体、印象和诗性的观念，缪斯的风筝。它们相互摩擦，催生出人海动荡的歌谣，万壑褪色的哀怨。

我又看见《蜀葵花歌》在晃晃隔世的时光中，写下了边塞诗人岑参：

> 昨日一花开，今日一花开。今日花正好，昨日花已老。
>
> 始知人老不如花，可惜落花君莫扫。人生不得长少年，莫惜床头沽酒钱。
>
> 请君有钱向酒家，君不见，蜀葵花。

我的地里的葵花，不认识葵花。

我骑着风筝找不到缪斯。春荒时节，在昆明城的一片废墟上，在我精神的废墟上，我想起了我的地里的葵花，我强迫它们进入书写，写下了一段文字，写下了我的《顺从》的自白：

> 和煦的光昭示我服从天意，葵花一样顺从地举起圆盘。让葵花小小的楔子一直插到空洞的边缘。于是，在我的心里，唱诗班孩童的黑眼睛挤在一起了。朋友，心灵若要变成一个楔子像光芽一样插上去，就得从地里长出来。或者造就文字的花纹，涂鸦在天书里。这是美丽的顺从，这是天意的逍遥。

隐喻的哀艳

一、哀艳

豪尔赫·路易斯·博尔赫斯说过：“**历史即是几个隐喻的历史。**”他还说过：“**文学是对有限世界的探索，它只是少数几个隐喻而已。**”这是伟大的洞见，烛照千秋。这是所有叙述理论的基石，没有一个有关文字叙述的命题比这个更真诚而有力量。

可是，李森需要补充一下。他说：历史即是堆积如山的隐喻的历史。或者说，历史是一连串无穷无尽的隐喻的历史。所谓的文化，分门别类的历史书写，都可以分解成隐喻形式的书写。文学和文学理论，也是一连串的、无穷无尽的隐喻。事实上，就连所谓的心灵，也是一堆接一堆的隐喻。如果没有隐喻，心灵空空如也。

作为书写和形象书写的文学史，是一堆堆想象的隐喻书写，它的隐喻核心之一——那最潮湿的黏液（这里的“潮湿”和“黏液”，也是隐喻），是哀艳。哀艳，也是“哀”和“艳”的隐喻链结，是两个字的声音和形象的概括。

“哀”和“艳”，当然都有声音和形象。两个字组成一个词，本身就是物象或物态的隐喻构造。此时此刻，李森看见：在田野里，“哀”的声音，咽到一头牛的肚子里；而“艳”的声音，是麦芒的造型，那不断崩溃的骄阳。在声音和形象之中的“哀”，是悲伤、悲痛、悲鸣、怜悯等一堆“哀”的情态。“哀”的情态有哀号、哀矜、哀思、哀叹、哀泣、哀愁、哀怨是也。

“艳”的声音和形象，是事与物栩栩如生的光泽或色韵，引申为璀璨光鲜的事物。“艳”又与“丽”链结，环环衍生出艳丽、艳阳、艳羡、艳情、艳福、艳史、艳诗、艳事，丽人、丽日、丽花等一堆堆隐喻。“艳”的声音，是从心灵、视觉和想象中共同发出来的。那个声音，那一个个声音，也是隐喻和隐喻的链结。哀——艳，滋生心灵中无限的缠绵悱恻，令英雄顿足，才子垂泪。欧阳修《浪淘沙》词云：

把酒祝东风，且共从容。垂杨紫陌洛城东。总是当时携手处，游遍芳丛。

聚散苦匆匆，此恨无穷。今年花胜去年红。可惜明年花更好，知与谁同？

心灵中的隐喻随即发生，这是活着的心灵的征象。李森的心灵中有一个爱与恨相互纠缠的隐喻。诗不是可以“怨”么？他在《哀怨》一阙中写道：

一头猪在用嘴拱一株兰草。这几乎是古今全部诗作的哀怨。

二、惊慌

我养着满山的石头，河山惊鸿遍野。

活着，是一个“在”的隐喻。活着，就是在场。场，也是一个隐喻。

存在的不稳，使人惊慌。最使人惊慌的，是自我永世的“不在”。才智越高的人，越惊慌失措。对于惊慌者，有时，死亡是一个“不在”的隐喻，有时是一个进入广寒的隐喻。广寒，也是一个隐喻。

隐喻无处不在，加剧了存在者的惊慌。人活着，相当于隐喻在燃烧。一团热火，或一团冰火。

人，尤其是文化人，其感觉系统，就是一个隐喻系统。没有隐喻的整合，人与世界就失去了深度联系。人与世界的深度构造，即意义构造，是一个隐喻系统。

纯粹视觉、触觉、嗅觉系统的存在是不可能的。

惊慌使人创造非人，创造恒久的隐喻存在。文化智障者在某种程度上是非人。

提香 《西西弗斯的惩罚》

（1548—1549）布面油画，237×216cm

上帝，就是恒久的人格化隐喻的最大一个隐喻符号。西西弗斯也是一个。还有众神谱系中的任何一个神。当创造不死之神的创作完成之后，当时空轮转到当代，人这个隐喻肉团的惊慌加剧了。心灵的隐喻运动使人惊慌。

理性，是相对稳定的隐喻构造；非理性，是破除隐喻稳定性的隐喻构造。

当缪斯（一个隐喻构造）变成了美——的化身，离人而去，惊慌的人就只有面向生活和事物乞讨。真正的诗人或作家，是个隐喻的乞讨者。人们乞讨隐喻，人们创造说法，目的是治疗惊慌。

写作是对惊慌的治疗。

可是，人们遭遇的又是生活与事物的障碍。隐喻的创造是治疗文化智障的方法与途径，隐喻本身也是智障。

隐喻运动制造障碍，也消除障碍。

诗人或作家同样敲不开事物和生活的门板，因为“敲”“门”“事”“物”“生”“活”，也都是隐喻的连环。

隐喻的连环锃亮无比，环环相扣，扑朔迷离。

我养着所有的波浪，水面惊鸿遍野。

我一贫如洗，只有从隐喻到隐喻的无助。

李森《屋宇》组诗中有一首叫《敲门》，它与其说是一首诗，不如说是一堆隐喻的动作。惊慌，收敛为敲门的声音。

> 曾记得在高黎贡山下，有一间木头房子。
>
> 房外有一堵石头挤着石头的墙壁。叶挤着叶。
>
> 有一块门板立着，没有门臼。没有锁链，只是立着。
>
> 曾记得有一个孩子尝试着去敲门。
>
> 他对里面的人说，请开门吧，我有一句话要对你说。里面没有回音。
>
> 他天天去敲门，门始终未开，只有花开。
>
> 他只好对着门缝说，我要对你说的那句话是：
>
> “你是我的爱，我要告诉你我的恨。”
>
> 这是他童年的最后一句话，最后一次敲门。

三、恐惧

1980年4月，博尔赫斯在印第安纳大学与阿尔伯托·科法的一次谈话中，提到一位印度诗人使用过的一个隐喻：

> 在那里我发现，喜玛拉雅山脉乃是湿婆的笑声。[1]

这个隐喻使博尔赫斯惊讶不已。事物的存在，在隐喻中变成恐惧，是事物存在的偶然。绵延不绝的精神存在的假设，亦属偶然。

叙述是精神存在的隐喻假设。叙述使假设变成一种信念。

恐惧是假设作为真相的崩溃，也是信念作为隐喻稳定性的崩溃。

精神的存在与物的存在之间的空白造成了恐惧。

艺术家的勃勃野心，来源于恐惧。

艺术家消解恐惧的方式是艺术。艺术家将其观照的事物、声音、形象、节奏，将现实的直观性变成梦境的坚定性，以便在创作中消解恐惧。

1 ［美］巴恩斯通编：《博尔赫斯八十忆旧》，西川译，作家出版社，2004年，第204页。

艺术家需要欢乐来对抗恐惧。写作的欢乐，是叙述游戏的欢乐。

2008年7月9日，李森怀着恐惧，在昆明的翠湖边散步，他想让自己的身体节奏、视觉节奏，以及整个感觉系统的惊慌失措，赋予翠湖满池的荷花。他书写了《翠湖之荷》：

翠湖之荷，何故高高地抽出它的茎，造就一个粉红的荷苞。

世间所有裹着的粉锤，只有邀请它，敲响我的胸，证实我的信念。

无休止地赞美，都不屑一顾。我背苍茫，它歌未央。

可是，无论苍蝇还是蜻蜓，它都忍受。忍受做作的亭榭幻象。

啊，粉簪，翠帐。隔离我的翠湖之夏，隔离我的空气和骄阳。

言已尽。爱已荒。拒绝观赏的欲望。它歌未央，我背苍茫。

箭镞顶端。肉的萼片。打开，无非花蕊。在带刺的盾牌之上。

这又是美人举起的小手。攥成粉拳。亘古不灭的天问，弦歌未央。

恐惧在一个词、一个句子的创作和阅读中得到释放，因为恐惧是心灵中隐喻运动的一种能量。恐惧作为一种隐喻能量随时爆发，没有一首诗、一件作品一劳永逸地遏制这种恐惧能量的爆发。

真正的写作者，是心灵中隐喻能量最大的人。因此，真正的写作者为了释放这种能量，只能用生命的存在来写作。

真正的写作者的书写不会终结。当他们的生命终了之后，别的写作者会接着他们书写。真正的写作者之“死”，也是其作品中的一阙隐喻。

恐惧不会消亡，写作活动也不会消亡。所有的写作都是生命隐喻的重写。

四、抒情

语言是整体的隐喻系统，但没有人知道这个隐喻系统的全部隐喻。在写作或欣赏中，隐喻只能以单个的形式被解读，这种解读中倾注着个人的情感。

写作就是对不同隐喻的单个解读。通过情感性的表达——抒情，元隐喻组成复杂的隐喻。隐喻越单纯，情感表达越可靠，解读越困难。高度的清晰，是审美的高度直观。高度的直观对于解读来说是困难的。

文本也是由元隐喻、单个的隐喻，组成整体性的隐喻系统。但在一个文本中，隐喻系统通常是游离着存在的。

写作者不是隐喻系统的控制者，越是高妙的写作，写作者越无法控制隐喻的生成。越是具有诗性的文本，隐喻系统越不稳定。

伟大的写作使隐喻自然生成。

伟大作品的隐喻系统是鲜活而开放的。在低劣的作品中，隐喻系统是死亡的。死亡的隐喻最容易把握和阐释。小作家和小评论家最喜欢的是垂死的隐喻。

鲜活的隐喻是有性灵的。有性灵的隐喻中倾注着个人的情感，通过个人的情感而引申表达为人类的情感。

情感的隐喻表达谓之抒情，没有绝对纯粹的抒情表达，也没有绝对的纯粹直观。因为直观性的表达服从心灵隐喻系统的影响。

任何文学创作都是抒情的隐喻创作，只是有的抒情比较收敛，有的抒情比较狂放而已。即便在看似真实而客观的故事讲述中，也充满着讲述滋生或引申的情感隐喻。因为语言本身作为一个隐喻系统，其精神性就是情感不同形式的表达。隐喻的情感表达犹如一条条河流的流动（河流、流动等，也是一个个隐喻）。情感的隐喻书写有各种各样的形态：泛滥，改道，静默，疯狂，发臭，干涸，时而深不可测，时或浅显明亮。这些词也全都是隐喻，没有隐喻的词是没有的。即便是叹词或连接词，也都是动作、声音或情态的隐喻。李太白的《蜀道难》不也是一堆抒情的隐喻么?

噫吁嚱，危乎高哉！蜀道之难，难于上青天！
蚕丛及鱼凫，开国何茫然！
尔来四万八千岁，不与秦塞通人烟。
西当太白有鸟道，可以横绝峨眉巅。
地崩山摧壮士死，然后天梯石栈相钩连。
上有六龙回日之高标，下有冲波逆折之回川。
黄鹤之飞尚不得过，猿猱欲度愁攀援。
青泥何盘盘，百步九折萦岩峦。
扪参历井仰胁息，以手抚膺坐长叹。
问君西游何时还？畏途巉岩不可攀。
但见悲鸟号古木，雄飞雌从绕林间。
又闻子规啼夜月，愁空山。
蜀道之难，难于上青天，使人听此凋朱颜！

五、善恶

在叙事性的创作文体中，人类的价值观最早、最系统且坚定地隐喻于神话文体书写。善与恶是各种价值观隐喻中最宏大的二维。

善有善报，恶有恶报。善、恶、报，也都是隐喻表达。

神话是集体性的故事创作，必然有原初作者，但在神话讲述中，原初作者必须退隐。原初作者是集体隐喻的代言人，而不是个人隐喻的创作家。原初作者退隐的意义，在于告诉人们神话故事的创作与现实中作为作者的个人无关。意思是，神话，本不是人话。只有非人话的隐喻才对整体性负责。

神话的讲述形式和内容，被当作是神授的，甚至被看作是自然的生命与存在。神话作为文学创作，首先在神的符号中注入的是善与恶的隐喻。神话的隐喻系统，是人类诸多价值创作的隐喻系统之一。自然本无善与恶。

当善恶的隐喻成为“美”或“诗”的文本在讲述中的基本隐喻之时，人和普通动物分离的过程就已经完成。古希腊神话中的天神普罗米修斯，就是一个神话的隐喻符号。普罗米修斯由于把天庭的火盗给人类，被主神宙斯捆绑在高加索山的岩石上，让老鹰啄食他的肝脏。

在普罗米修斯的故事中，从人类视野出发产生的善恶形成了。在这个故事中，普罗米修斯的善和宙斯的恶相互对照。而这两个神，事实上也是集体隐喻之善与恶的书写符号。

弗兰茨·卡夫卡写过一阙寓言故事，名曰《普罗米修斯》：

关于普罗米修斯有四个传说。第一个说：由于他把诸神出卖给了人，于是被牢牢地拴在高加索，诸神派老鹰去啄食他那源源不绝长出来的肝。

第二个说：啄食的鸟嘴给他带来的疼痛使普罗米修斯越来越深地挤压入岩石，最终与岩石成了一体。

第三个说：几千年后，他的背叛被遗忘了，诸神忘了，老鹰忘了，他自己也忘了。

第四个说：人们对这变得没完没了的事厌倦了。诸神厌倦了，老鹰厌倦了，伤口厌倦地合拢了。

剩下的只有那无法解释的岩石山脉。——传说试图解释这不可解释的。可是由于传说来自一个真实的基础，所以它本身也结束于不可解释之中。[1]

1 ［奥］弗兰茨·卡夫卡:《卡夫卡全集·第5卷》，第57页。

善恶作为文学艺术隐喻的一种基本语义内涵，一直到贵族时代达到高峰。然而，善—恶二元结并非审美的本真诉求，因为纯粹的美是自由的、直观的，而善—恶二元结构，仅属于狭义的德行范畴，是伦理学、社会学的意识形态框架。

善—恶二元结构像一张阴—阳脸旋转着，有时善在阴面，有时又转到阳面，恶亦如此。

纯粹的艺术之美，将一切附着物清零而后生发。

六、肉身

文化人，是个隐喻之身。人有两个肉身。一个是生物肉身，一个是隐喻肉身。

鬼神只有隐喻肉身。而有的动物有两个肉身，有的动物却只有一个肉身。比如狗，是有两个肉身的。狗的隐喻肉身在不同的民族文化和语境中，还能分解出许多维度的隐喻内涵来。忠诚，是其中一个隐喻；恶奴，是另一个隐喻。

鲁迅先生是经营隐喻的高手，所有艺术大师，都是经营隐喻的高手。那些解构主义者消解隐喻，目的是创造新的隐喻。美的符号内涵，就是通过美的隐喻来实现的。狗，是一个符号，一个声音和形象。人通过隐喻来使用这个符号。鲁迅先生的《野草》

中有一篇《狗的驳诘》：

我梦见自己在隘巷中行走，衣履破碎，像乞食者。

一条狗在背后叫起来了。

我傲慢地回顾，叱咤说：

"呔！住口！你这势利的狗！"

"嘻嘻！"他笑了，还接着说，"不敢，愧不如人呢。"

"什么！？"我气愤了，觉得这是一个极端的侮辱。

"我惭愧：我终于还不知道分别铜和银；还不知道分别布和绸；还不知道分别官和民；还不知道分别主和奴；还不知道……"

我逃走了。

"且慢！我们再谈谈……"他在后面大声挽留。

我一径逃走，尽力地走，直到逃出梦境，躺在自己的床上。[1]

这是一篇狗和人的对话，以人仓皇逃走而终结。这是一个人生梦境，现实如梦，恰如一些疼痛或欢欣的隐喻链结。狗非狗，

1 《鲁迅全集·第二卷》，人民文学出版社，2005年，第203页。

人非人；狗是狗，人是人；狗耶，人耶。狗和人，仍然是狗和人的面貌，而语境中人狗的隐喻内涵却发生了书写的偏离。任何肉身，一旦变成书写符号，它们或他们就是隐喻的肉身，也就是某种意识形态的肉身。

上帝不是一个具体的肉身，却是一个隐喻的肉身。上帝没有善恶美丑的具体肉身隐喻，因此，上帝包罗万象。

七、卡尔维诺的黄蜂

隐喻书写或从偶然走向必然，或从必然走向偶然。隐喻控制着修辞的技艺。修辞在隐喻之中，就好比光斑在波纹之上。光斑和波纹，也是隐喻。

意大利人卡尔维诺有一个短篇小说，名曰《黄蜂疗法》。卡尔维诺创作了一个人物叫马科瓦尔多。此人在看一张旧报纸时发现了一条过时的消息，说蜜蜂尖刺的毒汁可以治愈风湿病。于是，他开始用果酱引来蜜蜂，捕捉它们为风湿患者治疗。小说就这样通过观察蜜蜂、捕捉蜜蜂，推动着故事的隐喻向前演绎。

作为一个故事的引子，卡尔维诺需要有一只蜜蜂出现与角色发生关系，于是，他的角色就看到一只腹部饱满的黄蜂在空中盘旋，看着它钻进了树洞，又发现了其他黄蜂从树洞中出入，发出飒飒的声音。那声音也是隐喻。

接着，这个人物需要发现一个黄蜂的巢穴，卡尔维诺就让他发现一个巢穴；这个人物需要用黄蜂的毒针给风湿患者治疗，卡尔维诺就让他给人扎针，于是，一个老头就拖着一条患风湿病的腿来了；这个人物需要在当地大名鼎鼎，卡尔维诺就让风湿病痛像章鱼的触角一样在居民中蔓延；这个人物需要帮手，卡尔维诺就让主角的孩子们为他去捉黄蜂。一切细节都服从隐喻整体的因果构造。

因果书写是很无聊的，从来如此。但人的心灵结构需要因果书写。

在因果书写中，故事，需要一个结局。那窝黄蜂需要倾巢出动，于是卡尔维诺就让它们倾巢出动。仿佛契诃夫说的，小说开始时，墙上挂着的那支枪，在适当的时候需要开枪。作者让马科瓦尔多的一个孩子捅到了蜂窝，黄蜂终于倾巢出动了："他一溜烟地朝前跑着，跟在他后面的那团黄蜂，就像烟囱里冒出的滚滚浓烟一般。"[1]那群黄蜂追着那个小孩在街上奔跑，伴着震耳的嗡嗡声。那声音，使小说的结构变得松动了；那声音，似乎是来拯救

1 吕同六、张洁主编:《卡尔维诺文集》,《黄蜂疗法》一篇由沈萼梅、刘锡荣译，译林出版社，2001年，第272页。

躺在一篇小说中疼痛的语言和词句的。

那窝黄蜂，肯定要闯进马科瓦尔多看病的屋子，拼命地蜇那些风湿病人。那窝黄蜂真的来蜇那些人了。于是，病人们僵硬的关节，在剧烈的运动中开始灵活自如了。而马科瓦尔多则引火烧身，他被消防队员救出来，送进医院，他的脸被蜇得红肿不堪，已经看不出是个人的模样。

这就是一个偶然的消息，引发的看似必然的故事。

故事的必然性，也就是荒谬性。叙述的必然性是最大的荒谬。必然和荒谬之间的诗性发生就是隐喻。这个诗性发生的基本层面，是叙述的因果。

因果书写的确非常无聊。

每个人的生活都是一则寓言，一个充满偶然性的因果书写。生活中的一个具体事件，通过看似客观的叙事隐喻推动着，变成寓言。无聊的生活，是隐喻的寓言，或寓言的隐喻。生活是荒诞的因果镜像。

把生活细节或事件中的隐喻抽空，把书写的因果联系抽空，个人生活是不可靠的。而钟情于生活中隐喻整体或细节的发现，则更加可笑。

存在如此可笑，因此，人生的寂寥，是人生隐喻的真正内涵。对这一内涵的诗性解读，是智者、书写者、解读者，唯一的一根救命稻草。

李森在《黄蜂与狮子》一阕中写道：

> 春来了。黄蜂嗡嗡，宣称自己要占领整个山谷。黄蜂的意志付诸东流。就在同一个地方，狮子轰鸣，它的意志也付诸东流。它们彼此都听不见对方。我是第三者，在书桌旁听见了山谷里的喧闹，但我的听不能算数。春忽略了我的耳朵，接着，又忽略我的诗篇，我的爱和心酸。

叙述的荒芜

一、砍头的斧

玩着弄着文学体制、毫不谦虚地吃伙食的同志哥呀，在舞文弄墨的人眼里，这个世上有这么一点直观的知识：对一件事情、一个对象或一系列对象绵延不绝的叙述而言，长篇小说肯定是人类叙述长度最夸张的一种文体。曹雪芹公的《红楼梦》，列夫·托尔斯泰公的《战争与和平》，马塞尔·普鲁斯特公的《追忆似水年华》等小说，足以证明写作精英们踌躇满志、汗流浃背的叙述努力。可是，即便百万言叙述长度的写作者，最后都不免陷入叙述不可为而为之的荒芜。叙述毫无意义，但叙述曾经是一种信仰。叙述作为一种信仰，自己又消解了自己，同时消解了叙述者和读者。弗兰茨·卡夫卡说：

> 一种信仰好比一把砍头的斧，这样重，又这样轻。[1]

---

1 ［奥］弗兰茨·卡夫卡:《卡夫卡全集·第5卷》，第12页。

叙述，就是砍头的斧子。千千万万头颅伸过去支着砍，砍得血红一遍，但赞美之声仍然不绝于耳。那些优美，那些崇高，那些千丝万缕的缠绵，那些学院派伙食团吃伙食的勾当，都是叙述的谎言生成的。一般人都相信叙述为真，钟情于语言的神圣性，而不知道叙述的荒诞性从来就折磨着那些堪称伟大的叙述者。曹雪芹在《红楼梦》第一回中就写道：

满纸荒唐言，一把辛酸泪。

都云作者痴，谁解其中味？

曹雪芹公的这首诗，与所有伟大的叙述者同悲，也包括那些以自己的人生为角色殉道的伟大叙述者，像苏格拉底、宋教仁、陈独秀这般英雄。真实的人和文本中的人，真实的事和文本中的事，生和死的高贵与卑贱，所有叙述的努力都付诸东流，这就是叙述的宿命，也是码字的世界中小人横行、利用一点叙述技巧骗吃骗喝的理由。那些现实中或文本中特立独行的角色，那些桀骜不驯的狂徒，那些怀揣巨大隐忍的谦谦君子，威廉·莎士比亚们，瓦尔特·惠特曼们，鲁迅们，都是不可为而为之的感伤主义者。他们的苦楚，他们的欢乐，他们为自我拯救而付出的生命代价，只有他们的同类才知道。世人给他们的头顶戴上光环，其实不过是坟墓上的花环。不管是头顶的光环，还是坟墓上的花环，在这些伟大的人物看来，不过是一个个辞藻而已。辞藻，无非是声音或形象，是纸上的图画，跟一个狮子无端的吼叫和在原野上留下的一个个脚印没有什么区别。生命如果不创造一些说法、文本、图式和旋律，就抓不住那种冷酸的萤火之韵。但抓住了又怎么样？难道就让我们看见一个"黛玉葬花"的身影？一个竹影婆娑的意境？

英国作家E. M.福斯特在评论普鲁斯特时说："在小说中，任何一种私人关系都浸透了悲观绝望。"[1]而托尔斯泰呢？表面看来他有一个乐观的文艺思想，把艺术当作传达感情的工具，当作感染人的精神载体，他多么想挖掘或复制生活滚滚洪流中的悲喜剧，并为文学艺术引入一种道德的或宗教的情怀，可是牛马一样耕耘的恢宏创作还是没有拯救他的自我，在他82岁那年，即1910年的10月28日凌晨四点多，他终于忍受不住周围人们的责难而走出了庄园，7天以后客死在一个荒凉的小车站。那个文学史上冰冷的意境永远凝固。他悲剧性的死亡是他全部作品的一个象征，这一结果也是全部执拗的思想创作者和所谓审美之创作者的象征。

1 《英国作家论文学》，汪培基等译，生活·读书·新知三联书店，1985年，第503页。

“象征”不是创作的修辞方法，也不是生活的美化或显现，它不过是生命不能不抓住的一点点惨淡记忆，一点点阴冷痕迹。自古以来，写作者无一例外地就是他的主角。苏格拉底创作的全部主角就是苏格拉底；莎士比亚的李尔和哈姆雷特，就是我们知之甚少的莎士比亚。阿Q和孔乙己就是鲁迅的写照。全世界最小的写作者李森，就是他的自我看见的那一颗《葡萄》：

> 一枚紫葡萄穿过苏联寒冷的坚冰
> 为了隐含那一点酸涩的汁液
> 不能停下来，不能破裂
> 看见这枚葡萄的人，拥有这枚葡萄
> 直到冰刀的那一点光被它收敛

这个“葡萄”的成熟只是为了获得一点酸涩。这个葡萄穿越世界，什么也不能证明。无论什么事物及其他的隐喻都不能证明美的正当。比如海洋，也不能证明海洋的诗。堪与古希腊女诗人萨福媲美的美国女诗人艾米莉·狄金森曾经自我感叹海洋，她描述了一个海洋自然而然的死寂，看见了一个其实并不存在的“深”。“深”不过是个隐喻，是个语言的游戏假设。狄金森对我说，“虽然海洋已睡去”：

虽然海洋已睡去
它们仍然是深的
我们不能怀疑——
没有一个摇摆不定的上帝
点亮这个住所
为了把它熄灭——[1]

天上另外一个宏大的事物——太阳，也是荒凉的。太阳辉煌的荒凉，那个铺天盖地的照耀，也与美无关。美是毒素。艾米莉·狄金森又寂寞地对我感叹，“如果我不曾见过太阳”：

如果我不曾见过太阳
我本可以容忍黑暗
然而阳光已使我的荒凉
成为更新的荒凉——[2]

没有一个人能够通过写作获得绝对的幸福，或许写作是在自

1 ［美］狄金森:《暴风雨夜，暴风雨夜》，江枫译，人民文学出版社，2008年，第237页。

2 同上，第221页。

我挖掘精神坟墓。巴尔扎克不停地喝浓咖啡在深夜里折磨自己，川端康成自杀，卡夫卡要烧毁自己的全部作品，这种绝望渗透在人类通过言说、写作、叙述创造价值关怀的全部领域。人类存在的最大的悲情莫过于此。卡夫卡的一则箴言说："善在某种意义上是绝望的表现。"[1] 另一则箴言说："乌鸦们宣称，仅仅一只乌鸦就足以摧毁天空。这话无可置疑，但对天空来说它什么也无法证明，因为天空意味着：乌鸦的无能为力。"[2]

二、"深度构造"与"平涂构造"的魔鬼

人肉朋友啊，所有作为作品的文学艺术，都表现为一堆堆有序或无序的语言或符号幻象，自古而然，毫无例外。古典主义、现实主义、浪漫主义、现代主义宏伟叙述框架确立的真、善、美和各种生活世界、生命世界、文化世界、自我世界的宗教的、人性的、时代的母题，最后有多少还能留在新一代人的心中，构成一代代新人的心灵世界？随着文本"深度"叙述和阅读的逐渐式微，或叙述和阅读方式的泡沫化、图画化、公式化，集体心灵和

1 ［奥］弗兰茨·卡夫卡:《卡夫卡全集·第5卷》，第6页。

2 同上。

个人心灵也正在从“深度构造”[1]的各种价值和意义内涵中淡出来，渐渐烟消云散，像黄昏的阳光一样从万事万物的景象中消失了。对于许多新一代的读者而言，即便是像《战争与和平》这样“深度构造”的作品，也已经抽空了它负载的爱恨情仇，只剩下一堆苍白的文字，一堆文字的坟墓，渐渐被岁月夷为平地。不是人们已经承受不了“深度”之重，而是人们的心灵空间已经不再有通过文字开掘“深度”空间的渴望。或者说，人们心灵中仅存的一点“深度”渴望，被浮光掠影式的影视快餐、图像快餐取代了。叙述和阅读的荒芜，表现为心灵和心智的荒芜。说起来又是十分感伤的。但古旧先生们强撑着老派文化的面子不说出来，是撑不下去的了。

学问家们也许还记得，《战争与和平》几乎是列夫·托尔斯泰的代名词。这部鸿篇巨制，是托尔斯泰花了七年时间写成的（1863—1869）。长达130万言的小说，描写1805至1807年的俄法战争，还有1812年俄国抵抗拿破仑的卫国战争。这么一部雄心

1　弗雷德里克·杰姆逊在《后现代主义与文化理论》（北京大学出版社1997年版）中提出“深度模式”的四种类型：一是黑格尔、马克思将现象与本质区别的辩证法模式；二是弗洛伊德将“明显”和“隐含”的“想”的与实际发生的相区别的模式；三是存在主义的本真性与非本真性区别的模式；四是符号学的能指与所指区别的模式。四种深度模式都是二元的。

勃勃的小说，只有大丈夫才敢写的东西，究竟反映了战争的什么或人性的什么呢？它又能反映什么呢？这本来就是一个感伤而尴尬的问题。你可以说它反映了许多悲欢离合、贵族意志或民族精神，你也可以说什么都没有反映——文学艺术比起实际发生过又湮没了的事情来，真是轻如鸿毛了。是的，那些来自文学“深度构造”时代的人，那些残留在这个时代的像我等这样的人肉古董似乎还记得，列夫·托尔斯泰表现过贵族、英雄在国家有事时的责任，创作过一个理想主义者安德烈，一个单纯、活泼但经受不住寂寞而撕毁“爱情合同”的娜塔莎，还有那个得手了的情敌阿纳托尔。那些环境描写、细节描写、人物塑造说来话长，不说也罢，反正新新人民也不爱听。

我们还在小说中，看见过此起彼伏的隐喻鞭子，它们通过故事的展开，随时都在鞭笞着自私、伪善、贪婪、虚荣。小说中黑白美丑的价值观照形成的叙述氛围，也仿佛连天波浪，随时拍打着心灵之岸。老牌的人民读者们的确相信，一种信仰、一种精神的气宇能催生万物，铸造人的生命之高贵与卓越。光明是光明的隐喻，黑暗是黑暗的隐喻，各得其所。这些也就是《安娜·卡列尼娜》《复活》的主题。这样的主题在古典作家的作品中比比皆是。因为这些是人性中金字塔式的文化结构，既是审美意识形态的砖瓦柱梁，也是意识形态屋宇的空间和时间。

曾几何时，历史是可以表达的；表达的历史是可以信赖的。

曾几何时，人们把写作活动也当作一种信仰；人们相信语言反映或表达的世界，既是真实的自然，也是生活世界的形象化、典型化概括。深度构造，是深度心灵和心智框架的表现。但是，这一切的一切，都变成了人类观念历史中的记忆幻象。巴尔扎克是如此遥远的一个人物，他还在文学教材的介绍中，但已经不在他有血肉之躯的作品中。作品如果被真心阅读，他也就被叙述，叙述在他的作品中展开。他的作品的性格会刺痛人，也会拯救人。他的作品如果不被阅读，他也就不存在了。人们埋葬一个巴尔扎克倒是不怎么样的，可是，新新人民似乎要一锅端——埋葬亘古以来所有的巴尔扎克了。

人肉朋友啊，毫无疑问，以信念和价值关怀为核心的叙述，制造的文本幻象，伴随着人类文化的成长，是人类精神世界从童年涂鸦到系统建构历史事实的核心组成部分。但是，现如今，叙述的“深度构造”模式不断被消解，以后现代主义为理论支撑的解构模式，不断地以一种先锋姿态嘲笑、批判着“深度构造”模式。我们看见，支持“深度构造”传统模式的学院派教条主义者，与支持解构之后走向时尚的艺术“平涂构造”[1]的新教条主义

1 “平涂构造”，是本文作者相对弗雷德里克·杰姆逊的“深度模式”提出的概念。“平涂构造”模式在史前的文学艺术中就已经自然而然地存在着，但在今天被当作当代艺术的一种语言创新。

者，不停地进行着较量，文墨冷战随时都会变成热战。两种教条主义关心的似乎都只是叙述技巧问题。后现代教条中有一种普遍的看法，认为叙述技巧或机巧，就是文本的“本质”——反正也是一堆堆话语逻辑，翻来倒去，说了又怎么样。

“深度构造”是一个魔鬼，“平涂构造”是另一个魔鬼。有时候，两个魔鬼是会打架的。他们埋藏在写作工们的心中，驱使着不同的批评工、理论工打得死去活来。试问，无论哪一种叙述方式，“深度”的，抑或“平涂”的，叙述技巧就是叙述的全部吗？在吃伙食的理论家们各执一端的情况下，回到这个问题遇到了麻烦。最大的麻烦是，两种教条主义都已经培养了队伍庞大的理论食客，在教育这个表面看来高尚无比，实则常行丑陋之道的行当中，千千万万的理论“神职人员”和万千学子（人肉逻辑馒头）已经被改造成各种谎言理论的信徒。理论和教材的写作和阅读，已经代替了作品的创作和阅读。考试代替了教育，被荒谬知识异化的“肉团”取代了“人”。事实也正是，伴随着作品叙述力量和阅读习惯的式微，“人”也就逐渐消失了——当然“肉团”是还在的，而且都说“心灵”还在。除了取消文学艺术的行业利益集团和教育利益集团聊以补救——这在当下又是不可能的，我不知道还有别的什么办法。本真地、有尊严地活着的人，是否还有？鲁迅曾经呐喊：“救救孩子。”这个呐喊，也已经变成了既得利益者们的口头禅了。即便鲁迅转世，也不过叹一声“呜呼”罢了。

在解构主义大清洗的巨大浪潮过后，“平涂构造”的叙述模式成了一种建构主义叙述。人肉，仔细看看吧，解构主义打下天下之后，已经从先锋角色一跃而成为坐天下的角色了。既然坐了天下，掌握了话语权，姿态也就不同了。他们的叙述语言，也就从解构模式，转变成了建构模式，实现了“主义”的转型了。其实，这种模式自古有之，并不是一种“当代艺术”独创的原则，没有什么了不起的。在每一个民族古老的歌谣中，在史前造型艺术作品中，最本真的作品，都是“平涂构造”的作品。“平涂构造”叙述方式，是人类童年涂鸦的语言。

《吴越春秋》之《古弹歌》曰：

断竹、续竹，飞土、逐宍。

《诗经》之《桃夭》：

桃之夭夭，灼灼其华。之子于归，宜其室家。
桃之夭夭，有蕡其实。之子于归，宜其家室。
桃之夭夭，其叶蓁蓁。之子于归，宜其家人。

人肉兄弟啊，当代作家、诗人、造型艺术家采用“平涂构造”的叙述方式创作，表现一种“先锋”姿态，不过是自觉或不自觉地回归人自身探索过的所有叙述传统的一个努力。从这个角度看，人类的天赋才能在诗性选择上，并不是一个进化的或发展的“人”。“深度构造”也好，“平涂构造”也罢，都是语言叙述的种种幻象，或是幻象之幻象吧。养活了许多批评家、理论家的法国新小说家阿兰·罗伯-格里耶的小说，也是在对抗“深度构造”的历史境遇中形成创作经典的。格里耶创作了《橡皮》《嫉妒》的叙述幻象，创作了《快照集》(短篇集)的幻象泡沫。下面是他的《快照集》中的第一个短篇，名曰《模特》：

> 咖啡壶在桌子上。
>
> 这是一张四条腿的圆桌，铺了一块红灰相间格子的漆布，布的底色是一种中间色，一种发黄的白色，以前也许是象牙色的——或者就是白色的。正中央，一块方瓷代替了垫子，它的图案被放在上面的咖啡壶完全遮盖了，至少也被弄得面目难辨。
>
> 咖啡壶是褐色的陶釉。它的形状像一个圆球，上部是一个圆柱形的过滤器，带一个蘑菇形的盖。壶嘴呈一种S形曲线，底部稍稍有些凸鼓。壶把可以说是一只耳朵的形状，或

者不如说像一只耳朵的外缘；但那是一只做得很难看的耳朵，太圆了，又没有耳垂，这样倒有些像一只“瓦罐把手”的样子。壶嘴、壶把和蘑菇状的盖子都是奶油色的。其余一切部分都是清一色的浅褐，闪闪发亮。

桌子上，除了漆布、垫子和咖啡壶，没有任何别的东西。

在右边，窗户前，立着一个人体模特。

桌子后，壁炉的上方挂着一面长方形的大镜子，镜子中能看到一半的窗户（右边那一半），在左边（就是说窗户的右边），是带镜子的大衣柜的形象。在大衣柜的镜子中，人们再一次看到了窗户，这一回是整扇窗户，而且是正面的（就是说，右面那扇在右，左面的在左）。这样，在壁炉的上方，有三个半边的窗户，一个接着一个，几乎没有中断，它们依次（从左到右）是：一个正面的左半扇，一个正面的右半扇，一个反面的右半扇。由于大衣柜正好在房间的角上，而且一直前移到了窗户的边缘，窗户的两个右半边只是由大衣柜的一根窄窄的梃子分隔着，它也可能是窗户的中间的木条（左扇窗的右梃子跟右扇窗的左梃子连在一起）。在窗下部的小窗帘的上方，透过这三扇窗，可以看到花园中落了叶的树木。

这样一来，窗户占据了镜子的整个表面，除了最上面的部分，那里，可以看到一片天花板，还有带穿衣镜的大衣柜的上部。

在壁炉上方的镜子中，人们还可以看到另外两个人体模特：一个在第一扇窗即最窄的、靠最左边的窗前，另一个在第三扇（靠最右边的那一扇）前。它们彼此谁也不朝向谁；右边的那一个展露着它的右侧；左边的那一个，稍稍小一点点，展露着它的左侧。但是，第一眼望去，很难说得清楚，因为两个形象都以同一方式伸展着肢体，两者似乎都展露着同一侧——也许是左侧。

三个模特排成一排。中间那一个，位于镜子的右边，其腰身连着另外两个的腰身，正好处于跟放在桌子上的咖啡壶的同一方向。

在咖啡壶的圆球部分上，亮亮地映出了窗户的一个扭曲了的映象，一种四条边均呈现为圆弧线的四边形。两扇窗户之间由木头梃子构成的线条，伸向底部时突然加宽，成了相当模糊的一团。那也许仍然是人体模特的影子。

房间很明亮，因为窗户出奇地宽阔，尽管它只有两扇窗子。

一股热咖啡的好闻香味从桌子上的咖啡壶中散出。

模特不在它的位置上：人们习惯上把它放在窗子的角上，不是靠带有穿衣镜的大衣柜的一侧，而是另一侧。大衣柜放在那里是为了方便试衣。

陶釉垫子的图案是一只猫头鹰，两只大眼睛有些吓人。但是，眼下，人们是发现不了的，因为咖啡壶放在那里。[1]

这篇小说就像一张照片，或者是一个镜头的图像。这是一段为塑造什么典型而营造的环境描写吗？不是！它就是一篇小说的全部。从叙述的"深度构造"来看，它没有反映什么，表现什么；从"平涂构造"来看，它也没有描绘什么。这样的小说不是靠小说的诗意构造取胜，而是靠一种叙述姿态取胜。当然，这种姿态，也是建立在对"意义""价值""关怀""反映""表现""再现"的消解之上的。还有，那个美国人雷蒙德·卡佛的"极简主义"小说，又何尝不是这样的呢。

如果叙述"里手"，阅读"方家"认为，格里耶的《模特》《海滩》《三个反射视像》《舞台》《密室》这样的短小说因为短不

1 ［法］阿兰·罗伯-格里耶：《快照集·为了一种新小说》，余中先译，湖南美术出版社，2001年，第5—7页。

能表现、再现、反映、揭示什么，只有长的小说才能实施表现、再现、反映、揭示的话，那就错了也。

长的，短的，有何关系？只要好玩就行也。据说英国《每日镜报》曾经开展过一次三个词的小说征文活动，第一名获奖者的小说是：GOD IS DYING。译成汉语为："神垂死。"或译为："上帝死亡。"

这篇三个英文词的小说，仍然可以说是"深度构造"模式的，因为"上帝"（神）这个词本身，就具有根深蒂固的文化隐喻，这个词与"垂死"（死亡）连在一起，又产生叙述隐喻了。

被网络上称为"近年来中国最精彩的写实小说"的"一篇小说"，只有八个字，而且不需要标点符号：

此地 钱多 人傻 速来

这八个字在网络和手机短信中广为流传，据说最早的"作者"，是在杭州打工的一位按摩姐姐或坐台妹妹。"作品"是她把钱寄给家乡姐妹时，在汇款单简短附言栏上随手涂鸦的。网络上说，"令无数专业作家汗颜"！这则小说的叙述既可以看作有"深度"的，也可以看作是"平涂"的。

朦胧诗人中有一个叫北岛的，有一首叫《生活》的名诗，此诗就一个字：网。也可以看成是一篇小说，且是世界上最短的小说了。当是时也，北岛写“网”，世上还没有互联网。现在，这“生活”的“网”，又增加了一层数字时代“网络”的隐喻了也。

三、风吹的假象

学院派理论伙食团的干部们呀，我还是来讲讲故事吧。古希腊智者派的主角普罗泰戈拉，是个边缘学者，他从来没有打进学术体制内部，也没有分到过项目资金，更没有获得过全国名师奖。他说过一句话：“人是万物的尺度，是存在者存在的尺度，也是不存在者不存在的尺度。”他又说：“至于神，我既不能说他们存在，也不能说他们不存在，因为阻碍我认识这一点的事情很多，例如问题晦涩，人寿短促。”[1]普罗泰戈拉因为在一本书的开头说了后一段话，他被雅典驱逐出境，他的著作也被放在广场上焚烧了。（第欧根尼，IX. 51—52）看来在普罗泰戈拉时代，要建立“人的尺度”何其困难，更何况是把人作为“万物的尺度”了。可即便是在现在的某些民族和国家中，要建立“人的尺度”

1 北京大学哲学系外国哲学史教研室：《西方哲学原著选读》，商务印书馆，2007年，第54—55页。

的准则，也还是个梦想。焚烧普罗泰戈拉的著作，驱逐这位“智者”，当然有其亵渎神的原因——神，作为一个意识形态，是不能亵渎的——也有雅典对智者派“相对主义”的憎恨，相对主义是决定论意识形态的敌人。智者派的逻辑狡辩，激怒了许多相信逻辑“骗术”的人。更重要的潜在因素，在于人们已经相信了叙述的真实性、真理性。而这位苏格拉底同时代的人物，至少从他的言论看，他否定了叙述的恒定性、可靠性，因之也就把叙述的真实性与真理性否定了。这是个体制外的“大逆不道”之徒，恐怕除了苏格拉底和柏拉图师徒两人，别的思想者是很难宽容的。即便是苏格拉底和柏拉图，对智者们的怀疑主义式的辩术，也持保留的甚至是批判的态度。理论伙食团的同志哥也，把“人”作为“万物的尺度”，表面看来是对“人”的极大赞美，其实不然也。在我看来，此人的思想暗藏杀机，他从否定“神”的可知性，否定叙述的恒定性、真理性，直接否定了叙述赖以存在的两个支点——语言（符号）与逻辑。科学、知识、思想，一旦只是作为人尤其是作为个人的视觉、感觉而存在，世界的叙述、言说系统，也就只是一堆光怪陆离的表象了。一伙是黑格尔的祖先，一伙是“印象主义”怀疑论哲学家休谟的祖先，两者着实很难相容的。

理论上或表面上痛恨诗人的大诗人、学科带头人柏拉图博导，在《泰阿泰德》篇中以“知识就是感觉”的命题引出了普罗泰戈拉。非学院派之徒、被学院派学术利益集团排挤的普罗泰戈拉死的时候，柏拉图大概已经有20岁了。感觉与叙述的关系，无疑是亘古哲学研究的最恼人的范畴之一，它也是现象与实在，殊相与共相诸命题的隐含命题。叙述的困惑，从来都影响着思想史（写作史）上那些绝顶聪明的人物。这些人物的思想，都是从存在的慌张开始的。慌张呀，的确没有决定论不可动摇的前提啊：

苏格拉底：——你说知识就是感觉？

泰阿泰德：——是的。

……

苏格拉底：——他（普罗泰戈拉）不是说，事物对于你就是它向你显现的那样，对于我就是它向我显现的那样，而你和我都是人？

泰阿泰德：——是的，他是这样说的。

苏格拉底：——一个聪明人是不会说没有意义的话的。我们来理解一下他的话吧：同样的风在刮着，然而我们中间有一个人会觉得冷，另一个人会觉得不冷，或者还有一个人会觉得稍微有点冷，又有一个人会觉得很冷。是不是？

泰阿泰德：——对呀。[1]

既然使用名称来称呼、命名任何事物只是个符号假象，那么通过言说和逻辑叙述的“人的尺度”自然也就不可靠了，或者说，这种扑朔迷离的感官的不可靠性，正是人的感觉尺度，人作为自然物的决定。因此，尤其像一些叙述的教条主义者那样，把普罗泰戈拉说成是“人”的觉醒，还不如说是对“人”心灵和心智的怀疑，对人的叙述能力的怀疑与否定。普罗泰戈拉种下的怀疑主义种子，直接影响到了皮罗主义者。极端怀疑主义者、大卫·休谟的祖先皮罗说：“没有任何事物是美的或丑的，正当的或不正当的，这只是相对于判断而言的。没有任何事物真正是这样的（像判断的那样），只是人们按照风俗习惯来进行一切活动。每一件行为都既不能说是这样的，也不能说是那样的。”非学院派作家皮罗又说：“最高的善就是不作任何判断，随着这种态度而来的就是灵魂的安宁，就像影子随着形体一样。”[2] 搞学科建设套纳税人钱财的批评家们呀，这是真的，没有什么东西作为本质主

1 北京大学哲学系外国哲学史教研室：《西方哲学原著选读》，第55页。

2 同上，第177页。

义的“本质”，能被叙述的力量抓住，没有什么东西能被言词和逻辑完全呈现，这是人之宿命，是叙述荒芜之必然，是全部悲伤之疼痛、寂寥之死寂。普罗泰戈拉也，皮罗也，休谟也，既生汝等祖先，何生吾等后代小儿也。

四、纸鸢飘飘，飘哪里？

朋友，叙述是观念文化、审美文化的决定么？叙述框架是对人的否定么？是也。神是叙述之神，人是叙述之人，文化是叙述之文化，所有坚定的信仰和怀疑的感伤，都是叙述层面的。当叙述逻辑的坚定性演化为一种信仰——家花野花一样姑且璀璨的信仰之时，叙述的意识形态乌托邦就开始凋谢也。至少在人文领域，叙述的自圆其说，都是乌托邦的风筝纸鸢。种种乌托邦的叙述纸鸢，或红，或黄，或黑，或白，或高，或低，都缀满了人类的文明之树、之天空，缀满了文化之树、之心灵，好似那就是人类真实的历史与现实、光荣与梦想，诗情与画意也。有的民族或时代，喜欢这种叙述框架的乌托邦纸鸢，有的民族或集体，沉溺于那种叙述框架的乌托邦纸鸢。一切叙述的框架结构都好像是真的一样，好像只要自圆其说，叙述即为真。叙述以其强大的惯性构建起它的屋宇，它的金字塔，它的巴特农神庙，它的桥梁、隧道、沟壑，甚至垒起雄浑的山脉，绵延不断，纵横古今。建立在叙述逻辑之上的乌托邦体系，经过代代相传，逐渐深入人心，先堆积成人的心理结构，又堆积成一个个人，一群群人，一团团人肉。吹成了民族文化、世界文明闪亮的玻璃灯泡。从文明构建的角度来说，人在成长，文明在进步；而从本真的人，即本有纯朴天性的人被遮蔽的角度来说，人又被不同程度地改造成了非人，非人非马非雀，文的明在垂死也。于是，人的成长变成了人在垂死中挣扎的无意义之痛、无端之苦恼。

言说、写作，诗与思，无疑是人对自身的脆弱关怀，但某种叙述框架一旦形成，人就被叙述之网所俘获。人自己成了自己制造的网中之鱼，坑中猎物。叙述框架从安慰人、成就人，到否定人，都是以真、善、美的名义行事的。有了真、善、美的叙述框架，自然要有假、恶、丑的叙述框架，在各种叙述框架的选择中，产生了人类脆弱的价值关怀。从大的范畴而言，理想主义框架、浪漫主义框架、现实主义框架、现代主义框架、民族主义框架、爱国主义框架，等等，各种主义框架都以自圆其说的方式，说自己的框架好，好得很。每一个时代的弄潮儿们，都说自己时代的叙述框架好，逻辑好，口号好，现在好，未来好，至少是比前代的叙述框架好，好得很。每一个写作集团，写作班子，写作流派，也都说自己的叙述框架好，逻辑周延，甚至有的还说，他们的，放之四海也准得了。还有的叙述框架，源源不断地制造出说法来，形成叙述“品牌”，在各地建盖起叙述工厂、叙述车间，从者如云。人们为了吃伙食而到叙述工厂、车间、码头、窝子打工，也是无可厚非的。为叙述体制打工的教授、野兽、博士，当代文学研究狗，研究猫，研究牛，研究鸡，东部大学毕业回来的研究屎，北部大学毕业回来的研究尿，都是好样的嘛。有人骂写作工程师无耻，我看也不算什么嘛。人们既然都可以养狗呀、猫呀之类的宠物，为什么就不能养写作宠物呢？只准你养，不准我养么？不过，千万要做好保密工作，不要让工人伯伯、农民叔叔们看见什么大学、什么院、什么所、什么部里那些专家、学者、教授、博士、硕士、公公、巫师、巫婆、方丈、毕摩、师爷、教头、老道彼此抄袭的堆积如山的论文、著作、讲稿、材料等，工人农民知情了，是要罢工罢农的。因为既然可以当写作宠物换饭吃，还何必农桑稼穑、炼钢铸铁，只要搞好学科建设，空谈些理论、使用些逻辑狗链就行了。

事实上，人类的思维，人制造的逻辑，在写作队伍中从来就没有实现过“自圆其说”之梦，因为本来就没有指向世界和自然的“周延”这种写作逻辑、叙述框架嘛。因此，无论在“思”，还是在“诗”的领域，叙述逻辑的“自圆其说”和“周延”，都是一些“美丽”的“谎言”。同志哥呀，文学艺术的叙述与各种人文文体的叙述，都要面对如是宿命，没有例外的。文本中的历史创作，历史中的文本创作，都不过如此也，可是，各种学院派利益集团们总是说，他们反映的是“真”，他爱的是科学，他们是不白白套纳税人的钱财和项目的。呜呼，我说不出话来。

学院派逻辑巫师们从来不承认叙述的荒芜。学院派学术利益集团们是最爱玩叙述框架的，不玩框架，玩什么呢。玩框架才有伙食吃嘛。殊不知，他们歌颂的鲁迅先生，当初也是被他们的爷爷奶奶、叔叔阿姨们排挤的。学术集团是从来都看不起作家、诗人、艺术家的叙述方式的，尽管这些创作者事实上养活了许多伪评论家和伪理论家。鲁迅在《朝花夕拾·小引》最后交代写作时间、地点时写道：“前两篇写于北京寓所的东壁下；中三篇是流离中所作，地方是医院和木匠房；后五篇却在厦门大学的图书馆的楼上，已经是被学者们挤出集团之后了。”关于“学者们”，人民文学出版社新版《鲁迅全集》注释云：“指当时在厦门大学任教的顾颉刚等人。”至于在话语边缘的地区，排挤创作者的行为就更加正当了。排挤的方式，当然要用到学术框架、逻辑范式、真知范畴的。

出于对创作天生的仇视——创造性的创作是要有才气的，学术集团现在改研究具体作品为理论的相互抚摸了。互相的理论抚摸除了在论文里，还在各种会议的江湖现场，现在，集团搞的是国际学术了。大家见面，都要彼此赞扬“好”的。你的文化批评新模式好，他的理论范式新筐子好；你的燕山美学好，他的珠穆朗玛峰学科好；你的长江波浪好，他的黄河水坝好；你的葫芦丝好，他的巴乌好。小子虽不才，也忍不住要把几年前写过的一首小诗，拿来献给叙述高手、逻辑行家、太学生们，以博一笑吧：

鸟禽畜牲都好歌

在我们的时代
有一首歌
歌词大意是：
啊，咿呀咿
秃鹫好
鹰隼好
大雁好
天鹅好
猫头鹰好
海鸥好
海鸭好
鹦鹉好
喜鹊好

麻雀好

黄鹂好

斑鸠好

鹌鹑好

鸡好

鸭好

狗好

牛好

马好

猪好

猫好

老鼠好

豺狼好

虎豹好

蚊子好

苍蝇好

灯蛾好

蟑螂好

蚂蚁好

毒蛇好

排名不分先后

不管是否提到的

普同供养

大家都好

啊，咿呀咿

请纳税人原谅也，我的叙述没有框架，没有叙述策略，只是平铺直叙，根本与“主义”挂不上钩子，这样的叙述“范式”“模子”，真的要贻笑大方了。卡夫卡有一则箴言说：“一个笼子在寻找一只鸟。”他又说：“为了世界，你可笑地给自己套上了挽具。”“笼子”和“挽具”，难道是我们不得不套进去的吗？套进去吧，学术利益抄写集团的乖儿子们！

阅读荒寂的时代

一、曾记否？

曾记得，作为群体的我们是那样醉心于一个个文本；曾记得，我们是多么渴望从那些经典文本中获得人生的意义。即便是一个萤火虫，也不害怕黑暗，因为无边无际的黑暗养育了萤火之光。我们的心灵和心智在照亮中渴望照亮，在寂灭中孕育着呐喊和呐喊的冲动。阅读的人生，是幸福的人生。那是一种文化，也是一种习惯。可是，同志哥也，现如今，有几个人还相信那种无意义的乌托邦的意义参与、意义实现？新一代人已经不再相信语言，不再相信语言可以塑造一个真、善、美的心灵与心智空间。这个空间就是传统文化的人性结构。我们曾相信人性的美好，相信有一个美好的未来。为了这个未来，人们愿意付出种种代价。苏格拉底、布鲁诺式的就义，为精神世界恒定的价值成长铸造了锃亮的阶梯。伟大故事伴随着苦难的光荣代代传扬。真正的阅读者，是精神的探索者和传承者。人生一次次成长，一次次磨砺，心比赋心，光隐喻光。伟大的歌谣被反复吟唱，无论天堂、炼狱，还是地狱，我们塑造得如此宏伟；魔鬼和天使，不同的角色符号，供我们赞美，要我们控诉和蔑视，在语言的运动中给我们安慰。伟大的人、伟大的事物高高耸立，从者如云。一切都服从于我们的诗性创造，天空、大地、海洋、灿烂的群星和万事万物，服从于我们的创造，我们的信念是那样坚不可摧。但丁在《神曲》中写道：

甜美的天空像东方蓝宝石
它聚集了一切宁静、安详
及初转第一轮的无限纯洁。

——《炼狱篇・第一歌》[1]

但丁又在《神曲》中写道：

我抬头一望，看到小山的肩头

1 ［意］但丁《神曲・炼狱篇・第一歌》中的句子，此采用陈众议译文，参阅《博尔赫斯文集・论文自述卷》之《神曲》一文，海南国际新闻出版中心，1996年，第15页。

早已披着那座“行星”的光辉，

它引导人们在每条路上向前直行。

——《地狱篇·第一歌》[1]

我要接着说，早在我们达到

那高峙的城楼脚下以前，

我们的眼睛就向上望到塔尖。

——《地狱篇·第八歌》[2]

二、阅读的荒寂

可是，就在当下，真正来自意义创造的阅读荒寂了。不是已经没有人阅读，而是说，阅读者越来越缺乏耐心，缺乏对文字造就的语言游戏的信任。难道说后现代文化已经摧毁了阅读的古老传统；难道说后现代在消解意义、消解价值的同时，形成了另外一个传统？这一新的传统甚至消解了对后现代作品自身的阅读？我们是不是应该相信，新一代青年无视阅读的姿态来自对古典、现代、后现代的否定？可是，事实上，新一代人根本就没有过对

1 ［意］但丁：《神曲·地狱篇》，朱维基译，上海译文出版社，1984年，第4页。

2 同上，第55页。

后现代、现代、古典的文化参与，他们其实并不是文化观念和语言运动模式中必然的一环，没有上一环，哪有下一环。他们对阅读的反抗、拒绝，似乎来自当代人性对文化的选择，这个选择是否有人性中必然的因素——难道对古典和现代文化的潜心创造是人类精神历史的一个错误？难道对知识、价值、意义的迷恋和所有付出过的代价，都是荒谬的？

我们看见，新一代人的阅读的确与古老的传统相去甚远，因为，新一代人对古老文化传统的陌生已经养成了他们的秉性。这一代人的阅读，似乎天生就是一种平面化的、单向度的阅读。这种阅读不需要有阅读的深度，因为阅读已经变成一种图像式的浮光掠影。网络阅读，就是这种阅读的方式。在网络自由的虚拟空间里，那根控制阅读价值和意义走向的神经已经如断线的风筝。任何人都不是绝对的写作者，写作者和阅读者已经混为一体，任何人都可以发言，也可以对发言者进行质疑。写作既然不是圣哲和社会文化精英的事业，阅读也就无须对意义和价值服从。这就好比在数字时代，坐标已经输入电脑，一切都已经设计停当，航船已经不需要灯塔，船上的人不需要对灯塔的遥望就可以靠岸。没有惊喜，没有渴望，在这样的时代，航行和靠岸都变得毫无意义。

三、阅读与暴力

阅读的荒寂让我等疼痛不已。如果在网络阅读时代，那种自由写作的参与和单向度阅读，不是来源于对深度阅读的对抗，而是人性的无意义心智形态、人类的懒惰在科技文明的时代生成的一个结果，那么是否意味着传统钟情于意义和价值的深度阅读本身，也是虚构的和不可靠的？排除我们对文明建构的迷信，回答是肯定的——这个回答无比残酷，但它真实。这是抱残守缺者的巨大痛苦，我等既是反省者，又是古旧的抱残守缺者。

那么，就“无端”的文明形态创建，包括知识的创建而言，难道对于心灵和心智的文化结构来说，是个美丽的谎言？那么对经典的阅读，对经典中的价值和意义的认同，难道就意味着对文化成规亦即对文化暴力的妥协？

我们的确创建了太多的文化形态，我们对种种文化形态中的隐喻内涵信以为真，我们被赶上隐喻之筏，被泅渡，有时自以为登上了桃花岛，看见了彼岸，有时也在泅渡中沉沦。这是人类的伟大，人类自信的偏执，也是人类的无辜。

这么说来，我们通过语言（包括符号）了解一种文化，建立文化的认同感和自豪感——对于人的本真存在来说，并不比愚昧的无知形态走得更远？文明史，知识建构的历史，我们朝着一个方向摇摇晃晃、声嘶力竭、刀光剑影地走到今天——我们可以言必经典，我们活得如此有根据，有文化，有教养。是的，多少人通过阅读把自己变成一个文化符码，一个文化结构，多少人陷在文化的泥潭中生发了盲目的信仰。多少心灵和心智已经顺从。而发言者只是少数，只有少数人才有声音和形象。盲从成了一种美德，习惯成了教养或它的反面。

于是，我们开始反省，把盲从看成无知，把上帝的存在看成一个缺乏科学和逻各斯根据的虚构——就这样，我们获得了真实，摆脱了束缚，重铸文明了吗？我们开始追问，文本的可靠性和恒久性到底在哪里？从原始时代到如今，人类从来没有过如此慌张和无奈。我们在看罗丹的《青铜时代》时，对那种仰望未来的天真烂漫、那种纯真心灵充满了激情和慰藉，这正说明了我们存在的慌张和无奈。人心何其脆弱和孤单。

我们先发现了叙述的谎言，接着，又发现了阅读认同的谎言。的确，对于本真存在来说，没有一种东西是可靠的、恒久的。我们比愚昧和无知的自足时代更加孤单了。我们并没有走多远，这不重要，问题是，我们还在途中就已经失落。我们在哪里可以自救？

写作、叙述和与之媾和的阅读文化把人变成了文明的奴隶，这也是人类的心灵和心智不断实施自救的一个结果。人是文化的肉团，在文化的陷阱里乐不可支。一些人想超越文化成规的行尸走肉，甚至走向偏执或异化。可是，在消解了上帝之后，在没有了知识信仰以后，难道还要重新虚构一个上帝而使人实现存在的超越吗？难道柏拉图预设的理念世界、他的伟大真诚已经过时？难道我们对尼采的真诚不屑一顾？

不管怎么说，我们还是要揭示真相的，尽管这会带来荒寂之痛。就写作、叙述和阅读而言，巴尔扎克是现实主义的乌托邦，拜伦、雪莱是浪漫主义的乌托邦，普鲁斯特、乔伊斯是现代主义的乌托邦，还有波普艺术以来的各种后现代主义乌托邦，请问文化方家，写作专业户，批评大腕，哪种叙述和对这种叙述的阅读，不是对澄澈心灵和混沌心智实施的诗学暴力？各种暴力的实施，要么刀光剑影，要么潜移默化、和风细雨，有的消灭肉体，有的颠覆心灵，反正都有其残暴的一面。垂死的审美是一种暴力，但多数人并不知道这种暴力造就并替换了人心。人心变成了各种含糊不清的符号，各种程式。难道这就是阅读像蜗牛爬行一样在人心中留下的痕迹，那种让人打冷噤的文化黏液？

法国思想家吉尔·德勒兹在《普鲁斯特与符号》一书中，把其语言的运动和行为的显现当作符号，而非真实的揭示。他写道：

社交符号取代一个行动或一种思想而出现。它取代了行动和思想。因此，它是一种不再指向它物的符号——无论此种它物是超验的意义抑或观念的内容，相反，它僭取了它的意义所预设的价值。这就是为何从行动的观点来看，社交符号显得令人失望和冷酷无情；而从思想的观点来看，它又显得愚蠢。人们不思想，也不行动，然而，他们制造符号（faire signe）。[1]

德勒兹这本书是研究《追忆似水年华》的。他把普鲁斯特的这部长篇小说当作一个反逻各斯的符号运动系统来阅读。这个符号系统表面看来充盈着感性直观，实际上，是个冷酷的寂寞系统，人物也作为一个符号，在各种时间关系中无所适从。乔伊斯的叙述暴力，普鲁斯特的叙述暴力创造了阅读的诗学暴力，它们是现代主义小说的两座里程碑——尽管很少有人怀着巨大的耐心完整地阅读过这两部小说。乔伊斯、普鲁斯特想创造从未有过的叙述真实，事实上，还是陷入了叙述暴力无意义的深渊。在巴尔扎克、托尔斯泰、乔伊斯和普鲁斯特面前，人们对阅读行为越来越望而却步了。

1 ［法］吉尔·德勒兹:《普鲁斯特与符号》，姜宇辉译，上海译文出版社，2008年，第6页。

四、殊途同归吗？

我努力阐明关于两种阅读的区分：一种是建立在创作、叙述、阅读文化陈规上的阅读，是对所谓沁人心脾的、已经被视为正当的叙述暴力的认同；另一种是网络时代萍踪云影的快餐式阅读，找不到意义和价值重心的阅读，在这种虚拟空间的阅读氛围中，有时候甚至连作者也是虚拟的。前者通过文化自觉与反抗的方式，消解文化和知识的“深度构造”，力求回归心智的淳朴以及判断力的自由和真实；后者则直接表达文化与艺术叙述、阅读“浅层结构”的多元形态，漠视主题的历时性隐喻，庶几与形而上的乌托邦框架划清界线。根源于文化和习惯的创作、叙述、阅读的自觉者，从“深度”回到“表层”，将这种“回归”视为创新；新一代创作者和阅读者，则似乎认为世界本来就只有一个“浅层结构”，或者人们只能看见这个“浅层结构”，直接把这种“浅层结构”的阅读认同视为正当。

上述两种创作、叙述和阅读殊途同归，在网络时代，读者都只钟情于新闻报道式的“断章取义”和影像镜头的瞬间印象，这是文明进程的必然吗？这种合二为一的阅读是“当代性”的阅读吗？批评家们将相关作品冠以后现代或“当代艺术”之名，这似乎是一种恰当的命名，尽管这种种叙述结构事实上一点也不新鲜。自古以来，以平面化的游戏狂欢消解“深度构造”的立场，从来就有其文化渊源，无论在文人艺术还是在民间艺术中，歌谣的节律和平涂的直白，从来都在对抗着理性主义的焦点透视深度。从视觉的自由和复杂性而言，焦点透视般的结构无疑也是视觉暴力的一种方式。

杨仁敬先生在他主持翻译的《美国后现代派短篇小说选》前言中，将那些后现代短篇小说的特征总结如下：

> 1.它们所描写的人物大都是“反英雄”、身世简单、“来历不明”，有时隐去其经历，甚至无名无姓。人物形象淡化，性格刻画消失。人物成了故事的陪衬，若隐若现，模糊不清，成了不可捉摸的“影子”或“代码”。
>
> 2.作者在创作短篇小说时又对小说本身进行评述，表现了“并置”、“非连续性”和“随意性”的“元小说”特点。
>
> 3.小说与绘画和多媒体的结合，造成“视、听、说”融合的轰动效应。
>
> 4.科幻与虚构和史实的结合，突破了短篇小说的时空界限。
>
> 5.在叙事话语方面不再拘泥于传统的模式。作家往往在

有限的篇幅里采用拼贴手法，以断裂的句子构成段落和章节，有时引进了超文本的电脑语言……有时作者直接“闯入”文本，说三道四；有时则故意在文本中留下空白，让读者参与解读。[1]

《美国后现代派短篇小说选》的这些诗学特征，不仅可以用来总结美国后现代小说，也是所有后现代文本的特征。同时，它们还是各种文体网络写作和网络阅读的基本特征。语言艺术也好，视觉艺术也好，行为艺术也好，在网络时代都搓揉在一起了。后现代阅读、网络阅读使传统的阅读习惯变得无比尴尬。而从另一个角度来说，我们的确正在创造另一种阅读文化，随着老一代阅读者退场，这种阅读文化逐渐深入人心，仿佛在新一代阅读者那里，已经成为阅读的主流。纸质的书本在很大程度上逐渐被电脑屏幕取代了，尽管我们对纸质阅读抱有希望。我个人相信，如果人类还有贵族精神、贵族品位，还有不为功利、不为考试而读书的美德，纸质阅读就不会消亡。这是我唯一可以做到的，与那些和我并肩而立的阅读者的共勉了。

1 《美国后现代派短篇小说选》，杨仁敬等译，青岛出版社，2004年。

五、有真、善、美的阅读吗?

从对存在的关怀来说，我相信有真、善、美的阅读，但是，对于真正可靠的阅读，尤其是思想者的阅读而言，真、善、美的观念范畴必须受到质疑。对真、善、美的仰望是人类的美德，但在人类的精神领域，真、善、美却只能仰望和追求而不能获得——即便你认为已经获得了真、善、美，那也只是一种心理状态或认识逻辑。这是因为没有恒定不变的真、善、美，只有真、善、美的共时性、历时性与个别性形态。无论自然的真、科学的真、社会的真、人文的真，还是各种被认识确定为真实的真，语言的“反映”“显现”都只能是描述性的。这是语言本身的决定。语言尝试了对世界各种领域和范畴的命名，而它的真正本质，则仅仅是与世界发生了各种联系而已，特别在人文艺术领域，它是一个自为、自性的生命系统。语言既不能获得绝对的真实，它就只剩下一个描述性的、创造（创作）性的真实，一个自为、自性、自在的真实。意识到这一点是很可怕的，因为只要意识到这一点，语言的游戏性质就彰显无疑了。这样看来，高贵的阅读，也变成了一种精神性的自我博弈。精神性的阅读不是为了获得一些局部可靠的知识（关于世界与人的整体性的知识，根本就不可能获得），而是为了找到自己的一个个镜像。当你离开阅读时，那个恍如隔世的镜像就消失了，而当你阅读好作品时，你又看到了镜像中自我的悲戚与欢欣。这就是精神存在的时间与空间，一种对认识对象力所能及的概括，一种精神意蕴。这样看来，创作和阅读的描述性、博弈性是一致的，都是沉沦中的挣扎，想抓住一根救命稻草的无望挣扎。博弈会继续，而博弈的方式和形态不断变化。这是创作、阅读精神史的歌谣。

阅读的有效性，像人的精神形态存在的多样性一样复杂。有效的阅读，未必是本真的阅读，有效的阅读和本真的阅读，未必是“当代性”的阅读。在一群人中，阅读可能会形成集体性的狂欢，包括集体性的愤怒，造成集体性的价值认同或价值失落。阅读也能造就特立独行的品格，将人从污泥浊水中打捞上岸。但是，阅读与创作的不同形态、创作的时代性特征总难协调。富有“当代性”的伟大作品，在同时代往往只有少数人能够产生阅读快感并领悟其不同凡响的诗学创造。庸人们永远只能亦步亦趋地顺从历史中的诗学阐释，他们跟着教科书赞美《红楼梦》《尤利西斯》《追忆似水年华》，但永远也不明白这些伟大作品的独步之处。他们甚至不会去阅读这些作品，只去读教科书中的内容介绍，就可以居学术庙堂之高，搞所谓的学科建设，巧立项目，套纳税人的钱财。至于说伟大的作品与他们是否有精神上的联系，他们永远不会关心、不会反省，他们也没有卓越的才智与伟大的精神相映照。许多文学教授、文化掮客，其实都是文盲。而这样的文盲在学报、在课堂上发言的出发点，恰恰就是所谓的真、善、美诸批评范畴。真、善、美被假、恶、丑利用了。

真正可靠的真、善、美内涵，是有时代性、有立场的。此时代的真、善、美，在彼时代很可能变成假、恶、丑，或变得腐朽不堪。真、善、美只有在反省中才能被激活，它们并非是一个个死亡般的本质内涵，它们从来没有恒定的本质内涵，它们是璀璨之光，需要悉心洞见、发现或创造，需要炉火焚烧，涂鸦万卷春华。

阿兰·罗伯-格里耶在说：

> 在今天，恐怕没有任何人会去赞扬一个音乐家因为他作了贝多芬一样的曲子，一个画家画了德拉克洛瓦那样的画，或者一个建筑师设计了一座哥特式的大教堂。幸运的是，许多小说家知道，在文学中也是如此，文学是活着的，小说自从存在以来就一直是新的。在最近的一百五十年中，当一切都在周围进展——甚至相当地快——时，小说写作怎么可能一成不变，静止凝固呢？福楼拜写了1860年的新小说，普鲁斯特写了1910年的新小说。作家应该骄傲地接受带上他自己的日期，要知道，没有在永恒中的杰作，只有在历史中的作

品；作品只有当它们把往昔留在了身后并预告了未来时，才能留存下去。[1]

格里耶名噪一时的新小说，直到现在还是个巨大的阅读障碍，它们对传统阅读习惯制造了挑战。它们为小说诗学提供了一种阅读的可能，为学术研究开创了新的空间，但很难被普通读者接受。叙述技巧代替了抒情，描述代替了价值和意义传达，“客观”视觉与“主观”视觉纠结在一起。它的叙述更加真实吗？其实，在艺术史中，在日常生活中，真实从来就是个障碍。绝对的真实，是绝对的恐惧。人活在谎言里是可怜的，活在真实里则更加可怜。谁能活在真实里？谁能拥有真实？一朵小花开在辽阔之上，它对辽阔并不知情。辽阔，也并非为此小花而辽阔。诗人李森写道：日过中午，又过中午/辽阔，为一朵小花而渐渐收拢。这是写作和阅读的对弈，不是真实。无须真实。李森与小花之间，与辽阔之间，是不可穿透的白昼。

阿兰·罗伯-格里耶为他的《橡皮》《嫉妒》等小说辩护，却讲出了一个长期被人们忽视的道理。艺术文本是具体艺术历史

1 参阅《理论有什么用》一文，引自［法］阿兰·罗伯-格里耶：《快照集 为了一种新小说》，第74页。

中的文本，而不是整体艺术历史中的文本。生活的历史，艺术的历史，都是一个纷繁复杂的具体过程。过去、现在和将来，我们都找不到整体的历史，只能找到被描述过的具体、局部的历史。艺术是艺术家和作品的历史。从这个角度来说，历史描述和文学描述，在方法上是一对孪生姐妹。阅读和创作，是她们之间对话。她们有容颜相同的镜中之像，有相同的基因，却有着不同的心灵。她们成长，她们风韵十足，嫁给不同的汉子，创造了各自家族的历史。

身体书写

一

从文化和艺术解读的角度看，生活即身体书写。在生活中，不管什么样的角色，都在生活和生命形态中进行着身体书写。简单地说，每个人都是行为艺术家。有时候是个人表演，有时候是群体表演。个人和群体之间，一直在对话，不管在历史语境中对话，还是在现实语境中对话。自古以来，英雄和普通人，君子和小人，都在对话。

尼采在其遗稿中引用过波德莱尔的一则箴言："……人类中伟大者唯有诗人、教士和战士：歌唱者、赐福者以及牺牲和自我牺牲者。其余的人都只是为吃鞭子而生的……"[1]

我时刻想扬起鞭子，而读者却对我扬起鞭子这个行为非常反

1 ［德］尼采：《尼采著作全集·第十三卷·1887—1889年遗稿》，孙周兴译，商务印书馆，2010年，第87页。

感，因为这样的读者就是吃鞭子的人。在审美活动中，吃鞭子的人总是占上风，因为他们作为大众审美的乌合之众，本质上排斥特立独行的个人才能。

二

只有吃鞭子的人，才相信逻辑可以塑造身体的美德。身体本无所谓美德，只有当身体进入书写系统之后，美德才诞生。美德是身体书写的表演，因为美德需要观众，需要阅读，需要被传颂。需要被传颂的美德，是对身体书写者永久活着的一个假设。作为行为艺术家的身体书写者，总是依赖一些假设创作人生的意义。人生意义是人活着的最有力量的假设。人生意义的假设可以拯救人，也将人引向歧途。

人生意义的假设，对抗、肢解人存在的自然属性。老子《道德经》第五章云："天地不仁，以万物为刍狗；圣人不仁，以百姓为刍狗。"

现实中动态的身体书写，创作固态的人物形象，以使身体书写生发的人生意义有稳定的载体。上帝、阿波罗、缪斯等不同角色的神，就是人们创作的另外的身体。智者们神化人类的身体书写形象，以使个人的身体书写抽象为人类集体的身体书写。

神化的身体书写形象让芸芸众生顶礼膜拜。反之，神化的身体书写形象也在书写个人和芸芸众生。个人和群体被神书写，是人精神的升华，也是精神的堕落。

文化人，既是身体书写者，也是被书写者。普通人也在身体书写或被书写的局中，但普通人不会在所谓文化层面上贩卖书写或被书写的教条。文化人的身体书写一般沉迷在观念层面；而普通人的身体书写则在生活层面进行。文化人的身体书写是自觉的；而普通人的身体书写是不自觉的或盲目的。

文化陈规对文化人和普通人都发挥作用。普适性的文化心灵塑造，在不同程度上控制着身体书写。一个身体是一个传统的语词符号，也是一个当下的语词符号。每一个身体符号，都是一个隐喻的深渊。没有一个语词比身体这个语词更复杂。所有的身体写出生活世界这部天书，自古及今，从未终止。

三

身体需要一个真实的世界把自己放进去。在日常生活层面，天才的身体书写总是失败，只有吃鞭子者的身体书写才会成功。尼采这个人的身体书写就不可能获得成功。他感叹道："如果人们总是寻根究底，人们就会毁灭。"尼采说："两个春天之间的一条毛虫，已然长了小小的翅膀。”尼采就是那条毛虫，在两个春天之间长出了小小的翅膀，可是，毛虫找不到任何一个春天。

天才的身体书写与蠢材的身体书写对抗着，僵持不下。

四

身体被时间牵引着不知所终。但如果没有空间，身体就不能被时间牵引。没有空间就没有身体。身体是时间和空间同时抓住的一个点，这个点本质上是一个冰点。

身体无辜地被抓住，谁抓住了我们的身体。谁书写我们的身体，也抛弃我们的身体。

五

在身体作为符号语言书写生活的时刻，隐喻控制着身体书写。影子，是身体的一个隐喻，因为在光下，身体可以投在地上一个影子。身体书写可以通过影子来证明，影子也可以通过身体来证明。然而，一个耸立的石头也可以投下一个人体的影子，一只狐狸也同样如此，因之，影子书写和身体书写之间并没有必然联系。就像语言和事物。不过，身体并不比影子真实。在文本中，身体书写是作为隐喻的影子书写，而在现实中则反过来，作为隐喻的影子书写通过身体来完成。人们常说，人生是一场闹剧。那么，人世间是这个闹剧的剧场。兰波的《彩图集》里有一座《桥》：

> 水晶般灰色的天空。桥的图形奇特，这座平直，那座拱起，另一些直落或斜跨于起先那些桥头之上。在被运河照亮的另一个圈中，这些形状在变幻更新，但都跟背负穹顶的河岸一样长而轻盈，并在降低，在缩小。这里有些桥还背负着破屋子。另一些支撑着旗杆，标杆，易碎的栏杆。一些细小的和弦相互交叉，衔接，一些弦线升起在陡岸。可以认出一件红上衣，许是出自别的戏服和乐器。这是民间小调，是领主音乐会的尾声，拟或是公众赞美歌的余音？河水灰蓝，宽阔如海的臂弯。——一道白光，自高空落下，消散了这幕喜剧。[1]

六

纳博科夫在《菲雅尔塔的春天》这个故事里，看见“白茫茫

1 ［法］兰波：《彩图集》，叶汝琏、何家炜译，吉林出版集团有限责任公司，2008年，第46页。

的野地里一座红色的谷仓”。接着，作家窗口的灯亮了，光亮延伸到巨浪般起伏的黑暗的雪地上。作家一直在为自己的身体找到“在着”的位置。作家是最可怜的人，他们一直在寻找自己的身体。他们书写，是为了挽救身体的毁灭。身体瞬间的毁灭，犹如钟摆的毁灭。毕加索说：

> 在我这里，一幅画是许多次破坏的总结果……但最后并没有东西丢失了。一幅画不是预先考虑出和固定下的。当人们在它上面工作时，正像思想那样，它也同样程度上变化着。当人开始一张画时，常会做了些美好的发现；但人须对它们警惕，必须多次毁坏这幅画，多次加工。每一次当艺术家毁弃一个美的发现时，他并不是真正地压抑它，而是把它改造，紧凑，使它更本质些。从这里，最后产生出来的，是许多被丢弃了的各种发现的成果。我希望达到一个阶段，那里没有人能说出我的一幅画是怎样产生的。[1]

基督教将人的失败变成一个美学问题，以拯救身体书写者的失败，为存在的悲剧性找到一个说法。雅斯贝尔斯在《存在与超越》中说：

1 ［德］瓦尔特·赫斯：《欧洲现代画派画论》，第113—114页。

人的每一种基本感受在基督教的关系中都不再是悲剧的。有罪成为“幸福的过失”——因为没有原罪就失去拯救的可能。对于所有的信徒来说，犹大的背叛由于基督的牺牲与死亡而成为必要，成为得救的根源。基督是这个世界上最深刻的失败的象征，然而，他绝非悲剧的。在他的失败中获得了认识、实现和完善。[1]

七

身体书写的节奏在挽救形象。形象的节奏挽救着身体。在《菲雅尔塔的春天》，纳博科夫淡蓝色的房屋，在一棵羽杉的引领下爬上斜坡。菲雅尔塔的春天多云且晦暗，波浪懒惰得不愿碎成泡沫。

没有形象就没有身体，没有形象的节奏也没有身体。同样，没有形象就没有自然。身体的书写就是形象的书写。

形象自己言说。形象被形象引导着言说。兰波在《童年》看见：

1 ［德］雅斯贝尔斯:《存在与超越——雅斯贝尔斯文集》，余灵灵、徐信华译，上海三联书店，1988年，第91页。

树林里有一只鸟儿，它的歌声让你停下并把你染红。

有一口没有鸣响的钟。

有一片沼泽地里一个白色野兽做的窝。

有一座下沉的教堂和一面上升的湖。[1]

八

身体的旋律串起了节奏。身体由节奏组成。因此，在作品中节奏和旋律无处不在。节奏是身体的一张张幻影，被旋律牵引着奔跑。朝哪个方向隐去并不重要，重要的是隐去。鼓钹声声，缠绵悱恻。李森的《转经筒》：

转吧，黄铜，车载斗量的风声
直立的轴，是旋转唯一的把柄
念吧，肉身的原罪，贪婪的小驴
为了舌头深藏之苦，创作言语
念吧，花开的疑问，结果的救赎
为了犁头和耙齿，朝向大地的牵引

1 ［法］兰波：《彩图集》，第9页。

九

节奏和旋律在身体上堆积如山。身体是节奏和旋律制作的乐器。身体在弹拨自己，空空如也。节奏自我弹拨。李森的《霍去病墓前的石马》:

祁连山，祁连山，祁连山
所有苍蝇都服从它们的翅膀
所有明亮的翅膀都服从它们的苍蝇
只有英雄的石马服从它的风化

大漠，大漠，大漠
我的空白向四面八方铺开
他的马蹄声，他的音符堆积如山

十

在作品中，变幻的色彩像大地一样将身体衬托。白天是色彩的表象，夜晚是色彩的深渊。白天仿佛是形式，夜晚仿佛是内容。在白天和夜晚的交界处，有一种无声无息的力道在相互推动。白天是刀刃，夜晚是刀背。身体是刀，光阴是磨石。

十一

每一个人都是一件作品或千万件作品。黛玉葬花是一件行为艺术作品，黛玉葬花，亦花葬黛玉。诗云："花谢花飞花满天，红消香断有谁怜？游丝软系飘春榭，落絮轻沾扑绣帘。闺中女儿惜春暮，愁绪满怀无释处。手把花锄出绣闺，忍踏落花来复去。柳丝榆荚自芳菲，不管桃飘与李飞。桃李明年能再发，明年闺中知有谁？三月香巢已垒成，梁间燕子太无情……一朝春尽红颜老，花落人亡两不知。""花落人亡两不知"是最后一件作品，即取消作品的作品。

十二

若精神是大地，之后是万物的萌芽，之后是花开，之后是花谢，之后是天空。在大地和天空之间，是生命的哀歌。在生命的哀歌中，是身体的书写。身体的痴迷好比酿酒，在柴火和炊烟之间，是溢出的酒浆。

十三

尼采在都灵的大街上行走并发呆。他看见有人在鞭打一匹马，便冲上去，抱着马的脖子大哭。他不停地吻着马头说："我苦难的兄弟啊!"人们把尼采当作疯子，送进了疯人院。其实，尼采是自然而然地在用身体书写。书写即表达。尼采并没有疯，是人们疯了。尼采处于纯真的生命表达时刻，而我们往往被人世间正常人的恶所束缚。

十四

每个人都在进行身体书写，每个人都是历史和现实的行为艺术家。艺术创作是对身体荒谬存在的不断证明。查拉图斯特拉在下山之前对着太阳说："你，伟大的星球呵！……要是没有我，没有我的鹰和我的蛇，你就会厌倦于你的光明，厌倦于这样一条老路了。……那么，祝福我吧，你这宁静的眼睛……祝福这只将要溢出的酒杯吧……这只杯子又想要成为空的了，查拉图斯特拉又想要成为人了。"[1] 查拉图斯特拉遁入山林隐居起来是身体书写；他随着曙光一道起床，朝着太阳走去，然后重新成为一个人，也

1 ［德］尼采:《查拉图斯特拉如是说》，第3—4页。

是身体书写。查拉图斯特拉是无辜者的一个象征。

十五

身体既是书写者，也是作品。身体看似在书写一个对象，实则在书写自己。身体既是一个美的视觉，也是一个美的对象。奥维德说："她痛苦得成了石头。"维吉尔说："痛苦终于哭出了声音。""痛苦"通过身体得以表现，个人的痛苦转化成"石头"和"声音"，变为诗的轻盈，因为石头和声音没有痛苦。身体书写瞬间转化成痛苦，瞬间转化成欢乐；瞬间升入天堂，瞬间堕入地狱。古罗马抒情诗人卡图卢斯消失了，只有他的诗句还在："生活吧！""爱吧！""给我一千个吻吧，再给一百！"[1]然后——

> 舌头不能动弹，奇异的火
> 沿着肢体流动，一片嗡嗡
> 充塞了耳朵，黑夜茫茫
> 遮住了双眼。[2]

1 参阅古罗马诗人卡图卢斯《生活吧，我的蕾丝比亚，爱吧》一诗，引自《古罗马诗选》，飞白译，花城出版社，2001年，第42页。

2 参阅古罗马诗人卡图卢斯《我觉得此人真不亚于神仙》一诗，引自《古罗马诗选》，第54页。

十六

在身体上，道德的统一性，是一个假设。圣人，是一个假设。道德的统一性，相当于钻石璀璨的荒谬。维吉尔说：“我不知道我的羊羔被哪只眼睛慑服了。”假设一只高高在上的眼睛吧，因为没有那只眼睛。

十七

假设一种身体的书写适用于所有人的审美快感，那必然是粗暴的。从这个意义上看，个人性普遍的文学艺术教育不能实现，因为找不到通往每一个人都有效的途径。然而，人们一直在寻找一种粗暴的集体狂欢，或一种死寂的集体逃遁。蒙田说：“希腊人还知道另一种恐惧，不是理性失误而导致的，而是据他们说没有什么明显的理由，是来自上天的冲动。往往是整个民族和整个军队都惊呆了。就像给迦太基带来绝望哀伤的那种恐惧。到处鬼哭狼嚎。居民从家里夺门而去，如同听到了警报，相互苦斗厮杀，仿佛是敌人来占领他们的城市了。嘈杂混乱一片；最后用祷告和献祭才平息了神的愤怒。”[1]个人的身体，是集体的祭品。

1 ［法］米歇尔·德·蒙田：《蒙田随笔全集·第1卷》，马振骋译，上海书店出版社，2009年，第66页。

古城迦太基（前814—前146）

十八

好作品只是文学艺术之可能性的表现。好作品的堆积，形成了文艺史的作品样式，但从广义的艺术发生来说，艺术史的整体是无法书写的。文艺史属于历史中的每一个人，就像大海属于每一滴海水。每一个人的视角都能形成一个艺术史，所有人的艺术史的集合形成艺术史的整体，但这个整体是虚构的，这样的整体不可能表现。我们知道的艺术史，是少数人的艺术史，而不是全体人的艺术史。这少数人掌握了话语权，书写了艺术史文本，我们对此信以为真，以为真正的艺术史就是我们看见的那样。这样的艺术史剥夺了其他人的艺术视角，以此剥夺了个人身体书写的存在。艺术史的写作如此粗暴，它是文化乃至文明粗暴的一个部分。

十九

文学艺术是我们身体的一个部分。它就在我们的生活世界当中，在我们呼吸的地方，也是我们的呼吸，或触摸事物的手。作为个人的艺术，身体的艺术，它不必在艺术史中抢占风头。身体从艺术中破壳而出，将艺术史陌生化。伟大的艺术个案，对抗艺术史。艺术史的写作往往对伟大的作品媚态百出，当艺术史的写作者去寻找艺术作品背后的逻辑规律时，献媚书写就开始了。

二十

我们的行为就是艺术的题材，也是艺术作品的样式。当我们的身体的存在或活动被观照的时候，艺术作品就产生了。我们自己就是最好的艺术品，有时这个艺术品来源于上帝的视觉，有时来源于他人的视觉，有时来源于自己的视觉；有时来源于文化的视觉，有时来源于历史的视觉，有时来源于经验的视觉，有时来源于异化的视觉……我们还有真的视觉、善的视觉、美的视觉，等等。人们让万物飞翔起来，接受万物的牵引。当人驱使万物表达的时刻，有一张脸在暗自发笑，但人看不见他的脸。他笑人的行为，同时忍住了笑声。

二十一

信念是想象力的一个源泉。我们有一个信念，将我们身体的存在赋予真实，在真实的肉体之上，赋予真实的灵魂和真实的想象力。这个信念，有时让我们坚定，有时让我们恐慌，但也只是一个信念的真实而已。多么孤单的智者，多少漂泊的人类情感。

艺术逻辑的真，是信念的真，而不是事实的真，因此，人最害怕肉身的真实，尤其害怕灵魂的真实和想象力的真实。信念在感觉系统中，孕育着五光十色的实在之物，物物相生。当身体抽空了信念，存在的世相，就是荒诞的书写。

荒诞性的书写，是身体书写的驱动力，也是书写的目的。

任何书写都很难获得自由，卡夫卡说过，精神一旦需要支撑，就失去了自由。

本真的书写自由并不存在。书写，好比放风筝一样，实际上是制造一只俯瞰的眼睛，一只仰视的眼睛。

二十二

荒诞的感觉系统，是人转换“真实”这一视觉观察产生的。视觉一旦在真实的维度上发生错位，荒诞就产生了。但所谓真实的维度，也是对荒诞的相信。艺术的荒诞，也是艺术信念的荒诞，和人存在的荒诞如出一辙。身体无家可归，身体书写，就是让身体在回家的途中自我蹉跎。

二十三

艺术是心灵形式化的产物，但艺术作品与心灵之间，却找不到直接联系的必然通道。当一个人理解一件艺术品的时候，证明此人心中已经有了那样的艺术，这是在柏拉图那里就有过的一个假设。就好比一个人理解另一个人，其心中必然已有此人。可是，心中的艺术和心中的人并不是具体的存在，它只是一个精神层面，是一种精神的包容性，一种共通的人类情感。

二十四

艺术的纯洁性和人的纯洁性是两码事。人的纯洁是价值和伦理概念，艺术的纯洁是艺术形式的概念。但人的纯洁和艺术的纯洁可以相互影响。一颗纯洁的心在走向艺术的途中。一颗纯洁的心被观察时能够外化为艺术的形式。只有精神贵族才有纯洁的艺术之心，艺术是精神贵族的事业。多数艺术家是在利用艺术，而不是创造艺术。虽然艺术的纯粹性与心灵的纯粹性不是一码事，但纯粹的艺术必然来自纯粹的心灵。当然，从伦理的视角去看，纯粹的心灵也可能是恶的心灵。一颗恶的心灵，也能将纯粹的心灵愉悦和纯粹的艺术形式统一起来，以实现恶的精神飞翔。在艺术的审美中，恶创造善，善也创造恶。

二十五

写作者创造语境，把人的身体放入想象的彀中。创造语境即创造心灵。心灵是一个个深渊，别人永远置身心灵之外；心灵也是自我的一个深渊，多数人永远在心灵中不能自拔。心灵需要创造，不停地创造，像天空，云雨不停地幻化。通过艺术创造心灵，是艺术最迷人之处，也是人类精神的最迷人之处。知识和文化钳制了心灵的时刻，是人的创造力走向死亡的时刻。这个时候，实施自救的心灵首先应该选择对自然亲近。高贵的心灵总是在精神回乡的途中向着土地翱翔。诗经《十亩之间》吟：

十亩之间兮，桑者闲闲兮。
行与子还兮。

十亩之外兮，桑者泄泄兮。
行与子逝兮。

二十六

想象力一直在说服理智，而理智总是沉默不语。想象力在飞，理智在缀着衣襟。想象力和理智在对峙中磨损着自我。塞涅卡说："我们永远做不到自己驾驭自己。"

二十七

尼采说："思想就是行动。"[1] 我说："行动就是思想。"两种说法，只是"行动"的不同方向，当然，还有个"思想"优先，还是"行动"优先的差异。

1 ［德］尼采：《尼采著作全集·第十二卷·1885—1887年遗稿》，第9页。

诗学和诗性的创造

一、厚颜无耻的学术

在一个人文价值取向江河日下的时代，所谓学术，基本上已经成为多数百无一用的书生混饭吃的幌子。特别是某些在大学混饭吃的学院派理论教头，他们看家的所谓学问，基本上就只是写在几本特定历史时期编就的教材中的那些教条。尽管有些教条并不古旧，有的还是近年来在西方发明的。各种知识教条经过层层批发，给学子们造成了生命中不能承受之重。

这种情况在西方文明世界的大学里，也好不到哪里去。当代世界学者们的创造力之式微是令人震惊的，只要看看那些层出不穷的翻译著作，那些被熟练地掌握了一两门外语的学者批发进来的各种理论，我们就可以断定，学术已经变成了与人类的心灵和心智几乎完全脱节的、表面上看来非常玄奥复杂、实际上十分工具化的一种无聊游戏。尽管玩这种无聊游戏的行为自古有之，但当今的学者们在通过这种游戏索取个人利益和名位的那种厚颜无耻，却是古往今来罕见的。

学术，本来应该是文人对人类文明史和精神史的某种清理和发现；大学本来培养的应该是文人，而不是知识的奴隶。可是，在当代，学术被知识所遮蔽；文人被各门学问的“技术人员”所取代。在主流学术界，学术已经变成了“技术”。“技术人员”们通过“技术”获得知识；各种各样稀奇古怪的知识被当作真理般的实在或事实来传播。在一个传媒十分发达的时代，知识从来没有像如今的世界这样泛滥，这样以无比强大的力量干扰着人心，影响着人心那种来自天性和璞拙的诗与思。在当今世界，似乎人人都已经变成了聪明绝顶的人，因为知识只需要贩卖就能够弄到手，并通过项目的形式骗取纳税人的钱财。

我常常为知识像流行病毒一样地泛滥感到痛苦，尤其是人文和社会科学方面的知识。已经很少有人用心对知识的可靠性进行清理。远的不说，看一看当代中国几十年来知识的流传状况，就足以让细心观察的人士震惊。各种各样曾经放之四海而皆准的理论，不断地被各种新的放之四海而皆准的理论取代，这些理论当然包括不断地从西方飞来的新鲜玩意儿。可是，这些理论并不完全像破鞋一样穿了就能丢掉，它们总是以各种形式在人们的心灵空间中积淀下来了。我们姑且预设人真的有一个心灵空间。凭经验我们应该明白，要把陈腐的各种“垃圾”从这个心灵空间中清理掉，是十分困难的。更何况，这些垃圾总是以“真”“善”“美”的面目出现，或者以文化的面目出现，甚至还打着先进的、光明的或者理想主义、现代主义什么的旗帜。

知识的可怕性不仅在于它们极有可能是真实的谎言，还在于它们总是以伪真、伪善或伪美的可爱可敬的面目让人折服。当然更多的情况下，是人自己心甘情愿地折服。说大一点，某种宗教就是人对伪知识折服的最好证明，而迷信更不例外。只不过，在人类早期探索自然和人自身的过程中产生的宗教和迷信，对人的存在和心理一直都有着正面而积极的影响，我们不能将之与当代文明语境中制造或被制造出来的宗教或迷信式的伪理论、伪知识、伪法宝混为一谈。在文化传播的历程中，能对伪知识进行清理的人士，是极为少见的。因此，可以肯定，无论在任何时代，伪知识都是人的心灵和心智最大的威胁。

二、所谓诗学

直到今天，许多被庞杂的、鱼目混珠的学术世界弄得晕头转向的业内人士，都以为诗学是关于诗的学问。这种看法尽管外行，但并不可笑。不懂得诗学为何物并不奇怪，也没有必要人人都懂得诗学为何物。当然，“搞”美学或文艺理论研究的人，如果不懂得诗学为何物就是个笑话。从事西方文化史研究的人士，如果不懂得什么是诗学也不应该——要是把诗学发展的历史也排除在外，那么，人类的精神史就是一个残缺不全的历史。

“诗学”一词最早来源于亚里士多德的《诗学》一书，亚里士多德的这部名著讨论的是人的天性与文学艺术的理论问题、文学艺术中诗性诞生的问题以及具体文学门类的创作原则等。尽管这本授课笔记只阐述了史诗和悲剧两种文学体裁，却涉及了文艺的众多基本问题和出发点。有人甚至说，诗学的全部历史都是对《诗学》文本的重新解释。这种说法虽然有点武断，但并不是没有道理。可遗憾的是，亚里士多德的影响推迟了约15个世纪。直到文艺复兴时代，这位伟大的人物才重新被发现。

在亚里士多德销声匿迹的15个世纪中，诗学的发展并没有中断，只是很少出现一锤定音的人物。罗马帝国诗人贺拉斯，比起亚里士多德来就要弱小得多，他的许多观点尽管很有价值，可这些观点到底与亚里士多德和希腊诗学思想有多大关系，至今还是个谜。在18世纪中期，德国人鲍姆嘉通给“美学”命名之前，美学研究的范畴，实际上大略等于诗学研究的范畴。这种看法是通过阅读经验做出的总结，因为没有人说过鲍姆嘉通以前的诗学就是美学或不是美学。鲍姆嘉通这个德国人对“美学”的命名是有功劳的，但他的美学观点深受狭隘的理性主义和科学主义的毒害。在他看来，想象力是低等心智，美的艺术属于低等理解力之列。这么一来，就把传统诗学研究的文学艺术中的诸多问题，排除在他所谓的美学范畴之外了。从此以后，曾经是诗学的美学，就变成了科学形而上学的跟班。这种倾向实在是让人讨厌和遗害无穷的。鲍姆嘉通，是当今诋毁诗性创造和鲜活审美经验表达的学院派的一个祖宗。

诗学说到底就是文学艺术的美学，或者叫作文学艺术的哲学。文学也是艺术中的一种，可是无论在东方还是在西方，文学的传统力量都比狭义的门类艺术的传统更加强大，因此，最早的诗学理论一般都是关于文学的。当然，还有另外一个原因，就是文学是语言的艺术，而对于人类的心智和观念的发育来说，语言比其他符号对人的影响更直接和深入。在任何时代，人与人之间通过语言的交流，都比通过其他方式的交流更有效果。从语言艺术的角度来看，古希腊时代的修辞学，也可以说是诗学的一个范畴。这就是为什么文学的理论比其他理论更为发达的原因。换一个角度观察，我们会更加明白，其他门类艺术的理论也是通过语言的使用来实现的。说到底，人文学科的所有理论问题，包括各种形而上学的问题，都是语言使用的问题。这一点，是20世纪主流形而上学的一个重大发现。如果意识不到这一点，我们现在来谈论诗学问题，就毫无意义。

现代人不得不对学科进行分类，这是由于人类的精力和才智实在是太有限了。可我们千万不能忘记，所谓学科，只不过是一种知识层面的划分，学科通常与智慧和才情的原生创造是没有关系的。一个真正有智慧和才情的人，也不会受所谓学科的影响。简单而固执地忠实于学科无疑是对知识的屈服和畏惧，这样的人最终必然走向迂腐、垂死，在毫无知觉的情况下，就已经使心智堕落或关闭。人类精神史的发展，并不是预设了学科的模式，然后按照学科的模式发展起来的。

人类精神史的发展，源于人类自身的需要，包括精神的需要和实用的目的。没有需要，没有对孤独、恐惧和虚无的抵抗，没有功用的驱使，就不可能有生生不息的文明。文明中最有价值的部分，当然来源于创造。对于文学艺术来说，创造性的劳动主要来源于创作，而创作最主要的，是观念和形式的诗化问题。至于作为理论的诗学，对于人生的精神渴求来说，事实上是没有多少意义的。更多的时候，诗学反而成了鉴赏者和作品之间的障碍。这种障碍也是人们对理论的偏信和膜拜造成的。每一种受人青睐的学问，在其年轻时候都充满活力，而在其老化的时候都是很残暴的。特别是有关人生和社会的宗教、道德和利益的学问，其残暴性更令人发指。

普通的鉴赏者，从来不关心各种各样的“主义”或流派。历史上或者今天，那些打着“主义”、流派而混进艺术队伍的拙劣艺术家，最终将被历史所淘汰。那些被淘汰者，要么没有才气，要么个人缺乏将自己的天生之才贯彻始终的能力，要么是受到了理论的制约甚至毒害。我们还没有听说过，按照某种理论的指引去创作而成为大艺术家的人物。反过来，也没有谁对艺术史缺乏足够的了解而成为大艺术家的。所有的艺术都是艺术家置身其中的那个时代的当代艺术，是艺术历史及其艺术的可能性的新发现。这个过程与诗学的发展历程有着一定的关系，但不是决定性的。除了创造性地从出发点开始探讨的诗学之外，一般性的诗学探讨，几乎都是文学艺术创作的附庸。

不错，诗学的确有一个话语转化的历史。历代的著名诗学理论家，已经把他们的说法放进了我们的书柜。可是，我们必须清楚一点，那就是无论谁，也没有找到过那个本体论的诗学，因为这个深藏不露的本体论的诗学，根本就不存在。将来，也不可能有谁能找到那个本体的诗学，然后把那个诗学，作为一个放之四海而皆准的准则。如果能找得到那个本体的诗学存在的话，那么诗学就成了科学的东西，而非人文的东西。同样，哲学、文学、美术、音乐等也是如此。E. H.贡布里希先生在《艺术的历程》一书的开头就说:“实际上并没有‘艺术’这种东西，有的只是艺术家而已。从前有人用彩色泥土在岩洞壁上粗略地勾画出野牛的图像；如今又有人购买颜料、给招贴板上绘制广告画。从古至今，这些艺术家还干了很多其他的事情。只要我们记住，在不同的时代和地域，‘艺术’一词可以有极不相同的含义，只要我们承认，标明大写‘A’字的艺术‘Art’并不存在，就不妨把这一切活动都称之为艺术。因为标明大写‘A’字的艺术已经成为令人望而生畏和肃然起敬的东西了。比如，如果你一面说一位艺术家刚完成的作品自有其妙，一面又说那件作品并非‘艺术’，你一定会使他感到沮丧。或者当任何人赏画之时，你若公然指出他所欣赏的并非‘艺术’，而是另外一种东西，也可能叫他十分扫兴。”[1] 显然，贡布里希先生的这种见解同样适合于对“诗学”的考察。

相比之下，诗学比具体的艺术家和具体的文本（作品）要简单得多，只要逻辑清楚、观点明确的诗学理论，都是不难理解的。已经存在的诗学理论都已成了知识，如果当初它的诞生是与智慧或才情有关的话，那么被降低到知识化的层面，它也就离智慧和才情远去了。

在我看来，诗学的研究至少应该包括以下三个方面：其一，

1 ［英］冈布里奇:《艺术的历程》，党晟、康正果译，刘亚伟校阅，陕西人民美术出版社，1987年，第1页。

诗学发展史中重要的理论研究；其二，文学艺术作品研究；其三，人类行为中的普遍诗性问题的研究。这三方面无论在哪一方面下功夫，都必须花费巨大的精力。从诗学史来看，还没有人同时在此三个方面的研究中都取得难以逾越的成就的。更何况，任何研究都掺杂着个人的文化修养和趣味。我的研究偏重于文学艺术史中的诗性问题，同时也对每个时代的诗学理论做出一些清理和探讨。我特别钟爱一些元诗学问题。我认为，任何理论的探索如果不从元问题出发，十有八九都会走上歪门邪道。

三、诗性

除了作为文体分类的诗之外，人类同样没有大写的“诗”（本体的或本质的）这种东西，有的只是具体作品和事物中的诗性。具体的诗性不仅显露在文学艺术的作品当中，还显露在社会生活形态和历史文化的价值取向当中。诗性就是海明威说的，海洋中的冰山露出来的那一角，我们也可以说，诗性就是诗显露出来给人的那部分光华，那个具体的符号或符号系统，那些具体的事物显露的事象。同时，在隐喻世界中，诗性也是藏在海底的那部分冰山，事物的光华底下的根部。尽管没有“诗”，但是我们可以假设，存在着那个“诗”。因此，我们可以说，诗性就是诗的存在。具体的诗性就是诗的具体的显现。至于那个“诗”是什么，是没有必要也不可能说出来的。我们不能舀干海水，去看冰山藏在大海中的部分，也不可能愚蠢地凿穿大地，然后去察看大地之诗。诗无处不在，我们可以假设大地和海洋都有其诗性，只是你的创造力不能创造出诗性来。

在对什么是诗和诗性下定义的时候，语言的局限性就暴露无遗。无论关于什么是诗，还是什么是诗性，这样的问题所指向的东西，都是属于语言中那种只能保持沉默的东西。维特根斯坦将“世界”划分为能说清楚的和只能保持沉默的两部分。笔者对维特根斯坦的这种划分，一直保持着惺惺相惜的钦佩。当然，对于只能保持沉默的东西，我们可以用比喻说出来，就是用诗性创造的方式说出来。

严格说，诗学与诗性没有多少关系。诗学研究的是这门学问的理论遗产，是某个时代、某个大师或某个流派的诗学理论。而诗性的诞生，诗性的存在，则从来不管理论如何说长道短。理论永远只是某种文体或某种符号系统特征的理论，而诗性是无处不在的，即便在脏乱差的学院派理论家的心灵里，也可能泛着微弱的天光。

诗性来自自然万物、人类的社会生活，来自人类的行为、文化及其与人的心灵和心智的关系，来自情感的激荡。动物也有自己的诗性表达，比如园丁鸟求偶时的歌唱，大雁南飞时排成的雁阵，鸟做窝时对造型的选择等，都可以看作是诗性的表达。动物也有动物的艺术家，有时候它们的作品令人叹为观止。可是，只有人类的诗性表达是无与伦比的。人类不仅使用语言、声音和自然界的各种材料表达诗性，更重要的是人类将诗性的表达积淀在自身的传统当中，形成了伟大的人类文明。与此同时，还为这种诗性创造赋予了各种各样的说法，形成了众多的理论体系。尽管所有理论体系，都可能会自觉或不自觉地去依赖一个子虚乌有的本质。

四、不存在诗性的本体

人类的诗性创造属于人类自身。我们不能离开人类自身来探讨诗性问题。

人类的诗性创造与自然、社会和人自身三者有关。在诗性的创造过程中，这三者的关系是一体的。一个人如果不存在于这个世界上，那么对于这个人来说，诗性就不会存在。这是一个常识问题。对于一个活着的人来说，自然、社会和他自己的心灵中也未必有诗性，这也是一个常识问题。诗性通过未经过表达的途径表现出来，几乎是不可知的。这就是说，诗性的存在或诞生是具体的，没有抽象的诗性的存在。美学家都想找到诗性的理论形式，但都失败了。

可是，为什么人们都说罗丹的雕塑、凡·高的画作、贝多芬的音乐是美的呢？在人与人的心灵和心智之间有一种共同的诗性吗？我认为对于一个耳朵、眼睛、感觉、观念都训练有素的文明人来说，人与人之间的确存在一种彼此认可、通达的诗性，但这种诗性不可能完全来自天性，人与人之间的诗性内涵也不可能完全相等。也就是说，人的天性中存在的只能是一种对诗性的直觉、感觉、感知能力，而不可能有一个本体的诗性存在，诗性更不可能量化，因为诗性来自人的创造和人的直觉、感觉或感知。在更多人的心中，诗性是对文化的一种继承和选择。不同文化背景的人，受不同艺术观念训练的人，其对诗性的感悟能力是不同的。西方人未必能看得出中国书法作品的奥妙，王羲之《兰亭序》中的才情、质朴和旷达灵秀之气，许多西方人难以理解；而中国人中的许多人肯定会对塞尚的作品嗤之以鼻。一种新的艺术形式的诞生，即使是在同一个文化背景的同行之中，也总是否定多于肯定。印象派画家在巴黎崭露头角之时，传统的画家和评论家的攻击和诋毁，完全可以说明问题。可是，现在，谁敢说莫奈、塞尚的艺术，不是亘古以来艺术中的一种伟大的艺术呢。当年那些诋毁莫奈和塞尚的人，如今又在诋毁新时代的莫奈和塞尚了。无论在哪个时代，诋毁者永远都在诋毁。

五、诗性的出发点

我曾在多处使用“心灵”和“心智”这两个概念。“心灵”是人的精神世界中人自身和他人都能体察得到的感觉实在，心灵这个概念大体相当于灵魂。灵魂是客观的心灵，心灵是主观的灵魂。如果这个感觉实在不存在的话，人的诗性和理性就会缺乏驱动的能力。当然，人的心灵不是一个“CPU芯片”，它混杂着个人的心理、气质和文化信息，因此，心灵与心灵之间是千差万别的。“心智”是受经验、知识和智慧培育过的心灵，是心灵的感知实在。“心智”离个人的天性比心灵更远。“心灵”和“心智”常常在一个人身上纠缠在一起，随时受到传统、现实、文化、价值选择等范畴的影响。一个人的存在，主要就是心灵和心智的存在。至于说身体和食物的需求等物质层面的东西，那是人所共有和共需的一种物质能量。

我们可以说，后天培育出来的诗性，是一种感性的观念，行云流水本是自然之物，人重新看见并以心灵去审视它，诗性可能就产生了。17世纪的英国哲学家约翰·洛克认为，人心就像一张白纸，在这张白纸上没有一切标记，没有一切观念。那么，人心中为什么又有了许多观念呢？它们都是从经验来的。洛克说，心理活动是观念的另一个来源，经验的东西通过感觉在心灵中确立之后，心灵就开始对感觉到的东西进行反省，因此，反省在观念的获得过程中也是非常重要的。现代英国哲学家卡尔·波普尔将这种理论称为“精神水桶论”或叫作“大脑探照灯理论”。就是说，在洛克那里，大脑或叫作心灵的那个地方，就像一只水桶一样空空如也。人感觉到的东西就是“水”，经验和感觉不停地往里面加水，然后再经过大脑的反省之后变成观念，包括知识。“大脑探照灯理论”跟“水桶论”是一个道理，说的是大脑像探照灯一样去照见事物。波普尔把洛克的观点当作错误的常识知识论加以批判。同时，波普尔提出“三个世界”的理论——物理世界，即世界1，包括生物有机体；精神或心理的世界，即世界2，包括意识状态、心理素质、主观经验等；客观知识的世界，也就是图书馆里的世界，即世界3。显然，波普尔也没有解决洛克想要解决的问题。

18世纪的德国哲学家伊曼努尔·康德曾经也不满约翰·洛克的理论，他的《判断力批判》一书要解决的主要问题，是证明我们的知识尽管主要来源于经验，但对经验起作用的东西，不是后验的，而是先验的综合判断。如果没有先验的综合判断力的存在，经验处理知识的归纳法是不起作用的。康德想解决的是科学的、形而上学的逻辑起源的问题。可是，他不知道，这个问题并不是形而上学的语言游戏能够解决的。作为18世纪的哲学家，康德对语言的可靠性和能力，当然不像20世纪的哲学家那样持怀疑和批判的态度，但康德是怀疑的一个源头。

康德的先验论尽管是语言和形而上学层面的，但他的猜想却部分地被当代科学研究所证实。E. H.贡布里希先生在《秩序感》一书《导论　自然中的秩序及其用途》中指出："近几十年来，生态学家的研究已使人们对动物先天固有的种种反应有了更多的了解。这方面的进展是达尔文也不曾料想到的。毫无疑问，动物做出种种反应需要一定的'程序'。简要地说，动物要生存就得要有能力解决两个基本的问题，即要能回答'什么'和'哪里'这两个问题。换言之，动物必须查明它周围环境里的物体对它意味着什么，是不是需要把有些东西归入食物的可能来源类或归入危险的潜在源泉类。这两种情况无论哪一种都要求它采取适当的行动，或定居，或追踪，或逃遁。要采取这些行动就必须要先有某种内在的装置。这种装置现在被称作较高等动物和人所具有的'认识地图'（cognitive map），即一套坐标系统，在此坐标系统上可以把富有意义的物体标示出来。"[1]

1 ［英］E. H.贡布里希，《秩序感——装饰艺术的心理学研究》，范景中等译，湖南科学技术出版社，1999年，第1—2页。

六、诗性与物的世界

我们先清理了关于知识或观念来源的一些重要观点，然后再来考察诗性创造的问题。

人置身其中的物的世界，是我们最先需要考察的。没有这个物的世界，就没有人类，也不可能有诗性的创造。因此，我要考察的第一个问题即是人与自然的关系。自然万物因为有人而有了诗性，这是人与自然的关系中的重要内涵。但是，必须指出，不是任何人都能创造诗性，诗性只有在人与自然产生平衡、和解或者紧张对抗关系时才会出现，康德美学中划分的依存美和崇高美都会在这种关系中诞生。诗性有时来源于人对自然的感恩，有时来源于人与自然和谐交流的那种惬意，有时则来源于恐惧。在人与自然的关系中，没有什么比人创作神话和巫术的例子更重要了。人的心灵和心智发育到一定的时候，必然就要追问自然界及其人自身的来源，于是人创造了神话和巫术的各种各样的表达系统。也许这种追问是从人尚未创造语言的时候开始的，但是，语言这个用于交流的符号系统的出现，使人对自然和人自身的追问和猜测更加有序了。这种追问和猜测说到底还是因了人的智慧和精神生活的需要，此等有序的追问和猜测将人与动物彻底区分开来了。表达秩序的建立，其中就包含着诗性。因为叙述就是语言张力的充分显现。诗性就在叙述的张力和语言的张力中产生。或者更准确地说，诗性在人的心灵和心智与自然交流的瞬间就已经产生了，只是这样的诗性产生的过程和诗性本身的状态和特征非常难以把握，而在叙述和语言的张力中产生的诗性就要好把握得多，这是由于诗性已经初步被形式化了的缘故。这个形式化的过程就是诗性创造的过程。

在人面对物质世界的这种诗性被创造的形式化过程中，有三个方面的诗性创造是必须指出来的。其一，语言对世界的命名；其二，事物的图像化、图式化过程，包括自然物和人心中之物；其三，声音，亦即听觉中的诗性。

在语言对世界的命名中，就已经包含着诗性的创造。众所周知，人类最早的文字都是象形文字，这是人类文明在符号化过程中模仿自然的铁证。而许多语音也是来自对自然的模仿。对世界的命名只有在声音和文字相结合时，语言符号化的过程才算真正地开始。从原初的意义上来说，命名本身就是诗性的创造。因为自然万物从此便与人心中的万物结合起来了。也就是说，命名就是创造了第二自然，同时也创造了离开自然的另外一个人。从人类的历史来看，只有语言的发育比较成熟，知识才有被创造的可能。在知识发育的过程中，人们认识世界是通过语言这个中介而不是直接与自然万物发生联系。了解这一点非常重要。如果不了解这一点，就无法理解知识的客观性，更不能理解卡尔·波普尔的世界理论。

除了语言对外部世界和人心中的内部世界进行命名之外，人对事物的图像化描绘也是诗性创造的一个重要源泉。人在陶器或自己的身上描绘图案表达某种观念是一个例子，古老的洞穴岩画也是一个例子。在为达到功用的目的而将事物或观念进行符号化抽象时，人的诗性创造就随之而生。最早的图像的创作，同样不是人人都能完成的，笨拙的图像仍然来自天才艺术家的创造力。这种创造力充分体现在对事物存在的秩序和节奏感的把握。在图像创造的过程中，观念（更多地来源于实用）和天赋都是同时在起作用的。纯粹地对形式渴求，那是比较晚的事情。要到贵族化的审美群体出现之后，对物事纯粹形式化的审美要求才能做到。当然，个别人对纯粹图式的天性直觉把握的例子可以除外。

声音，亦即听觉中诗性的创造，同样需要对秩序和节奏感的把握。音乐本质上就是对秩序和节奏的表达。这种表达方式尽管非常抽象，但是，在诗性的创造方面，音乐则比语言艺术和图式化的艺术更为纯粹。我们可以设想两万年前一位智慧超群的祖先，当他发现树叶或者芦苇管能吹出各种不同声音的时候，他的喜悦是非常纯粹的。用树叶或者双手模仿鸟或其他动物的叫声的表达方式，至今仍然在民间流行。我们今天看到的那些没有受过所谓正规化教育的民间艺人，他们对音乐的爱好并由此去寻找表达音乐的方式，纯粹来源于天性。在漫长的历史进程中，人们在摸索中学会了在竹子、葫芦、木头、陶器或金属器具等事物上钻孔，而且学会了用孔和手去控制不同的音阶。世界各民族都有自己不同的乐器，这就证明了人们在探索音乐的过程中，走向了各自不同的道路。在现实生活中，从来与音乐无缘的人也会受到声音的影响。多数目不识丁的人都认为黄鹂鸣叫的声音很动听，而猫头鹰的叫声则带有恐怖色彩。抒情音乐中很少有恐怖的声音，这是人有意回避恐惧而渴望欢乐与祥和的缘故。

七、人在社会中的诗性创造

在社会中，个人都是很渺小的，即使是皇帝，也高大不到哪里去。皇帝权柄在握，可以视黎民为草芥，但皇帝也控制不了整个社会生活。社会像一池水一样，或者浑浊而混沌，或者透明而混沌。人人都是单个的人，但人又都是社会的人。个人在社会中要与他人发生关系，这是一个层面；同时，个人又要与社会发生关系，这是另一个层面。个人与这两个层面发生关系，在很大程度上都要不同程度地丧失自我，这是人不得不承受的悲哀。由于人对自身利益和心理需求的抗争，丧失或部分丧失自我的人也会在他人身上和社会当中找到通往“自大”的途径。自我不同程度的丧失和“自大”不同程度的获取，都会使人丧失自性，因此，人与他人的交往和人与社会的交往都是一种心理的、人性的和人的社会属性的平衡与对抗关系。

个人与他人的关系从来都不简单。除了利益关系以外，还有心理关系、文化关系等，各种关系总是使人纠缠不清。人与人的心理、习惯、文化背景、家庭背景等关系的不同，再加上天生的个人差异，导致人与人的心灵和心智之间必然有着深浅难测的鸿沟。人的孤独和痛苦在很大程度上说，是难以克服的。因之，人永远在寻找知音和爱情。这种寻找本身就是诗性的表达。与此同时，人还在不停地学习人类的知识和经验，以此来弥补个人见识和修养的不足。人为了提升自己的精神境界做出的努力，使得人类的文明史和精神史不断地向前推进。最伟大的诗性的创造都是从个人开始的。

个人与社会的关系，表面上看就是人与人之间的关系。事实上，人与社会的关系不但是另一码事情，而且更为复杂。社会并不是空洞的社会，而是具体时代、民族、文化、群体、政治、经济中的社会。这个具体的、内涵丰富的时空中的社会，具有一种强大的魔力，这就是所谓的社会化的力量。这股看不见的力量，常常使人产生恐惧，最终导致人的异化。人无论是逃遁或者对抗，都逃避不了社会的钳制——必须向社会做出让步。即使推翻了一个具体的社会存在，又会创造另一个社会存在。革命者又会在自己创造的社会现实中陷进去。无论是“革命”，还是“反革命”，无论是“钻出来”，还是“陷进去”，那种人生的过程，都会使诗性的创造或熠熠生辉，或臭名昭著。不管这种创造在政治、历史、道德的天平上如何称出它的分量，都是诗性的创造，因为诗性的创造从来都是悲欣交集、善恶难测的。文学艺术有时候被社会、政治的魔力所利用，有时候是对社会政治的反抗，有时候在社会风尚和审美习惯的左右下不能自拔。文学艺术的历史不是一个纯粹的诗性的创造史。文学艺术中的世界是人创造的世界，或是人扭曲的世界。

八、文化在诗性创造中的角色

诗性的创造除了天赋的创造力之外，人的文化背景和文化修养也与诗性的创造有关。人是文化的创造者，也是文化的最重要的载体。对于一个文化人来说，他心中的诗性，总是来自文化积淀本身的养成。如果他是一个诗人、文学家或艺术家，他在创造作品的时候，肯定要面对文化传统中关于诗性的积淀和理解的挑战。甚至可以说，许多艺术家本身的诗性创造，完全受到了文化积淀模式的影响，这样的艺术家的诗性创造事实上不能算作创造，因为这种完全属于文化积淀模式范畴的所谓创造，只不过是一种诗性的复制。因此，这种创造原则上来说是失效的，没有意义的。比如你现在再像塞尚那样画几何体的风景，又像毕加索那样把一把提琴的各个面都画在一个平面上，画成他的立体主义，再比如，一个中国水墨画家画梅花，如果还是传统的老一套画法，即使画得再好，也不再具有学术意义。

不过有一点必须指出，自身的画作失去了创造性意义的画家，他们的创作对于自己或对于深受文化审美观念左右的鉴赏者来说，其创作仍然有用。这种情况对于其他艺术行当的人来说同样如此，比如文学，一种通俗的流行文学，比有创造性的高雅文学更受读者的欢迎。无论在哪个时代，原创性的伟大诗性的创造，都是非常珍贵和稀罕的。如果仅以文学艺术为例来谈诗性的创造，那么，作为作品的诗性创造，时时会处在一种穷途末路的尽头。对于许多创造者来说，诗性的创造处在一种无能为力的状态。只有杰出的人物，才能破壁而飞。

文化是一柄双刃剑。文化既能埋葬人的诗性创造，同时也能成就人的诗性创造能力。总的来说，文化在诗性创造过程中的正面意义，多数时候要大于负面意义。因为文化人已经被抛进滚滚流动的文化之河，这条河从烟雾迷蒙、高山耸立的传统流来。

文化人的诗性创造有两条基本的途径，一条是结构的或建构的，另一条是解构的。

这两条途径，一般情况下都是针对文学艺术家如何处理文化积淀模式来说的。文化积淀模式主要指在作品创作和鉴赏过程中，必须面对的那种传统模式，传统的诗性就附着在这种作品之上，是这种作品存在的根据。比如柯罗式的风格，现能像他那样画风景的人很多，他最先创造的诗性已经被普遍复制。因此，复制的作品，尽管它们仍然能够在众多的欣赏者中产生诗性的影响力，但是站在当代艺术的立场上看，已经没有诗性的创造意义。作品中的文化积淀模式，不仅表现在作品的形式中，更重要的是表现在创作者和欣赏者的文化心理积淀当中。人既是一个生命符号，又是一个文化符号。当这两个符号合二为一的时候，人创造诗性的复杂性就可想而知了。

任何一个文学艺术家在面对传统的文化积淀模式的时候，都是非常头疼的。有时候，在一个人的身上，生命的力量占了上风；有时候，则是文化积淀模式的影响占了上风。

诗性创造的第一条途径是结构的途径，结构也就是建构。结构就是重新创造一种艺术的诗性表达形式，简单地讲就是比较直接地进行艺术形式的创新。以结构的方式到达艺术的自足形式又有两条岔路。一条是天赋和直觉的直接到达，比如印象派中莫奈、凡·高的绘画；另一条是在传统的诗性和理性的基础上的继续创造，比如塞尚和立体主义的毕加索、勃拉克的作品。“结构”就是以新的艺术形式来表达诗性的创造，这个新的艺术形式与传统的艺术形式之间有着相互独立的特征。

解构则不一样。解构是在传统的艺术形式和审美观念上进行改造，其诗性的创造是对传统艺术中的诗性进行清洗或颠覆。解构的这种方法有一个专门的术语叫作解构主义。说直白点，解构主义的方法就是要把文化积淀模式“解开”，“解开”的过程，也就是诗性产生的过程。达利的《达·芬奇画像》是绘画领域解构主义的一个代表作，罗兰·巴特的《埃菲尔铁塔》，是文学领域的一篇解构主义杰作。所谓后现代主义的艺术，比如波普艺术、行为艺术等，其本质都是解构主义的。

解构主义艺术的创作也有两条岔道：一条是像达利的《达·芬奇画像》那样直接对传统的艺术品或艺术模式进行诗性的清洗；另一条是与传统的诗学观念背道而驰，对传统的诗性结构模式进行颠覆。比如把小便池、动物器官等直接拿出去当作艺术品展览，而这些东西在传统诗学观念里是没有任何诗性可言，甚至是非常恶心的。

太阳之善：诗人柏拉图的千古振铎绝响

一、如是我闻，你创造了我

“铎”是中国古时的礼器和乐器。《周礼·地官·鼓人》云：“以金铎通鼓。”郑玄注：“铎，大铃也，振之以通鼓。”《左传·襄公十四年》云：“故《夏书》曰：‘遒人以木铎徇于路。’”想到“振铎”之声，旷古绝响，我想到了柏拉图。你是人类的执铎者，你创造了我的心灵。我是你诗中的一个词，你戏剧中的一个角色。你是我的恨，你焚烧了诗；你是我的恨，你教会我判断；你是我的恨，你使我的心不得安宁。你听见了事物，让我成为后来者；你虚构了事物，让我在升华中沉沦。

二、柏拉图可曾听见蛙鸣？

人类的诗与思是如何在写作中诞生的？诗与思可靠吗？一株株荷叶从时间、季节的池塘或泥沼里出来，微风轻轻地吹，上面滚动着晶莹剔透的水珠。许多青蛙蹲在荷叶上，蹲在世界的盛夏或深秋。它们的叫声此起彼伏，它们在叫黄昏，叫清晨，叫一场雨或从山坳里蒸腾的晴岚。它们好比诗人、艺术家、作家在创作吗？是的。它们“在”，它们活着，它们“烦”，它们“痒”，它们“慌”，因此它们叫，它们的声音彼此呼应。它们是按照“理论”去叫吗，还是按照“主义”去叫，都没有呀。它们想叫了，于是就叫了。没有谁养着，它们也叫，不像学院派伙食团，有纳税人养着才会叫。可是，世界上的青蛙的叫声都是大体相像的，从来也不曾学习，不曾训练，不曾考试，它们也按照青蛙叫的方式去叫。这是一种物种天生的本能吗？是的，天生的本能，凭借这一点，青蛙就叫成了一样的声音，一种成规了。这使我想起了柏拉图（公元前427—前347），那个古希腊雅典城的对话写作者，那个胸怀抱负的诗人。与其他写作者，其他诗人不同的是，柏拉图只是问了一个简单的问题，他就发出了千古振铎之声，成了个哲学家。他问什么问题呢？两千四百年后的阅读者和写作者李森帮他问：为什么青蛙的叫声都是相同的呢？难道人看不见也听不见的背后，有谁预设了一个原因，或安装了一个什么程序么？当李森这样帮助柏拉图追问的时候，李森也成了一个真正的柏拉图的阅读者，或者大言不惭地说，李森成了柏拉图——这是柏拉图渴望寻找到的一个倾听者，一个在高墙之外站立，倾听不可知的领域的人。李森正是在这堵墙外遇见了柏拉图——他还站在那里，他一直站在那里。这样的人是最孤独的，无穷无尽的孤独，仿佛随时都要从体内炸开了。因为就在他站立的高墙这边，人来人往，没有几个人会停下来倾听，也没有几个人看见、听见那堵冷漠的高墙的存在。柏拉图还站在那里。他看不见李森，李森却看得见他。他们之间也有一堵透明的墙，那样冰冷。

阅读者创造被阅读者，被阅读者也创造阅读者。他们在彼此寻找。我曾经那么自信，相信会跟那些伟大的写作者相遇。2001年8月13日，我曾经写过一首诗，名叫《卡夫卡》：

在西方的词汇中
卡夫卡曾是一块冰冷的鹅卵石
它沉在海底
一直无人问津
直到当代
这块石头才自己浮出水面
只有我明白
柏拉图曾站在海边
把堆成山的石头丢进海里
它就是其中的一块

它终究要浮出来
凡是柏拉图丢进海里的
都会被找到

三、我是你执迷的信徒

窗外的松鼠在树头互相追逐，仿佛在玩一个古老的游戏。它们的语言和行为中包含着什么，我们永远不得而知，那是一个深渊？或者根本就没有深渊。远处的松鼠似乎在求偶，声嘶力竭，让人心慌。我在窗内阅读柏拉图。就像中国如果没有孔子一样，西方要是没有柏拉图，也是旷古如长夜。阿尔弗雷德·怀特海说："欧洲哲学传统最可靠的一般特点就是，它是由一系列对柏拉图的注释构成的。"[1]雅斯贝尔斯也说过类似的话。这些人都作古了，而我还活着。说出我想说的，这是我应该去点亮的柏拉图的油灯。无论是哲学还是什么学，用语言表达的东西，本质上都是文学的、诗歌的。不知道这一点的写作者，必是个粗糙的人，或者说，是个文化成规的受害者。

1 ［美］撒穆尔·伊诺克·斯通普夫、［美］詹姆斯·菲泽：《西方哲学史》，丁三东、张传友、邓晓芒等译，中华书局，2005年，第104页。

为了给《文学创作与批评》和《艺术哲学》课写讲稿，我一直在重读柏拉图的对话录。特别是《理想国》，每常读常新，总拍案叫绝。真正的诗人，必是哲学家和英雄好汉——尽管诗和做人并不相等。（在这个世界上，我们更需要好人。）2008年3月4日上午，我在整理讲稿材料时，《天龙八部》（2003版）的主题歌《宽恕》一直陪伴着我。这是一首伟大的流行歌曲，听之让人柔肠寸断，嗟叹不已。词作者林夕，曲作者赵季平，唱者王菲，都是懂得音律的人物，也是高人了。柔情总赋英雄苦，也只有英雄才听得清：

如是我闻，仰慕比暗恋还苦，
我走你的路，男儿泪，女儿哭，
我是你执迷的信徒，你是我的坟墓，
入死出生由你做主；
你给我保护我还你祝福，
你英雄好汉需要抱负，可你欠我幸福，拿什么来弥补，
难道爱比恨更难宽恕

如是我闻，爱本是恨的来处，
胡汉不归路，一个输，一个苦，

宁愿你恨得糊涂，中了爱的迷毒，
一面满足，一面残酷；
你给我保护我还你祝福，
你英雄好汉需要抱负，可你欠我幸福，拿什么来弥补，
难道爱比恨更难宽恕

柏拉图是真正的诗人哲学家和诗人英雄。我感到，此时此刻，这首歌是赞美柏拉图的，也是我的自况。柏拉图作为诗人、写作者的英雄，人们对他总是有太多的误解。多少年来，那些没有真正阅读过柏拉图著作的学院派人士，或者那些根本没有读懂柏拉图的人士，都口口声声地宣扬：柏拉图仇恨诗人，将诗人赶出了他的乌托邦理想国。最充足的理由是，作为艺术家代表的诗人只是模仿的模仿者，诗人描绘的世界是不真实的。只有哲学和理性才可靠，统治这个世界的人应该是哲学王。这种观点作为口号式的宣传，充分地表现在各种互相抄袭的教科书中。更恐怖的是，这种阅读一旦变成一种教条，真正有血有肉、有性格、有肌肤之感的那个写作者柏拉图就被掩盖、被遗忘了。作为柏拉图的阅读者和诗人，我一直对这种观点愤愤不平。它甚至成了我讨厌学院派的一个原因。学院派教学和研究伙食集团只背诵什么学、什么派的知识教条，讲到柏拉图，就只讲理式说（理念说）、灵

感说、功用说、模仿说，宗教说、政治说等“说”，而从来不把柏拉图当作一个写作者、创作家、诗人来看待。对待历史上的所有创作家，学院派这种“吃伙食”的方法都是一个模子的。这就好比博弈比赛，如足球运动，学院派传经送宝的方法是，只领着我们的青年学子去背诵比赛规则，只关注一种“游戏”的说明书有几条几款，而不去亲身体验和参与比赛那个千姿百态、扑朔迷离的过程。但事实上，这个博弈或游戏的栩栩如生、云山雾罩、拨云见日、悲喜交集的过程本身，才是博弈或游戏的最动人之处，才是生命存在的形式和状态。

真正的英雄好汉都有朴素的心灵和心智。我们来读柏拉图写的三首诗[1]：

星

一

我的星你在望着群星。我愿意变作
天空，好得千万只眼睛来望着你。

二

从前你是星辰在人世间发光，

1 《古希腊抒情诗选》，水建馥译，人民文学出版社，1991年。

如今死后如晚星在逝者中显耀。

乡间的音乐

你来坐在这棵童童的松树下，
西风吹动那密叶会簌簌作响，
就在这潺潺的小溪旁，我的七弦琴
会催你合上眼皮，进入睡乡。

厄瑞特里亚人[1]

一

从前我们离别波涛怒号的爱琴海
来睡在厄克巴塔纳[2]的中部平原，
永别了著名的厄瑞特里亚家乡，永别了，
我们的邻居雅典人，永别了亲爱的大海。

二

我们是欧玻亚的厄瑞特里亚人，来挨着

1 这是咏史诗。厄瑞特里亚是希腊的欧玻亚岛上的海港城市，公元前400年被波斯人烧毁。许多居民被俘掳，被带往波斯腹地做奴隶，后来死在那里。两首诗中的睡与躺，就是指死后葬身该地。

2 厄克巴塔纳，即今日的哈马丹，位于伊朗西部。

苏萨[1]躺下。唉唉，这儿离家乡多遥远呀！

从这三首诗中，我们看到了柏拉图的诗人情怀——“我的星你在望着群星”，诗和哲学的灯盏都点亮了。“永别了，我们的邻居雅典人，永别了亲爱的大海。”这是千古顿足捶胸的悲怆哀歌。雪莱说：“柏拉图在本质上是一个诗人——他的意象真实而壮丽，他的语言富有旋律，凡此都达到了人们可能想象的最强程度。”[2]

朗吉努斯（Longinus，213—273）在《论崇高》中说：“柏拉图的散文尽管像潺潺的溪水平静地流着，他却仍然是崇高的。”他说，柏拉图是与荷马“比赛”的一个伟大的竞技者，与荷马的“比赛”使他的哲学教义完美无缺。“他引导荷马那源泉的无数小溪流入他自己的文章里。……要不是他全心全意要与荷马竞夺锦标，柏拉图决不能在他的哲学芳园里使得百花齐放，也不能同荷马一起踯躅于诗歌和词藻的幽林。”[3]

《为诗辩护》的作者，英国诗人菲利普·锡德尼（Philip

1 苏萨是中亚两河流域的古城，该处为古波斯王的冬宫所在地。

2 ［英］雪莱：《诗之辩护》，见《缪灵珠美学译文集》（第三卷），中国人民大学出版社，1998年，第139页。

3 ［古希腊］朗吉努斯：《论崇高》，见《缪灵珠美学译文集》（第一卷），中国人民大学出版社，1998年，第97—98页。

Sidney, 1554—1586）说："任何好好研究柏拉图的人都会发现，虽然他作品的内容和力量是哲学的，它们的外表和美丽却最为依靠诗。因为全部都是依靠对话，而在对话中他虚构了许多典雅的善良市民，来谈那种他们上了大刑也不肯吐露的事情；此外，他那富有诗意的会谈细节的描写，如一个宴会的周到安排，一次散步的高情逸致，等等，中间还穿插着纯粹的故事，如古格斯的指环等，不知道这些东西是诗的花朵的人，是从未进过阿波罗花园的了。"[1]锡德尼在组诗《爱星者与星》第三十一首中写道：

月亮啊，你那么哀伤地攀上了苍天！
那么沉默，那么憔悴的面影！
怎么，那个忙碌的弓手如今
在天庭之上也要来试他的利箭？

真的，假如我久识爱情的双眼
能鉴别爱情，那么，你像个情人。
我看透了你的模样；你凄婉的神情
向同病的我透露了你处境的艰难。[2]

1 ［英］锡德尼：《为诗辩护》，钱学熙译，人民文学出版社，1998年，第6页。

2 《英国历代诗歌选·上册》，屠岸选译，译林出版社，2007年，第40页。

锡德尼的“月亮”，既是写给柏拉图的，也是写给我的。这就像柏拉图的诗是写给锡德尼的，也是写给我的。曾经活着和正在活着的心灵，都仰望着星空，创造着诗与思。知识不过是这种生命存在形态的一个副产品而已。

多年来，我在课堂上一直把柏拉图当作一个诗人、一个作家看待。我一直在寻求真正理解柏拉图的同道。2008年3月2日星期日，我买到了张文涛先生选编的《戏剧诗人柏拉图》（此书是“柏拉图注疏集”的一种），非常震撼，有“英雄所见略同”之感。真是天下之大，天外有天。国内外与我同道者还是有那么几个的。听说张文涛是刘小枫先生的学生，这就对路了，文涛颇有小枫风格，走的是以诗学研究哲学的路子。这个路子我是认同的。网络上查找得知，张文涛，四川人，1975年生，哲学博士，在四川师大文学院任教。真是蜀中多俊彦，自古英雄出少年也。文涛总算为“博士”这种学院派畸形儿扳回了点面子。臭水塘里或许也有几粒金矿，几枚柏拉图曾经丢进去的石子。张文涛先生在该书《导言》中说：

> 柏拉图的戏剧写作方式对理解这一点具有根本意义。为什么？我们可以换个角度来回答。亚里士多德的《形而上学》不是对话或戏剧，不是诗，而是纯粹的哲学“论文”，

由此，在其中我们看到的就不是**哲人的生活**、哲人以思考和言谈为主要行动的哲学生活本身，而是这一生活所产生的**思维结果**。因此可以说，“论文”写作实质上**掩盖**、**遮蔽**了哲学的“行动”本性，“言辞”似乎成了哲学的唯一特性。如果我们仅仅从哲学言辞（**哲学思想、哲学体系**）来理解哲学的含义，哲学作为行动、作为生活方式的真正本性就被遗忘了。阅读柏拉图展示哲人生活的哲学戏剧，就有助于我们回忆起这一本性。但是，如果我们仍然用阅读**亚里士多德的哲学论文**的方式来阅读**柏拉图的哲学戏剧**，那么，我们就面临着**再次的遗忘**。不幸得很，这种再次遗忘正是我们大多数搞哲学的人一拿起柏拉图的书就会患上的**阅读病症**。

不仅如此。进一步看，论文体书写在掩盖哲学的生活方式本性的同时，也掩盖了这种生活是出现于或存在于一个更大的背景——我们的日常生活共同体、政治生活共同体——中这个**基本的事实**。描写一种生活，就必然要触及这种生活的背景，触及与这种生活相关的其他生活——道理很简单，人不能生活在真空中，而世上的生活绝不止一种。因此，通过用戏剧、用诗来描写哲人的生活，柏拉图同时就让我们看到了哲人生活的日常境遇、政治境遇。如果说前述那种掩盖的意义是**哲学性**的，那么，论文体哲学书写对这一境遇的掩盖其意义就是政治性的，或者说，**政治哲学性**的。所以，阅读柏拉图的哲学戏剧，同样有助于我们回忆起哲学的这种生存境遇，回忆起哲学生活天然的日常、政治处境，用柏拉图自己的话说，就是**哲学生活的洞穴处境**。[1]

四、你英雄好汉需要抱负

传说柏拉图一把火把他的诗稿烧掉，转而跟随苏格拉底从事哲学探索。这样的传说或许是可信的。为什么柏拉图要焚烧诗稿？我认为，这是理解柏拉图的一个关键。我以为，柏拉图焚诗转而虚构乌托邦的理想国，是一次关怀人类前途和命运的痛苦抉择。诗（美）是难的！这个人感叹过。诗人通过想象和情感，创造迷狂的诗人生活，这是柏拉图深深体悟过的“生活世界”的一个方面；哲人（爱智者）通过逻各斯理性创造理性生活，是柏拉图“生活世界”的另一个方面。这里就出现了两个柏拉图。也许在他看来，诗人生活和理性生活结合起来，对于个人来说是可能的。但是，作为处在人类早期精神成长的关键时代的柏拉图来

1　张文涛:《导言：柏拉图的诗人面容》，见［美］戈登（J. Gordon）等:《戏剧诗人柏拉图》，华东师范大学出版社，2007年，第7—8页。

说，他要以自己的创作和生活方式，为人类的未来建立一个坐标，打造一个马鞍，点亮一盏明灯，这就要面临一个痛苦的抉择。一个英雄好汉，不能为自己的思想和精神之娱而活着，他的抱负决定了他要放弃，身体力行地放弃。须知在柏拉图时代，诗与思是一种生活方式。不像在当代，学术和创作完全成了书斋里的游戏或谎言制造，社会的担当者——精英，变成了如惊弓之鸟的书生。以柏拉图时代的视觉看，不关心社会事务和时代生活状况的学院派书生，是纳税人和普通民众的敌人。在我们这个时代，这也是一个真正有用的诗人和哲人的日常境遇——要么愤怒，担当；要么逃避，死亡。

柏拉图的选择，当然是泰勒斯、毕达哥拉斯的传统催生的。泰勒斯说，世界的本原是“水”。毕达哥拉斯说，世界的本原是“数”。柏拉图不得不为了实现自己的抱负，也是人类的抱负而焚烧那个诗人的自我。或许在他看来，如果不焚烧那个诗人的自我，理性的乌托邦世界就无法建立起来。柏拉图知道，哲学本质上也是诗。他应该知道，哲学与诗的分离，是语言和智慧的一次堕落，西方思想史上不得不经历这次堕落。这个痛苦让柏拉图来承担，他不得不承担了。世有柏拉图，然后有了西方。理性和秩序需要概括，需要放弃；概括，就意味着放弃。这是人类历史上第一次诗性和理性的冲突。当然，在中国思想史上，也是有过痛苦选择的，老子就选择了诗性。老子根本就不相信，语言有能力认识世界和改造世界。老子只相信语言是诗的——诗与思的文本体现，其实只是个修辞问题。老子是人类历史上第一次对“道”和“名”的怀疑。从柏拉图的对话来看，他也是怀疑语言的，只是他选择了不得不为人类虚构一个理性世界这个折磨人的抱负。我深深感到，在柏拉图这位创作家和诗人身上，人类首先面临着不可为而为之的痛苦。

柏拉图应该想象过，一群麻雀的存在。这是我在写这篇讲稿时，为柏拉图回忆起来的。我窗外的树头上，这时正有一群麻雀在鸣叫。这群麻雀，刚刚从远处飞来的，它们同时起飞，同时降落。它们没有“文明”，没有文本，没有诗，而我却把它们的存在、它们的飞翔和鸣叫称作诗——这是人类的光荣还是堕落呢？麻雀们虚构过一个“理式”吗？没有。它们就是飞翔和鸣叫本身。对于生命来说，这样的存在未尝不可。可是，人偏偏创造了语言，有了追问的本性，有了自认为优越于其他生命的自负。

1999年2月21日，我写过一首叫《柏拉图意象》的诗，思念我心中的英雄好汉：

不知在哪一个年月，哪一个短暂的白天
哪一双忧伤的眼睛看见的，哪一个棋盘式的窗外

层层叠叠的浮云，在瞬间铺满了清晨蓝色的天空
它是一个人思想的虚幻，正在被自己的漂浮驱使着
在他注视着的穹隆下，缓慢地交汇
而就在这一时刻，在诗人刚刚敞亮的心中
满世界的鱼群，也正在另外一个海洋中相聚

这迷人的一幕幕景象，除了他迷惘的眼睛
究竟还有多少双彼此陌生的眼睛看见过？

人生多么寂寞，正因为寂寞啊
窗外那个包罗万象的穹隆，飞翔的生命的无限
才起源于他的内心——
在那里，太阳的金盘和月亮的银盘
被他的一双手精心打磨

他是一只失语的蜘蛛，多么冰冷
独自在世外行动，寻找自己空虚的心灵
他是第一只和最后一只黑色蜘蛛
他吐出了第一段银色的丝线
编织了第一个悬挂在空中的网

在他的周围或远方，那些低头劳作的人
从来不关心，窗外虚空中的浮云
也不关心，海洋的波涛和世界的鱼群
就像不关心自己在土地上投下的影子
在镜子般的水中印出的一张张笑脸
看啊，眼前那无穷无尽的鱼群青色的脊背
白色的鳞片，不停地呼吸着的红色的鳃
在夕阳西下的时候，显露着的一个个迷人的景象吧

创造这一切的那个人，就是无聊的柏拉图
他消耗了一生中所有短暂的白天和黑夜
才学会了像永恒的大海中的一群鱼那样
在镜子般虚无的宁静中，用红色的鳃呼吸

五、你的“假定”你的迷惑我要宽恕

我们说柏拉图的文本本质上是诗的或是戏剧的,不仅仅是从文本的文学性得出的结论。更重要的是，柏拉图的对话在哲学上，也指出了文学修辞的不可为而为之的性质。这一点充分体现了他在寻找事物存在的本原时的困惑，也是柏拉图的智慧最让我

钦服的。柏拉图说：

> 我们说过有许多美和善的事物，并且说它们“存在”，在我们的语言中对它们作了这样的界定。
>
> 我们是这样做的。[1]

听见了吗？我们听见他的声音了，“美和善的事物”“存在”，都是在“语言中”才得到界定的。它们都不是上帝或其他神的界定，也不是所谓“理式”（理念）的界定，而是语言的界定。在我看来，这是柏拉图埋下的一个巨大的智慧炸弹，直到20世纪，到维特根斯坦才被发现，才被引爆。就哲学的“革命”来说，20世纪是语言哲学的世纪。人们都以为柏拉图的“理式”过时了，其实，这个“语言”的炸弹早就埋下了。泛希腊化时代，西方人把柏拉图向理性主义方向步步引申，这或许正是柏拉图的期望——选择是痛苦的，但一种文明不能同时选择两条道路。理性主义导致科学主义的全面爆发，这或许也是柏拉图的一个期望，英雄好汉如愿以偿，神灵尽可以敲开冥府之门去告慰。整个西方文明朝着柏拉图这位总设计师制定的方向发展了。可是，他也不

1 ［古希腊］柏拉图:《柏拉图全集·第二卷》，第503页。

得不埋下一个炸弹，让它在适当的时候爆炸，这一点更值得告慰。其实，柏拉图的炸弹是不加掩盖地埋着的，但时间不到，没有人能够发现。维特根斯坦对“可说的”和“不可说的”的划分，直接可以拨开两千多年的哲学迷雾，与柏拉图“可知世界”和“可见世界”的划分相媲美。

柏拉图又接着说，事物背后那个“型”或“类型”，那个“统一体”或“实在”，也是“假定”的。也就是说，那不过是语言的假定。人们不得不假定事物的“相”（共相或殊相，这个问题直到现在，哲学上仍然没有解决），这是表达不得不预设的一个前提。因此，从这种虚无的出发点来说，哲学的写作一旦抛弃了逻辑归纳和演绎的框架，本质上也是文学的。逻辑也不过是个“谎言”，当人们忘记了“假定”的出发点，逻辑就成了可以信赖的工具。柏拉图说：

> 另外，我们又说过美本身，说过唯一的善本身，相对于杂多的万物，我们假定每一类杂多的东西都有一个单一的“型”或“类型”，假定它是一个统一体而称之为真正的实在。
>
> 是这样的。
>
> 我们说，杂多的事物可见而不可思，单一的“类型”可思而不可见。

确实如此。

那么，我们看那些可见的事物，凭的是我们的哪一个部分，用的是我们的哪一种能力呢？

他说，用视力。[1]

六、你不得不使用“太阳”这个比喻

你不得不使用“太阳”这个比喻了。语言本身是从对事物的命名开始的，没有一种语言从命名观念开始，也没有一种观念离开事物而独立存在。语言一旦对事物进行命名，它的比喻的性质就开始生长了。柏拉图用太阳来比喻“善”，把太阳当作可见事物的源泉，这本身就是一种诗的思维方式。太阳是人“用视力”所能观察到的“最大”的一个事物。它是光的源泉，而“光”又是连接眼睛（观察）与事物之间的“媒介”或“纽带”。

那么，如果光是可敬的，那么连接可见事物与视力的这条纽带比起连接其他事物的纽带来说，就显得更加珍贵了。

他说，确实要珍贵得多。

1 ［古希腊］柏拉图:《柏拉图全集·第二卷》，第503—504页。

你能说出天上的哪一位神是这件事的创造者和原因，他的光使我们的视力能够很好地看，使可见的事物很好地被看见吗？

他说，你这个问题的答案显然是太阳，你和其他人也都会这样说。

那么这不就是视力和这位神的关系吗？[1]

几乎所有民族都崇拜太阳，崇拜这个“万物之源”。太阳成为神祇，成为心灵仰望的一个图式。这种把太阳作为精神性象征的概括能力，是人类想象力发育的重要一环，也是诗情画意般的“猜想”和“假设”的重要一环。从神祇的猜想和假设到哲学观念、诗学观念的猜想和假设的过渡，又是人类精神史发育、成长的另外光辉的一环。从天到地，从神到人，这个伟大的历史进程的演绎，就像从白天到黑夜，从黑夜到白天那样轮回。人类的猜想者和诗人们，每次都信以为真，每次都那么失落；那么坚定过，又那么慌张。啊，阿波罗（光明之神，文艺之神）。啊，赫利奥斯（太阳神），你驮着多少英雄的心灵！古希腊诗人米姆奈尔摩斯有一首诗是这样写的：

1 ［古希腊］柏拉图：《柏拉图全集·第二卷》，第504—505页。

太阳神

赫利奥斯每日真够辛劳，
玫瑰色曙光刚离环河[1]
升上苍穹，他就驾起车马
不停驰骋，奔赴长空。
黄昏时，火神[2]制造的工具——
那宝贵的带翼金弯船
载他飞过可爱的浪花，
他在水波之上舒适安睡，
从西航行到焦面人[3]国土，
轻车快马又在那儿等待曙光。[4]

七、从太阳到善的诗性猜想

柏拉图先找到了太阳，光线，眼睛，可见之物，然后就开

1 环河，环绕大地流淌的河流。

2 火神赫菲斯托斯，是神话中天上的大王，善于制造器物。

3 焦面人，即埃塞俄比亚人，在诗人时代，人们认为焦面人在的地方是世界最东边的地方。

4 《古希腊抒情诗选》，第64页。

始了他不得不为的哲学猜想了。于是，一个从具体事物脱离开来的“善”的理式系统被创造出来。这是诗性的创造，它在比喻中诞生，也就是在诗中诞生。柏拉图创造了史上最完美的“型”与“物”的二元结构，这个结构，是人类思想史上的一次巨大的“核爆炸”，一次比哥白尼革命影响还要深远的思想革命。从此，人类诗与思的“深度构造”开始了，海洋不再因为水域而动荡不安，而是因了“深渊”“整体”和“统一性”而动荡不安。太阳、光、具体事物，也不仅仅是我们肉眼看到的，它们也不是“神”的比喻，而是导向科学与哲学的存在的猜想。而在埃利亚学派早期哲学家克塞诺芬尼（Xenophanes，鼎盛年约在公元前570—前540）著作残篇的《论自然》中还说：“神是全视、全知、全闻的。神毫不费力地以他的心思左右一切。神永远保持在同一个地方，根本不动，一会儿在这里一会儿在那里动来动去对他是不相宜的。”到了柏拉图那里，正是这种“神”作为本位、本体的猜想的退潮，那种导向科学与哲学的猜想，才渐渐成了诗的深度构造，并重铸了人的心灵世界。诗从抒情的，表现具体事物的，赋、比、兴的难度向逻各斯的难度扩展。冰凌解冻了，宁静的河面崩摧了——语言虚构世界历史的关键一页打开了。

当然，柏拉图不是从天上掉下来的，他的这种抱负和思想的诗性实践，最明确、最清晰的思想传统，是巴门尼德

（Parmenides，盛年约在公元前500年）。没有巴门尼德，或许就没有存在（是，是者，being , to be）这个观念，也没有不变的“统一实在”与“现象”的区分。或者说，没有巴门尼德，超越事物的另一个存在的思想预设，就会晚得多。这个人来自意大利西南部的埃利亚城，这座城是希腊的流亡者们建造的。传说他65岁的时候，带着天才学生芝诺（Zenon，鼎盛年约在公元前468年前后）来到雅典，与青年苏格拉底进行了对话。他们师徒关于存在者有恒定的存在等观点，遭到了雅典人的质疑和嘲笑。当是时也，芝诺已经40岁。芝诺创造了“飞矢不动”等伟大的悖论，来捍卫埃利亚学派和老师巴门尼德的观点。他进一步阐释了我们的感官不能为我们提供可靠的知识的观点，感官只能提出“意见”，这种感官“意见”与“实在”的划分，对柏拉图的思想有决定性的影响，让人深深感到种子破壳萌芽的那种力量。巴门尼德与芝诺的师生关系，是思想史上伟大的师生情缘、思想情缘，想到这两位从边缘来到中心的思想家的思想情缘和师生情缘，那些伟大的心灵是会热泪盈眶的。这个学术史事件，是边缘思想影响中心思想，最后战胜并成就中心思想的伟大典范。每次中心思想的新生，都是从汲取边缘思想开始的。边缘思想家是真正的英雄，在任何时代都是英雄。也只有英雄才敢在边缘思想，小人物是最害怕边缘的，自古如此。因为小人物的心灵和心智是浅薄而脆弱的。想到这点，处在边缘思想而创作的伟人，也会流下热泪。而在猪猡时代，在所谓学科建设的时代，是没有思想的泪水的，更没有诗的伟大心灵的相互砥砺。边缘人何孤！诗人何孤！哲人何孤也！无论什么学科的研究者，不懂诗与思的人，是不配谈学问的。可他们竟然还在谈论，还在把思想史的沉渣搅成猪食。呜呼！

埃利亚之子巴门尼德说：

来吧，我告诉你（我的话你要谛听），只有哪些研究途径是可以设想的。第一条是：存在者存在，它不可能不存在。这是确信的途径，因为它遵循真理。另一条是：存在者不存在，这个不存在必然存在。走这条路，我告诉你，是什么都学不到的。因为不存在者你是既不能认识（这当然办不到），也不能说出的。

能被思维者和能存在者是同一的。

存在者是不动的，被巨大的锁链捆着，无始亦无终；因为产生与消灭已经被赶得很远，被真信念赶跑了。它是同一的，永远在同一个地方，居留在自身之内。因为强大的必然性把它用锁链从四面八方捆着，不能越雷池一步。

存在者之外，决没有，也决不会有任何别的东西，因为命运已经用锁链把它捆在那不可分割的、不动的整体上。因此凡人们在语言中加以固定的东西，如产生和消灭，是和不是，位置变化和色彩变化，只不过是空洞的名词。[1]

“来吧，我告诉你（我的话你要谛听）”，巴门尼德用锁链捆着的那个不动的东西，事实上就是柏拉图的“型”或叫“理式”。柏拉图在太阳的比喻中，得出了将“型”（理式）与“物”二元结构进行划分的伟大猜想。此谨列出图示如下：

太阳（创造者，原因）	↑	善（源泉，理式）
光（媒介，纽带）	│	知识（真理）
视力（眼睛）	│	理智（灵魂，眼睛）
可见事物	↓	单个、杂多事物的型（理式）

图式左边从“善”到具体事物的“型”的结构，与图式右边从太阳到可见事物的结构相对应，形成了日喻中“可知世界”与“可见世界”的二元结构的思想。这就是人类历史上第一次系统

1　北京大学哲学系外国哲学史教研室：《西方哲学原著选读・上卷》，商务印书馆，1981年，第30—33页。

而完美的思想虚构，也就是思想史的第一次伟大的爆炸——巴门尼德们准备好了炸药，由柏拉图来引爆。思想的虚构，就是思想的“谎言”构造。“谎言”使心灵屈服，使心灵变得温顺，当然也会变得狂躁，并被异化成非人。这是思想猜想、预设、阐释、发展的“双刃剑”。关于思想运动的负面影响，比柏拉图稍晚的怀疑派人士皮罗（Pyrrhon，约公元前360—前270）早就警告过：“没有任何事物是美的或丑的，正当的或不正当的，这只是相对于判断而言的。”“最高的善就是不作任何判断，随着这种态度而来的就是灵魂的安宁，就像影子随着形体一样。”[1]

皮罗的怀疑和警告，并不影响柏拉图的伟大。还是来看看柏拉图接着创作的，他的老师苏格拉底与看似傻乎乎的那个格老孔的文学对话：

> 让我们以这种方式把人的**灵魂比做眼睛**。当**灵魂凝视着真理与实在**所照耀的区域时，灵魂就能够认识和理解，好像拥有理智似的，但当它转向那个黑暗的区域，那个有生有灭的世界时，物体便模糊起来，只能产生动荡不定的意见，又显得好像没有理智了。

1　北京大学哲学系外国哲学史教研室:《西方哲学原著选读·上卷》，第177页。

对，是这样的。

那么你必须说，把真理赋予知识对象的这个实在，使认知者拥有认识能力的这个实在，就是**善的“型”**，你必须把它当作知识和迄今为止所知的一切真理的原因。真理和知识都是美好的，但是善的“型”比它们更美好，你这样想才是对的。至于知识和真理，你绝对不能认为它们就是善，就好比我们刚才在比喻中提到光和很像太阳的视力，但绝不能认为它们就是太阳。因此，我们在这里把知识和真理比做它们的相似物是可以的，但若将它们视为善，那就不对了。善的领地和所作所为具有更高的荣耀。

他说，**如果善是知识和真理的源泉**，而且比二者更加美好，那么你所说的是一种多么不可思议的美妙的东西啊！因为你肯定不认为善就是快乐。

我说，我决没有这个意思，不过还是请你进一步以这样的方式**考察一下这个比喻**。

怎么个考察法？

我假定你会说，太阳不仅使可见事物可以被看见，而且也使它们能够出生、成长，并且得到营养，尽管太阳本身不是被产生的。

当然不是。

同样，你会说知识的对象不仅从善那里得到可知性，而且从善那里得到它们自己的存在和本质，但是善本身不是本质，而是比本质更加尊严、更有威力的东西。

格老孔面带讽刺地说，天哪，**没有比这更高的夸张**了！[1]

的确，这是一种无比高级的“夸张”。这种夸张创造了理性主义，创造了模仿说的深度构造，创造了理想主义和浪漫主义的本体主义和包括诗学、美学在内的所有理论的本质主义。这是人类的一个蹉跎的梦境，曾几何时，我们的梦弄假成真了。一个猜想，一个梦；一首诗，生发出无穷无尽的诗。哲学的全部创作，就是诗的创作，而柏拉图却隐而不说。他是要等我来为他说出来吗，难道我也是柏拉图创作的一个作品。是的，如果没有柏拉图，我不知道我的心灵和心智会是个什么样子，也不知道西方人的心灵和心智会是个什么样子。柏拉图打制了一面镜子，让我们成了镜子中的影子，让镜子中的影子成了我们自己，让我们的自我不得安宁。镜子本来是个自然之物，但柏拉图阐释了它，它就变成了另一面镜子，隐喻的镜子，诗与思的镜子。柏拉图也阐释了弗兰茨·卡夫卡和豪尔赫·路易斯·博尔赫斯，还有千千万万

1 ［古希腊］柏拉图:《国家篇》,《柏拉图全集·第二卷》，第506—507页。

的诗人，无穷无尽的诗人的心灵，无穷无尽的异化者、学院派的心灵。这是诗和理论创作的一个历史，历史中的历史。博尔赫斯的《镜子》像另一些伟大的文学一样，照见了柏拉图划分的两个世界：一个是现实的痛苦与欢乐，另一个是梦境与遗忘。“镜子”这个具体的事物引申出来的隐喻世界，是真，是假，只能由心灵和心智去裁判。理解柏拉图的人是可怜的，伟大的诗就是哀怜；理解柏拉图的人也可能是崇高的，伟大的诗也是崇高的哀怜。

镜子

你为什么坚持，永不停息的镜子？
你为什么重复，神秘的兄弟，
我的手的最细微的动作？
为什么在暗处突然反射？

你是希腊哲人所说的另一个我，
一向在暗中监视。
在光滑的水面或坚实的玻璃上
你寻找着我，即使失明也难躲。

我看不见你，但知道你存在，

这件事增添了我对你的恐惧，
你居然成倍增加那些构成并且包括
我们的事物的数目，这事未免离奇。

你死去时将会复制另一个，
然后是另一个，另一个，另一个……[1]

1 《博尔赫斯全集·诗歌卷（下）》，王永年、林之木译，此诗为王永年译，浙江文艺出版社，1999年，第118页。